LUZIFER
VERLAG

DAVID WOOD

EIN DANE MADDOCK ABENTEUER

GEHEIMNIS der TIEFE

LUZIFER
VERLAG

Deutsche Erstausgabe
Originaltitel: BLUE DESCENT

Umschlag: Michael Schubert | Luzifer-Verlag
Übersetzung: Markus Müller
Lektorat: Manfred Enderle
Printed in Germany

Dieses Buch wurde nach Dudenempfehlung (Stand 2022) lektoriert.

ISBN: 978-3-95835-652-8

Bibliografische Information der Deutschen Nationalbibliothek:
Die Deutsche Nationalbibliothek verzeichnet diese Publikation in der Deutschen Nationalbibliografie; detaillierte bibliografische Daten sind im Internet über http://dnb.d-nb.de abrufbar.

»Das Meer, das so groß und weit ist, da wimmelt's ohne Zahl,
beides, große und kleine Tiere. Daselbst fahren Schiffe
und da sind Walfische, die du erschaffen hast,
dass sie darin spielen.«

Psalm 104: 25 – 26.

PROLOG

1691
VOR DER KÜSTE VON NEW PROVIDENCE

Riddick Blackwood stand breitbeinig über dem getöteten Feind und atmete den Geruch von Schwarzpulver und frisch vergossenem Blut ein. Heute war ein heißer, sonniger Tag in der Karibik ohne die kleinste Brise, die den Gestank der Schlacht verwehte. Es störte ihn nicht, denn es gab nichts Besseres als einen Tanz mit dem Tod, um einem Mann das Gefühl zu verleihen, wahrhaft lebendig zu sein. Der Captain fragte sich, was seine Mannschaft wohl denken würde, wenn sie wüsste, dass ihm der Kampf ausnahmslos mehr bedeutete als die Beute?

»Der Sieg ist unser, Captain«, verkündete sein Steuermann Rax. Neben ihm lag ein gefallener Gegner. Von Rax' Schwert tropfte Blut.

»Das ging schnell«, antwortete Blackwood und ließ seinen Blick in der Hoffnung schweifen, einen kampfbereiten Feind zu entdecken. Er sah keinen. »Ich muss eingestehen, dass ich ziemlich enttäuscht bin.«

»Die meisten Seeleute laufen schon vor Furcht weiß im Gesicht an, wenn die *Maelstrom* am Horizont auftaucht, Captain. Du machst deine Arbeit einfach zu gut.« Rax kniete neben der Leiche nieder und durchstöberte die Taschen des Toten.

Er hatte recht. Blackwood eilte ein Ruf voraus, der dafür sorgte, dass es nur die wenigsten Kapitäne wagten, sich auf ein Gefecht mit ihm einzulassen. Üblicherweise kapitulierten die Schiffe, die von der *Maelstrom* aufgebracht wurden, bedingungslos.

»Ich schaue mich mal um, ob ich jemanden finde, der noch Widerstand leistet.« Blackwood versuchte, gelangweilt zu klingen, doch die Blutlust, die in ihm tobte, drängte ihn zu einem weiteren Kampf. *Bitte lass jemanden etwas Dummes tun,* betete er insgeheim.

Sein Wunsch blieb unerfüllt. Alle Überlebenden hatten die Waffen gestreckt. Blackwood musterte die Gefangenen. Einige schienen bei guter Gesundheit zu sein, also konnte er sie auf dem Sklavenmarkt verhökern. Mit den Übrigen konnte er nur schwerlich etwas anfangen.

Stiles, der Erste Offizier, gesellte sich zu ihm.

»Wie war unsere Ausbeute?«, fragte Blackwood.

»Wir haben Vorräte für längere Zeit gefunden, aber leider kein Gold. Der ganze Aufwand hat sich kaum gelohnt.«

»Blödsinn. Wir müssen regelmäßig kämpfen, um unsere Klingen scharf zu halten.« Blackwood richtete das Wort an die Gefangenen: »Jeder Mann, der schwört, nicht die Hand gegen uns zu erheben, bleibt ungeschoren.«

Hastig legten alle den Eid ab.

»Exzellent. Ihr werdet meinem Ersten Offizier, Mister Stiles, ebenso gehorchen, wie ihr mir gehorcht.« Der Genannte deutete eine spöttische Verbeugung an. »Außerdem tut ihr, was Mister Rax euch sagt. Nicht weil er für mich spricht, sondern weil er ein verdammter Bastard ist, der euch absticht, falls ihr ihn verärgert.«

Manche der Gefangenen lachten gekünstelt. Die meisten starrten beklommen aufs Deck.

»Kümmere dich darum, dass sie alles Wertvolle auf unser Schiff bringen«, befahl Blackwood seinem Ersten Offizier. »Sobald sie fertig sind, sperrst du die Guten in die Brig und lässt die anderen frei.«

»Aye, Aye, Captain.« Stiles setzte ein breites Grinsen auf. Was der besiegten Mannschaft bislang nicht schwante, war, dass *freilassen* in diesem Fall so viel wie *über Bord werfen und schwimmen bis zur nächsten Insel* bedeutete. Allerdings war aktuell nirgendwo Land in Sicht …

Blackwood hatte die Wahrheit gesprochen – seine Mannschaft fügte den Besiegten kein Leid zu. Die zukünftigen Sklaven wurden bestens gehegt und gepflegt. Der Rest würde lediglich ein wenig nass werden. Was ihnen nach ihrem Abschied von der *Maelstrom* zustieß, war eine Angelegenheit zwischen ihnen und den Haien.

»Captain!«, rief einer der Gefangenen, ein dürrer Kerl mit großen Augen und wenigen Zähnen.

Rax stiefelte zu dem Mann und verpasste ihm einen Tritt in die Rippen. »Wage es nie wieder, den Captain direkt anzureden.«

Der Gefangene stöhnte vor Schmerz. »Es tut mir leid, aber es gibt etwas, das er bestimmt wissen möchte.«

»Was soll das sein?«

Der Mann wirkte nervös. Er gehörte zur unruhigen Sorte. Typen wie er trieben Blackwood mit Leichtigkeit zur Raserei. »Der Captain würde nicht wollen, dass sonst jemand davon erfährt.«

»Also gut, komm mit.« Rax packte ihn am Haarschopf und schleifte ihn über das Deck zu Blackwood und Stiles. Dort angekommen, sagte er: »Du kannst jetzt aufstehen. Falls du auf die Idee kommst, etwas anzustellen, hast du ein Messer im Rücken. Und glaub mir, Bürschchen, ich weiß, wo ich das Ding reinrammen muss.«

»Das Gleiche hast du zu dem Kabinenjungen in Port Royal gesagt«, spottete Stiles.

Rax ballte die Fäuste und wollte auf Stiles losgehen. Doch Blackwood musste bloß einen Finger heben, um ihn zu stoppen. Rax erstarrte und nahm die Arme runter, obwohl er vor Zorn zitterte und seine Augen wütend funkelten. Auf vielen Piratenschiffen war der Captain einer unter Gleichen und sein Rang beruhte auf der Zustimmung der Mannschaft. Auf anderen Schiffen dagegen hatte der Captain die Rolle eines absoluten Monarchen inne. Sein Befehl glich einem unumstößlichen Gesetz, gegen das niemand verstieß. Riddick Blackwood gehörte zur zweiten Kategorie.

»Sag ihm, dass du einen dummen Witz gerissen hast, Stiles.«

»War nur ein Scherz.«

Rax nickte. »Dann werde ich dich heute nicht erledigen.« Er grinste.

»Aber wer weiß, was der morgige Tag bringt.«

»Ihr zwei kümmert euch um die Gefangenen«, befahl Blackwood. »Ich komme hier allein klar.«

Die beiden taten wie ihnen geheißen und trieben die Gefangenen brüllend dazu an, hart für ihr Brot schuften.

Blackwood lächelte den zahnlosen Kerl an. »Wie lautet dein Name?«

»Garth, Captain.« Der Mann musste schlucken, dabei hüpfte sein Adamsapfel auf und ab.

»Und was musst du mir so dringend mitteilen?«

Garth senkte die Stimme. »Ich möchte auf der *Maelstrom* anheuern.«

»Was hast du mir im Gegenzug zu bieten?«

Den Oberkörper vorgebeugt, flüsterte Garth fast lautlos zwei Wörter: »Ewiges Leben.«

KAPITEL 1

VOR DER KÜSTE DER ANDROS-INSELN AUF DEN BAHAMAS

Die Sonne schien auf das kristallklare Wasser. Ein sanftes Lüftchen umspielte Dane Maddocks kurzes, blondes Haar. Der Himmel war blau und die See ruhig. Es war ein perfekter Tag zum Schatzsuchen, doch nicht alle Anwesenden an Bord waren glücklich mit der Situation.

»Zum letzten Mal, dieses Schiff ist mehr als eine Legende.« Maddock hob die Hand, um die Beschwerden der Besatzungsmitglieder abzustellen. Am lautstärksten hatte Bones Bonebrake, sein bester Freund, Geschäftspartner und ehemaliger Kamerad bei den Navy SEALs, seine Bedenken geäußert.

»Es stimmt zwar«, sagte Maddock, »dass es einen Fantasyroman gibt, der Blackwood und die *Maelstrom* thematisiert, trotzdem ist ihre Existenz eine historische Tatsache.« Obwohl er dieses Argument schon mehrfach vorgebracht hatte, schienen seine Leute nach wie vor reichlich skeptisch zu sein.

»Also gut, ich halte den Mund«, gab Bones klein bei. Sein Entschluss hatte nur kurz Bestand. »Und wenn wir hier fertig sind, sollten wir uns auf die Suche nach dem Schatz von Frodo Goblin machen, oder wie auch immer dieser Gnom hieß …«

»Überlass die Tolkien-Vergleiche Leuten, die im Gegensatz zu dir lesen können«, stichelte Corey Dean.

Unterschiedlicher als Bones und Corey konnten zwei Menschen kaum sein. Bones war ein bulliger, fast zwei Meter großer Cherokee-Indianer mit einer langen, schwarzen Mähne, die er für gewöhnlich zu einem Zopf bändigte. Corey dagegen hatte rote Haare und einen rötlichen Teint. Er war in jedem seiner körperlichen Merkmale durchschnittlich, verfügte aber über einen ungeheuer scharfen Verstand. Er war der Einzige des ganzen Haufens, der keine militärische Vergangenheit aufwies; doch als Technikzauberer war er ein wertvoller Bestandteil des Teams.

»Zumindest konnte ich die Nachricht entziffern, die mir deine Mutter letzte Nacht zugeschoben hat«, konterte Bones.

»Bäh … musst du so eklig werden?«, fragte Willis Sanders.

Und auch Matt Barmaby, das letzte Mitglied der Crew gab seinen Senf dazu: »Ich muss Willis zustimmen. Ich habe Coreys Mutter einmal kennengelernt. Sie sieht genauso aus wie ihr Sohnemann, mit dem einzigen Unterschied, dass ihr kein Bart wächst.«

Genau wie Bones und Corey ergaben Willis und Matt ein ungleiches Paar. Willis war ein weiterer Ex-SEAL und hatte fast dieselbe Statur wie Bones. Er war ein dunkelhäutiger Afroamerikaner und rasierte sich den Kopf zu einer Glatze. Im Kontrast dazu wies Matt eine helle Haut und dichtes, braunes Haupthaar auf. In Minnesota geboren, hatte er bei den Army Rangers gedient.

»Leckt mich am Arsch, ihr Idioten«, schnaubte Corey. »Also, wollt ihr jetzt hören, was ich vorhin auf dem Sonar reinbekommen habe?«

Auf einen Schlag schwiegen alle wie gebannt. Maddock grinste, denn Corey hatte ihn bereits über den Fund informiert.

»Dort unten ist definitiv ein Schiff«, fuhr Corey fort. »Es ist aus Holz und befindet sich fast genau an der von Maddock prognostizierten Stelle.«

Maddock setzte ein wissendes Grinsen auf, obwohl er selbst von seiner Vermutung anfangs nur bedingt überzeugt gewesen war. Er hatte keinerlei primäre Quellen zum Sinken der *Maelstrom* aufstöbern können, deshalb musste er sich auf über Generationen mündlich weitergereichte Geschichten verlassen. Hoffentlich hatte er dabei einen Treffer gelandet.

»Wie sieht das Wrack aus?«, fragte Bones.

»Um das herauszukriegen, haben wir die *Uma* runtergeschickt«, berichtete Maddock. *Uma* war der Spitzname, den Bones ihrer ferngesteuerten Unterseekamera in Anlehnung an die Schauspielerin Uma Thurman verliehen hatte. »Der Zustand des Schiffs scheint eher schlecht zu sein, aber zumindest in Teilen ist es intakt. Es sollte sich definitiv lohnen, es näher zu überprüfen. Jetzt heißt es Daumen drücken.«

Als die Mannschaft vorschlug zu knobeln, wer den ersten Tauchgang absolvieren durfte, entschied Maddock, dass diese Ehre ihm und Bones zufallen würde.

»Immer wird er bevorzugt«, maulte Matt.

»Es sollte wohl heißen, immer die, die dir dein Gehalt bezahlen«, entgegnete Bones.

Matt runzelte die Stirn und fragte Willis: »Kannst du dich daran erinnern, wann du das letzte Mal entlohnt wurdest?«

Willis kratzte sich die – dank der karibischen Sonne – schweißglänzende Schläfe. »Wenn ich's mir recht überlege, habe ich bisher keinen Cent gesehen. Wahrscheinlich kann ich mir bald nur noch Einkäufe in Ein-Dollar-Läden leisten.«

»Daran ist nichts verkehrt«, behauptete Maddock. »Bones' gesamtes Kleidungssortiment stammt von dort.«

»Warst du einmal in einem Ein-Dollar-Laden in Detroit?«, fragte Willis. »Das sind echte Kriegsgebiete.«

Maddock lachte. Willis war in einer der ärmsten Gegenden von Detroit aufgewachsen. Er entfloh der Armut, indem er bei der Navy anheuerte, um später ein SEAL zu werden. Bei der Truppe lernte er dann vor vielen Jahren Maddock und Bones kennen. Seit er Maddocks Team angehörte, hatte er sich häuslich in Key West niedergelassen. Das Schatzsucher-Business bedeutete in der Regel Reichtum oder Mittellosigkeit. Im Moment nagten sie zwar nicht am Hungertuch, dennoch nutzte Willis jede Chance darauf hinzuweisen, was ihnen bei mangelndem Erfolg drohen mochte. »Gibt es in Lake Wobegon überhaupt einen Ein-Dollar-Laden?«, fragte er Matt.

Matt verdrehte die Augen und wandte sich ab. Dann reckte er den Kopf in die Höhe. »Hat jemand ein Fernglas zur Hand? Ich glaube, am Horizont taucht ein Schiff auf.«

»Ja, ich«, meinte Corey und hob das Fernglas vor die Augen. Als Maddock es ihm kommentarlos aus den Händen nahm, sagte er: »Wie höflich ...«

Maddock ignorierte den Hinweis und stellte den Fernglas-Fokus auf das näher kommende Objekt scharf. Es handelte sich um ein kleines Segelboot, bemannt mit einem attraktiven jungen Paar. »Nur Urlauber, nichts weshalb wir uns Sorgen machen müssten.«

Wie bei Schatzjägern üblich, begleite auch die Maddock-Crew eine stete Furcht, die Konkurrenz könne ihnen einen dicken Fang vor der Nase wegschnappen. Außerdem trieben vor allem rund um die Bahamas moderne Piraten ihr Unwesen, die nur darauf lauerten, gehobene Wertgegenstände ihren Findern abzuknöpfen.

»Schätze, Maddock hat recht«, sagte Bones. »Außer uns ist niemand auf der Fährte von Captain Hook.«

Maddock konnte seinen Drang, endlich auf den Tauchgang zu gehen, nicht mehr länger zügeln. »Bist du endlich fertig, Bones?«

»Immer schön langsam, du hast keinen Grund dazu zu wiederholen, was dich deine Alte letzte Nacht gefragt hat …« Bones verstummte und lief knallrot an, als ihm bewusst wurde, in welches Fettnäpfchen er gerade getappt war.

Maddock schluckte trocken. Melissa, seine Frau, war vor gut einem Jahr plötzlich und unerwartet verstorben, kurz nachdem er seine Eltern verloren hatte. Die einzige Familie, die ihm geblieben war, waren die Menschen auf dem Schiff, auf dem er sich gerade befand. »Alles okay, ich weiß, es war ein Versehen.«

»Das war so was wie eine Redensart«, erklärte Corey. »Man sollte es nicht wörtlich nehmen.«

»Musst du dich nicht gerade darum kümmern, dein Tagebuch auf den neuesten Stand zu bringen?«, schnauzte ihn Bones an.

»Es ist kein Tagebuch, sondern es sind wissenschaftliche Aufzeichnungen«, widersprach Corey und stapfte in die Kabine.

Zehn Minuten später glitten Maddock und Bones in ihren Taucheranzügen durch das kühle, klare Wasser in die Tiefe. Einzelne Lichtbahnen durchschnitten die dunkler werdende Umgebung. Ein Sandhai, dessen Länge in ungefähr der eines menschlichen Unterarms entsprach, schwamm dicht an ihnen vorbei. Keine der beiden Parteien schenkte der anderen gesteigertes Interesse und beide gingen eigenen Geschäften nach.

Hier unten im Zwielicht konnte Maddock die gesamte Welt oberhalb der Wasseroberfläche vergessen. Er war dazu gezwungen, seine komplette Konzentration auf die nächste, anstehende Aufgabe zu bündeln. Was sie taten, war gefährlich und er liebte die Gefahr. Er war sein eigener Boss und die einzige Institution, die etwas von ihm einforderte, war das erpresserische Finanzamt. Davon abgesehen konnte er hingehen, wo immer er wollte und sich seine Arbeit frei auswählen. Zum ersten Mal seit Jahren war er mehr als eine Waffe in der Hand eines anderen, und er genoss das Dasein als freier Mann.

Als sie die Stirnlampen aktivierten, zeichneten sich schon bald die Umrisse des Wracks schwach in ihrem Schein ab. Für ein ungeübtes Auge wären sie leicht zu übersehen gewesen, so stark wie sie von Schlick und Meerespflanzen überdeckt wurden. Während sie darauf zuschwammen, schweifte ihre Blicke auf der Suche nach verstreuten Artefakten über den Boden. Sie konnten nichts entdecken. Das hatte nur wenig zu bedeuten, denn was sie begehrten, konnte im Bauch des gesunkenen Schiffes auf sie warten.

Als sie dort ankamen, rutschte Maddock das Herz in die Hosentasche. Dies hier war niemals ein Piratenschiff oder irgendetwas anderes gewesen, das Wertgegenstände transportiert hatte. Es handelte sich vielmehr um ein kleines Küstenboot. Statt sich bei Bones für die vergeblich geweckte Hoffnung zu rechtfertigen, fing er an, das Wrack zu inspizieren.

Der gute alte Bones … wenn er unter Langeweile litt, hatte er die Aufmerksamkeitsspanne eines Kolibris. Doch wenn man ihn auf einen Schatz ansetzte, war er voll und ganz bei der Sache. Zudem fühlte er sich wegen des Scherzes mit der Alten schuldig. Also beteiligte er sich an der Suche. Nach all dem Aufwand ergab es sowieso keinen Sinn, einfach unverrichteter Dinge abzuziehen, egal wie gering ihre Chancen auf eine nennenswerte Ausbeute sein mochten.

Die Suche dauerte nicht lange. Alles, was sie fanden, waren ein paar Scherben von zerbrochenem Geschirr und etwas, das wie ein Ei aus Ton anmutete. Bones hielt das merkwürdige

Ding hoch, damit sie es genauer begutachten konnten. Auf der Oberfläche prangten mehrere Reihen Piktogramme. Trotz kleinerer Beschädigungen konnte man erkennen, dass sie die Geschichte einer Seereise erzählten. So faszinierend das war, es würde sich erst noch zeigen müssen, ob sie es mit einem Wertgegenstand zu tun hatten. Trotz der Enttäuschung, die das uninteressante Wrack verursacht hatte, weckte das Ei ihre Neugier.

Maddock verstaute es in einem Netzbeutel, ehe die beiden zur Oberfläche zurückkehrten.

Wieder an Bord erstatteten sie den anderen Bericht, deren Interesse erlosch, sobald sie hörten, dass hier kein Schatz auf sie wartete. Mit den Scherben konnte niemand seine Rechnungen bezahlen. Wenigstens das Ei erlaubte ihnen ein wenig Optimismus.

»Glaubst du, es beinhaltet etwas?«, fragte Willis.

Maddock seufzte. »Möglicherweise schon, aber um das herauszufinden, bräuchten wir eine Ausrüstung, die wir nicht haben.«

»Was könnte da drin sein?«, rätselte Bones.

»Die Verzierung von Eiern war schon Jahrtausende vor dem Osterfest eine Sitte. In vielen Kulturen traten die unterschiedlichsten Variationen auf. Das älteste verzierte Ei wurde in Südafrika ausgegraben. Es hat fünfundfünfzigtausend Jahre auf dem Buckel.«

»Könnte es lokalen Ursprungs sein?«, fragte Matt.

»Vermutlich ja. Das Wrack gehört sicher nicht zu einem Schiff, das den Ozean überquert hat.«

»Sagt wer?«, bohrte Bones nach. »Die ersten Seefahrer aus der Alten Welt haben lange vor Kolumbus Nord- und Südamerika besucht.«

»Als Kind hast du keine Folge der damaligen History-Sendungen im Fernsehen verpasst. Stimmt's?«

Der Cherokee lachte. »Exakt. Und ich schaue mir bis heute gern die Wiederholungen an. Aber im Ernst: Wir sollten diese Möglichkeit nicht ausschließen.«

Maddock legte sich gerade eine spöttische Antwort zurecht, da zerriss ein Schrei die Stille.

KAPITEL 2

Maddock schnellte herum. Das Segelboot von vorhin war gekentert. Die junge Frau strampelte im Wasser und brüllte sich die Seele aus dem Leib. Ihr Begleiter war verschwunden. Immer noch im Taucheranzug sprang Maddock in die Fluten.

Willis hatte sogar noch rascher reagiert, da er diesmal die Action auf keinen Fall versäumen wollte. Nach einem formvollendeten Köpfer tauchte er aus dem Meer auf und schwamm mit kraftvollen Bewegungen auf das in Not geratene Boot zu. Maddock holte ihn dank seiner Schwimmflossen schnell ein.

»Braucht ihr Hilfe?«, rief Bones von Deck aus.

»Corey soll uns mit dem Schiff folgen, dann sehen wir weiter«, antwortete Maddock und schluckte dabei einen Mund voll salziger Gischt, die Willis beim Schwimmen aufgewirbelt hatte.

Die Motoren der *Sea Foam* erwachten röhrend zum Leben, während Maddock und Willis ihr Ziel erreichten.

»Mein Bruder, Kyle«, setzte sie die junge Frau ins Bild. »Er hat solange Blödsinn gemacht und ist auf dem Boot rumgeturnt, bis es gekentert ist. Jetzt kann ich ihn nirgendwo mehr sehen.«

»Sie halten sich einfach am Boot fest und wir werden ihn finden«, versicherte Maddock ihr.

Der Vermisste musste irgendwo unter der Wasseroberfläche sein. Maddock biss auf seinen Atemregler und tauchte ab. Er entdeckte Kyle sofort, der unter dem gekenterten Boot gefangen war und wild mit Armen und Beinen ruderte; doch etwas hielt ihn an Ort und Stelle fest. Zumindest war er am Leben.

Willis schwamm vor Kyles Gesicht und versuchte, seine Aufmerksamkeit zu erregen. Dabei wahrte er den gebotenen Sicherheitsabstand, da Ertrinkende ihre potenziellen Retter oft mit in die Tiefe rissen. Als Kyle ihn entdeckte, machte Willis beruhigende Gesten, bis er mit dem Zappeln aufhörte.

Maddock schwamm zu ihm und bot ihm den Atemregler an. Kyle hatte offensichtlich Erfahrung im Tauchen, denn er wusste ohne Anleitung, wie er damit umzugehen hatte. Erfrischt durch die Luftzufuhr hob er den Daumen und zeigte dann auf seinen Nacken. Um den Hals trug er einen Kristall an einer dicken Kordel, die sich in einem Riss im Boot verhakt hatte. Maddock zog sein Messer und schnitt ihn frei.

Als die Kordel durchtrennt war, nahm Kyle den Kristall in beide Hände und schwamm an die Oberfläche.

Dort befand sich inzwischen Bones im Wasser und half Kyles Schwester auf die *Sea Foam*.

»Danke, Kumpel«, sagte Kyle. »Ich dachte. Ich wäre erledigt.«

»Keine Ursache«, antwortete Maddock.

»Als ich dich mit deinen blonden Haaren und dem Taucheranzug sah, dachte ich, Aquaman sei gekommen, um mich zu retten.«

Willis lachte. »Maddock, seit wann hast du eigentlich einen grün und orangefarbenen Anzug?«

»Frage ich mich auch gerade …« Maddock grinste.

»Hey, wie geht's Alter?«, fragte Kyle Willis. Der junge Mann zeigte sich ungeachtet des gerade eben erlittenen Unfalls überraschend gut gelaunt.

»Wie hast du mich gerade genannt?«

»Er hat es nicht böse gemeint«, beschwichtigte Maddock. »Ich bin Maddock und das ist Willis. Der Typ, der deiner Schwester an Bord geholfen hat, trägt den Namen Bones. Ich würde dir dringend raten, ihn nicht anders anzureden, es sei denn, er hat dir die Erlaubnis dazu gewährt.«

»Versprochen.« Kyle formte mit der Hand das Peace-Zeichen, dann hievten ihn Matt und Corey auf die *Sea Foam.*

Seine Schwester bedanke sich bei Willis und Maddock. Sie hatte eine hellbraune Haut und zahlreiche Sommersprossen sprenkelten ihren Nasenrücken. Das schwarze, gelockte Haar fiel ihr bis auf die Schultern. Groß und schlank funkelten ihre braunen Augen vor einer Intelligenz, von der bei ihrem Bruder kaum etwas bemerkbar war. »Raeána Franklin oder kurz Rae«, stellte sie sich vor. »Und das ist, wie ihr bereits wisst, mein Bruder Kyle.«

»Alle nennen mich nur Meistersurfer«, prahlte Kyle, der auf dem Deck herumlümmelte, als sei er auf einer Urlaubsreise.

»Von wegen«, widersprach Rae. »Das hättest du wohl gern, aber das wird nie passieren.«

Abgesehen von ihren gelockten Haaren wiesen die zwei keinerlei Ähnlichkeiten auf. Kyle stellte das Klischeebild eines typischen Surfers dar – tief gebräunt, von der Sonne ausgebleichtes blondes Haar und unstete, blaue Augen.

»Habt ihr die gleiche Mutter oder den gleichen Vater?«, fragte Willis.

»Sowohl als auch«, antwortete Kyle.

»Weder noch«, sagte Rae.

Maddock rieb sich angesichts der widersprüchlichen Auskunft das Kinn. Von den beiden erschien ihm Rae als die Zuverlässigere, also bedachte er sie mit einem fragenden Blick.

»Wir waren während der Schulzeit in derselben Pflegefamilie. Wir sind nicht blutsverwandt.«

»Das ist nicht nötig, um einer Familie anzugehören«, meinte Bones. Er und die anderen Mitglieder der Crew wiesen auf diesen Umstand seit Melissas Tod immer wieder hin. Maddock wusste diese Geste zu schätzen, obwohl er sich längst dazu bereit fühlte, nicht mehr mit Glacéhandschuhen angefasst zu werden.

Kyle streckte sich, gähnte und fragte: »Wie werden wir Echards Boot zu ihm zurückbringen?«

»Echard?«, wiederholte Rae. »Ist das die Person, von der wir das Boot ausgeliehen haben? Du hast mir gesagt, es gehört Val.«

»Habe ich das?« Kyle runzelte die Stirn.

»Wer ist Echard?«, erkundigte sich Bones.

»Ein Freak hier aus der Gegend, der allen Mädels nachsteigt. Er verkauft solchen Schrott wie den Kristall, wegen dem Kyle fast ersoffen wäre. Es kursieren Gerüchte, wonach er seine Finger in schlüpfrigen Geschäften hat. Kyle ist der einzige Mensch, den ich kenne, der seine Gegenwart erträgt.«

»So schlimm ist er gar nicht. Immerhin hat er uns das Boot für fünfzig Dollar ausgeborgt.«

Rae seufzte übertrieben. »Wenn du dafür zahlst, ist es nicht geliehen, sondern gemietet. Bist du dir überhaupt sicher, dass er der Eigentümer des Boots ist? Ich kann mir bestens ausmalen, wie Echard dir dein Geld aus der Tasche geleiert hat, indem er dir das Boot eines anderen Besitzers aufgeschwatzt hat.«

»Er hat geschworen, es sei sein eigenes.«

»Alles wird in Ordnung kommen«, beendete Maddock die fruchtlose Diskussion. »Matt und Willis haben mehr gekenterte Boot aufgerichtet, als ich zählen kann.«

»Tatsächlich?«, fragte Matt.

»Und sie sehnen sich schon den ganzen Tag danach«, fuhr Maddock mit erhobener Stimme fort, »endlich ins Wasser zu kommen.«

Mit der Unterstützung von Bones und etlichen sinnlosen Anweisungen von Kyle, gelang es ihnen, das Boot auf die richtige Seite zu drehen und dabei den größten Teil des Wassers aus seinem Rumpf zu kippen. Nachdem sie das Segel gerafft und alle losen Seile dingfest gemacht hatten, vertäuten sie es am Heck der *Sea Foam*, um es zurück zur Insel zu schleppen.

Kyle beschrieb sich selbst als einen leider zu spät geborenen Mann der Renaissance, obwohl er das Wort nicht einmal richtig aussprechen konnte, der seine Zeit mit Musizieren, dem Verfassen von Gedichten und dem Sammeln von Geschichten verbringt. Am Ende verkündete er: »Vor allem bin ich jedoch ein Mann der See.«

»Hab ich mir gleich gedacht«, stichelte Bones. »Du bist von derselben Sorte wie die meisten Seeleute, die ich kenne.« Mit seiner Bemerkung handelte er sich einen herzlichen Lacher von Matt und einen strengen Blick von Rae ein.

Die Stichelei prallt wie ein Gummiball von Kyle ab. »Darüber hinaus nehme ich am Blue Descent teil, einem Wettbewerb im Freitauchen. Er wird hier bei uns auf Andros abgehalten, in einem der weltweit tiefsten Unterseelöcher. Ihr solltet euch die Show gönnen. Morgen findet sogar ein Tag für Anfänger statt, die außer Konkurrenz mitmischen.«

»Maddock und ich sind ganz scharf darauf«, meinte Bones.

»Sind wir das?« So sehr Maddock das Tauchen auch liebte, solange nichts Zählbares dabei für ihn heraussprang, sah er kaum einen Sinn darin.

Bones legte ihm freundschaftlich einen Arm um die Schulter. »Klar sind wir das.«

Kyle grinste und wandte sich an Willis und Matt: »Wie steht's mit euch zwei Haudegen? Habt ihr Lust auf eine Herausforderung?«

Willis schüttelte bedächtig den Kopf. »Das klingt für mich nach einer von den Sachen, auf die Weiße kommen, wenn sie zu viel geraucht haben.«

Matt zuckte mit der Achsel. »Deshalb bin ich auch Nichtraucher.«

Kyle nickte ihm zu. »Also Maddock und Bones, dann bleibt die Angelegenheit an uns allein hängen.«

Maddock schloss die Augen und zählte bis drei. Als er sie wieder öffnete, war Kyle nach wie vor ein Idiot, der gerade damit begann, von den geheimnisvollen Kräften zu schwafeln, über die sein Kristall gebot. Angeblich konnte er Energie speichern, Leute heilen und als Waffe verwendet werden.

»Wer's glaubt, wird selig«, kommentierte Bones.

Auf dem Rückweg zur Insel unterhielt sich Maddock angeregt mit Rae. Im Gegensatz zu ihrem Bruder war sie intelligent und hatte einen klaren Kopf. Maddock konnte sie von Anfang an gut leiden. »Was hat dich eigentlich auf die Bahamas verschlagen?«

»Ich unterrichte hier am College. Die Bezahlung ist mäßig, dafür habe ich eine feste Anstellung. Die älteren Kollegen, vor allem die männlichen, halten mich zwar für ihr Mädchen für alles, aber ich liebe die Inseln und das Leben hier.«

Maddock verstand sie gut. Er schätzte sein Heim in Key West in Florida ebenfalls sehr und auch unschöne Dinge konnten ihm das nicht verderben. Die Arbeit als Schatzjäger lief normalerweise auf alles oder nichts hinaus. Doch sämtliche Mühen und Herausforderungen waren nebensächlich, solange sie es ihm erlaubten, direkt am Meer zu wohnen.

»Und wie lautet deine Geschichte?«, fragte Rae.

Er lieferte ihr einen kurzen Abriss seiner Biografie, von seiner Zeit bei den Navy SEALs über den Tod seiner Eltern und seiner Frau, bis hin zu seiner Karriere als Schatzsucher.

Rae lauschte ihm voller Sympathie. Als er fertig war, drücke sie seinen Arm sanft. »Es tut mir so leid. Ich kann mir nur schwer vorstellen, wie schlimm das für dich ist, da meine leiblichen Eltern starben, als ich ganz jung war, sodass ich mich kaum an sie erinnere. Und ich war nie verheiratet.«

»Jemand, der so hübsch und intelligent ist wie du? Kaum zu glauben«, sagte Maddock und dachte: *Oje, jetzt führe ich mich schon wie Bones auf.*

Rae schien sich nicht daran zu stören und strahlte von einem Ohr zum anderen. »Dankeschön. Und vermutlich rennen dir die Ladys die Tür ein, seit du Single bist.«

»Du machst wohl Scherze«, meinte Bones. »Wenn ihm jemand die Tür einrennt, dann eine Frau, die schnellstens weg von ihm will.«

»Ich dachte, deine Mom hat dir Hausarrest verpasst«, konterte Maddock.

Raes Blick schweifte zwischen den beiden Männern hin und her, dabei wirkte sie wie eine Lehrerin, die von ihren Schülern genervt wird. »Okay … glaubt ihr, mit Kyle ist alles in Ordnung? Es sieht zwar so aus, aber man weiß ja nie.«

»Schätze er hat keinen permanenten Hirnschaden davongetragen«, diagnostizierte Bones. »Bei ihm kann man das leider nur schwer erkennen.«

»Ist ja gut. Mir ist klar, dass er ein Trottel ist. Trotzdem ist er mein Bruder und er ist ein freundlicher und warmherziger Mensch. Ich kümmere mich seit fünfzehn Jahren um ihn und das werde ich auch weiterhin tun.«

»Bones hat es nicht so gemeint«, relativierte Maddock. »Er hat bloß ein ziemlich loses Mundwerk, genau wie der Rest der Crew.«

»Ja, das ist mir auch schon aufgefallen.«

Plötzlich hatten alle den Faden verloren und eine peinliche Stille lastete auf der Kabine. Maddock rätselte, was er sagen sollte? Verdammt. Melissa war seit über einem Jahr tot und er scheiterte daran, eine lockere Konversation mit einer Frau zuwege zu bringen. »Schönes Wetter heute«, platzte es schließlich aus ihm heraus. Nachdem die Worte seinen Mund verlassen hatten, fühlte er sich wie ein Idiot.

»Stimmt«, antwortete sie in einem Tonfall, der verriet, wie sehr sie seine Unsicherheit genoss. Und sie hatte nicht vor, ihn vom Haken zu lassen.

»Und was unterrichtest du«, startete er einen neuen Versuch.

»Biologie. Meine echte Leidenschaft gilt jedoch der Unterwasserarchäologie.« Sie schürzte die Lippen.

Die nur langsam in Gang kommenden Zahnrädchen in Maddocks Gehirn gerieten in Schwung. »Meine ebenfalls. Mein Vater war wie besessen von Captain Kidd. Auf der Suche nach dessen Schatz bereiste er die ganze Welt. Er widmete sich auch anderen Piraten, aber keiner faszinierte ihn so heftig wie Kidd.«

»Es muss wunderbar gewesen sein«, sagte Rae, »einen Vater zu haben, der der dir dieses Thema nahegebracht hat. Hat er dich auf der Suche mitgenommen?«

»Leider nein. Ich ging zur Schule, während er rund um den Globus auf Tour war. Danach hat er mir immer viel darüber erzählt.« Plötzlich hatte Maddock einen Gedankenblitz. »Wir haben heute etwas gefunden, das wir nicht bestimmen können. Hast du Lust, es dir einmal anzuschauen?«

Rae lächelte. »Klar. Worum genau handelt es sich?«

»Um das festzustellen, benötigen wir deine Expertenmeinung.«

»Also her damit.«

Maddock und Bones lotsten sie zur Kabine, in der er und sein Team die gefundenen Artefakte säuberten und aufbewahrten. Das Ei lag in einem Gefäß voll Meerwasser.

Rae saugte scharf den Atem ein. »Fantastisch! Darf ich dein Ei berühren?«

»Du bist vermutlich die erste Frau, die Maddock diese Frage stellt«, spöttelte der Cherokee.

Die Biologin ignorierte ihn. Als Maddock zustimmend nickte, zog sie Handschuhe an, fischte das Ei aus der Flüssigkeit und drehte es neugierig zwischen den Fingern. Sorgfältig studierte sie jeden Quadratzentimeter seiner Oberfläche.

Maddock erkannte in ihr seine eigene Begeisterung für antike Artefakte wieder. Vielleicht hatte er eine verwandte Seele gefunden.

»Es stammt mit Gewissheit aus der Alten Welt.«

»Hab ich's dir nicht gesagt, Maddock«, triumphierte Bones.

»Es ist überwältigend«, fuhr Rae fort. »In vielen Kulturen wurden Keramikeier hergestellt, wie ihr sicher wisst. Aber dieses hier …«, sie wog das Ei in der Hand, »ist ungewöhnlich schwer. Ich frage mich, ob es einen Inhalt hat.«

Maddock und Bones tauschten Blicke. Sie hatten sich bereits dieselbe Frage gestellt.

»Wir vermuten es«, sagte Maddock. »Wir scheuen uns jedoch, es aufzuschneiden, ehe wir sicher sind.«

»Wenn ihr einverstanden seid, kann ich es mit ans College nehmen. Wir haben einen Scanner, der uns einen Einblick in sein Innenleben gestattet. Außerdem würden wir ein besseres Bild der Eingravierungen auf der Eischale kriegen.«

»Das wäre klasse«, antwortete Maddock. »Wann könnest du das tun?«

Sie überlegte einen Moment. »Wir könnten morgen hingehen, gleich nachdem ihr bei dem Tauchwettkampf mitgemacht habt.« Sie lächelte erwartungsvoll.

Maddock wusste nicht, was er erwidern sollte. Ein Freitauchen in unerforschte Tiefen ohne wichtigen Grund entsprach keinesfalls seinem Geschmack. Etwas an Raes Lächeln verleitete ihn allerdings dazu, gegen diese Maxime zu verstoßen.

»Das ist meine Bedingung«, sagte sie.

»Es scheint dein Schicksal zu sein«, orakelte Bones.

Maddock schüttelte den Kopf. Mit dem Glauben an Vorherbestimmung konnte er nur wenig anfangen. Er hielt sich lieber an die Wissenschaft. Letztendlich gab sein Wunsch, mehr Zeit mit Rae zu verbringen, den Ausschlag für seine Entscheidung. »Also gut, ich bin dabei.«

KAPITEL 3

ANDROS-INSELN, BAHAMAS

Als die größten aller Bahamas-Inseln umfasst die Bodenfläche der Andros-Inselgruppe mehr Raum als die der übrigen siebenhundert Inseln zusammengerechnet. Ihre drei Hauptinseln North Andros, Mangrove Cay und South Androes erstrecken sich über mehr als einhundert Meilen in der Länge und vierzig Meilen in der Breite. Sie liegen so nahe beieinander, dass sie oft als eine einzige Insel betrachtet werden. Tourismus ist der entscheidende Wirtschaftsfaktor vor Ort. Insbesondere das Andros Barrier Reef – weltweit das sechstgrößte wassergefüllte Höhlensystem – zieht Besucher wie ein Magnet an.

In einer dieser Höhlen, einem sogenannten Blauen Loch, fand der Blue-Descent-Tauchwettkampf statt.

»Ich kann immer noch nicht glauben, dass es euch gelungen ist, mich zu diesem Unfug zu bequatschen.« Maddock stand an der Küste. In seiner Nähe saßen die Organisatoren der Veranstaltung an einem Klapptisch und registrierten die letzten

Teilnehmer. Ringsum diskutierten Tieftauchenthusiasten aus aller Herren Ländern angeregt über ihre Passion und tauschten die neusten Storys aus.

»Und ich kann gar nicht glauben, dass ich dich dazu bequatschen musste«, mäkelte Bones und schlug seinem Boss mit der flachen Hand gegen die Stirn. »Keine Angst, Kleiner, ich werde auf dich aufpassen.«

Maddock stieß Bones Arm zur Seite und spuckte einen halbherzigen Fluch aus. Gut einen Meter achtzig groß konnte man Maddock kaum als klein bezeichnen. Allerdings wirkte er neben dem hochgewachsenen Cherokee so und Bones liebte es, ihm diese Tatsache bei jeder Gelegenheit aufs Brot zu schmieren.

»Jetzt mal im Ernst. Hast du eine Ahnung, wie heikel dieser Spaß ist?«, fragte Maddock, während auf der Plattform im Wasser Schwimmer gerade eine Reling aus Seil installierten. »In solchen blauen Löchern wie dem hier verunglücken ständig Leute tödlich. Sie sind genauso gefährlich wie die Frischwasserhöhlen auf dem Festland.«

Blaue Löcher sind tiefe maritime, trichterförmige Röhren, die sich in Kalk oder ähnlichem karbonhaltigen Felsgestein herausgebildet haben. Manche reichen bis zu dreihundert Meter in den Boden und einige davon münden in versunkene Höhlensysteme. Bei aller Faszination, die sie ausüben, erweisen sie sich oft als tödlich.

»Klar gehen ein paar Leute drauf – Idioten die keinen blassen Schimmer haben, was sie tun«, wandte Bones ein. »Im Gegensatz zu uns.«

»Das betrifft auch Leute, die leichtfertig Risiken in Kauf nehmen.«

Bones zuckte mit der Achsel. »Was du als riskant bezeichnest, nenne ich spannend.«

Maddock ächzte. »Die Geschichte unseres Lebens ...«

»Vielleicht finden wir etwas Wertvolles.«

Maddock winkte ab.

Unzufrieden damit, kein Piratenschiff voller Gold und Juwelen entdeckt zu haben, war der Rest der Crew zum Wrack zurückgekehrt, um es einer zweiten Inspektion zu unterziehen.

Unterdessen gingen Bones und Maddock zum Tisch für die Registrierung. Dahinter saß eine Schwarze, die Zöpfe mit eingeflochtenen Muscheln trug, die bei jeder Kopfbewegung klimperten. Sie schien mit ihrer Geduld am Ende zu sein und deutete mit dem Zeigefinger auf einen sonnenverbrannten Mann in einem floral gemusterten Hemd. »Echard, ich sag's dir kein zweites Mal. Du wirst deinen Trödel hier nicht verscherbeln. Das ist ein ernstzunehmender Wettkampf und keine Beachparty.«

Dieser Typ war also der zweifelhafte Charakter, der Kyle den ominösen Kristall angedreht hatte. Der mittelalte Weiße sah wie eine völlig normale Person ohne kriminelle Ambitionen aus. Sein Outfit bestand aus einem Strohhut, einem Hawaiihemd und Sandalen. Seine lederartige Haut zeugte von einem langen Inselleben und einer Abneigung gegen Sonnencreme.

»Komm schon, Val«, jammerte Echard. »Sie werden jedes Quäntchen Glück brauchen. Welchen Schaden kann ein unschuldiges Amulett anrichten?« Er hielt ein Bündel geschnitzter Holzfiguren, die an Lederbändern baumelten, hoch. Diese schienen eher in den Südpazifik als in die Karibik zu passen.

Bones meldete sich mit der Hand wie ein braver Schüler. »Kumpel, ist nicht bei *Drei Jungen und drei Mädchen* eins von den Kids ertrunken, weil es mit einem Amulett am Hals ins Wasser ging?«

»*Drei Jungen und drei Mädchen*?« Maddock runzelte die Stirn. »Wie alt bist du? Achtzig?«

»Leck mich. Die Mutter war verdammt heiß.«

»Eure letzte Chance«, rief Echard den Tauchern zu und wedelte mit seiner Ware in der Luft herum. Als keine Reaktion erfolgte, trabte er davon.

»Was stimmt mit ihm nicht?«, fragte Bones.

»Er ist nur ein wenig exzentrisch«, antwortete der Mann neben ihm, ein gedrungener Kerl, Anfang dreißig, mit dichten Augenbrauen und fast ohne Hals. Er hatte einen leichten russischen Akzent. »Manchmal mag er lästig sein, er ist aber harmlos – zumindest munkeln die Einwohner der Insel das.«

»Glaubst du ihnen?«, wollte der Cherokee wissen.

»Er ist merkwürdig. Was ihm fehlt, kann ich nicht sagen.«

»Ich glaube, es ist sein Hemd«, mutmaßte Bones. »Es steht ihm längst nicht so gut wie Magnum.«

»Deine Kenntnis betreffend Fernsehserien ist erschreckend veraltet«, monierte Maddock.

»Dafür kann ich nichts. Sobald ich gemerkt habe, wie toll Mädchen sind, habe ich nicht mehr in die Glotze geschaut.«

Der Russe lachte und stellte sich vor. Er hörte auf den Namen Alexei und unterrichtete Russisch in einem kleinen College im Umland von Tampa in Florida.

»Ich hätte dich nie für einen Lehrer gehalten«, staunte Bones.

Maddock stimmte ihm zu. Was auch immer Alexeis aktueller Beruf sein mochte, die Anzeichen für die militärische Ausbildung, die er durchlaufen haben musste, sprangen einem sofort ins Auge. Sei es die Körperhaltung oder die Art, wie er sich bewegte.

»Ich bin erst seit Kurzem in diesem Bereich tätig«, erklärte Alexei ohne weitere Ausführungen.

Während sie warteten, füllte Alexei seine Anmeldung für den Blue Descent aus. Obwohl Tauchwettkämpfe ein alter Hut waren, handelte es sich bei diesem Event um etwas Spezielles.

Dem breiten Teilnehmerfeld gehörten Tauchsport-Asse an, die aus sämtlichen Winkeln rund um den Globus angereist waren. Der Wettkampf fand in den Disziplinen Freitauchen mit und ohne Flossen statt. Außer Bones und Maddock verzeichnete die Starterliste kaum Anfänger. Die meisten waren hier, um einen neuen Weltrekord – oder zumindest einen neuen nationalen Rekord – einzuheimsen. Alexei beispielsweise spekulierte auf die russische Bestleistung.

Als Sponsor für das Ereignis trat die Dos Equis Brauerei auf. Sie stifteten einen Teil des Preisgelds und verschenkten T-Shirts mit ihrem Logo.

»Das muss ein gutes Omen sein«, meinte Bones. Dos Equis war das Lieblingsbier der Besetzung der *Sea Foam.*

Auf Nachfrage von Alexei bekannten sich Maddock und Bones zu ihrem Status als Anfänger im Tieftauchen und erklärten ihm, ihre Teilnahme erfolge hauptsächlich aus Spaß und weil sie die Chance wahrnehmen wollten, in einem der blauen Löcher neue Erfahrungen zu sammeln.

»Wir werden mit Sicherheit keinen Rekord brechen«, sagte Maddock.

»Mit *wir* meint er sich selbst«, warf Bones ein. »Bei mir ist alles möglich.«

Draußen im Wasser absolvierte Kyle einen Kopfsprung von der Plattform. *Er wärmt sich wohl für morgen auf, wenn die Profis dran sind,* dachte Maddock. Kyle als Profi zu betrachten empfand er als ziemlich unpassend.

Plötzlich zerschnitt eine scharfe Stimme die Luft. »Hey ihr zwei«, rief Val und deutete mit einem Kugelschreiber in ihre Richtung. »Ich habe ein Wörtchen mit euch beiden zu reden.«

Als sie den Klapptisch erreichten, sagte sie: »Wenn ich es richtig verstehe, seid ihr keine Tieftaucher?«

»Das ist korrekt«, pflichtete ihr Bones bei. »Aber wir waren bereits tief unten – sogar im Wasser.«

»Was mein Freund damit sagen möchte«, erläuterte Maddock, »ist, dass wir erfahrene Profitaucher sind, die jedoch bisher nie an einem Wettkampf teilgenommen haben.«

»Und um welche Erfahrung handelt es sich genau?«

Maddock zählte die Kernpunkte auf, anschließend meinte Val: »Als ex Navy SEALs kann ich bei euch eigentlich ein Minimum an Verstand voraussetzen.« Sie deutete auf Bones. »Bei dem hier habe ich allerdings leise Zweifel daran.«

Vorgebeugt stützte Bones die Hände auf dem Tisch ab und lächelte. »In diesem Fall solltest du mich besser kennenlernen. Für die Drinks dabei komme ich auf.«

Val rollte mit den Augen. »Zettelt mir bloß keinen Ärger an. Ich hab schon genug damit zu tun, den Babysitter für unseren Meistersurfer zu spielen.«

»Du meinst Kyle?«, fragte Maddock.

Sie nickte. »Genau der. Seine Schwester hat keine Zeit und hat mich gebeten, auf ihn aufzupassen. Hey, wo du ihn gerade erwähnst: Wo steckt er eigentlich?«

»Er ist gerade von der Plattform gehüpft«, informierte sie Maddock.

»Oh nein … der Idiot hat gemeint, er will heute noch ein bisschen trainieren, aber ich fürchte, er …« Sie sprang von ihrem Stuhl auf und rannte zum Wasser. Im Laufen streifte sie ihr T-Shirt und ihre Shorts ab.

Bones und Maddock waren schneller. Innerhalb von Sekunden schwammen sie im Meer und steuerten rasch auf die Plattform zu. Dort schöpften sie kräftig Atem, ehe sie abtauchten.

Das dunkelblaue Wasser erschien unendlich. Nie zuvor hatte Maddock in einen solch tiefen Abgrund geblickt. Selbst mit Bones an der Seite kam er sich einsam und verloren vor. Obwohl er nicht den Hauch eines Zeichens von Kyle registrierte, drang er weiter und weiter vor und suchte die

Finsternis ab. Er musste die Nase mit der Hand zupressen, um die Luft aus seinem Rachen für einen Druckausgleich in die Ohren umzuleiten. Unsichtbare Klammern schienen seinen Brustkorb zu zerquetschen. Langsam wurde es gefährlich, doch sie durften nicht aufgeben. Maddock zog das Tempo an, ohne darauf zu achten, wie es ihm die Kehle zuschnürte. Er konnte die Luft länger anhalten als die meisten Menschen, doch wie für jeden anderen auch, gab es auch für ihn eine natürliche Grenze. Und der unergründliche Schlund vor ihnen wollte einfach nicht aufhören. Was eine Spur von Kyle anbelangte, herrschte immer noch Fehlanzeige.

Dann bemerkten sie den jungen Mann. Er trieb mit geschlossenen Augen aufwärts, direkt auf sie zu.

Maddock legte dem Bewusstlosen den Arm um die Brust und paddelte nach oben. Sekunden später half ihm Bones. Selbst mit vereinter Anstrengung war es ein harter Kampf, Kyle an die Oberfläche zu bugsieren. Maddock fing an, aufgrund von Sauerstoffmangel Sterne zu sehen. *Gleich geschafft,* sagte er sich selbst.

Schließlich durchbrachen sie den Wasserspiegel und hechelten im Licht der Sonne nach frischer Luft. Alexei und Val kamen ihnen zu Hilfe. Zu viert wuchteten sie Kyles schlaffen Körper auf die Plattform.

»Ich fasse es einfach nicht«, schimpfte Bones. »Der Kerl versucht es immer wieder aufs Neue, sich zu ertränken. Erst gestern und heute wieder. Das sind zwei Tage hintereinander.«

Unterdessen führte Maddock an Kyle eine Mund-zu-Nasen-Beatmung durch, gefolgt von einer Herzdruckmassage. Bei den meisten Menschen, die fast ertrinken, zieht sich der Kehlkopf zusammengezogen und verhindert so das Eindringen größerer Mengen an Wasser in die Lunge, indem es in den Magen umgeleitet wird. Mithilfe der Beatmung werden die Atemwege idealerweise wieder frei.

»Komm schon, Dummkopf«, feuerte Val Kyle an. »Rae bringt mich um, wenn dir etwas passiert ist.«

Sekunden später saugte Kyle – sehr zu Maddocks Erleichterung – einen kräftigen Atemzug ein. Er rollte den jungen Mann auf die Seite, der daraufhin Meerwasser erbrach. Nachdem er wieder richtig schnaufen konnte, legte sich Kyle auf den Rücken und spreizte die Arme.

»Hey Jungs, wir haben uns lange nicht gesehen. Mann, war das unglaublich!«

»Zum Glück waren wir wieder in der Nähe«, sagte Maddock.

»Ich wusste, dass mir der Kristall Glück bringt.«

»So, so, der Kristall …«, murmelte Bones. »Sieht so aus, als sei Rae zurück.«

Kyles Schwester stand in der Nähe der Küstenlinie, die Hände in die Hüften gestemmt. Über einem zweiteiligen Badeanzug trug sie ein locker sitzendes Tank Top.

»Lass uns zu deiner Schwester gehen und ihr alles erzählen«, schlug Maddock vor.

»Ich kann es kaum erwarten«, nörgelte Kyle.

Als sie bei ihr eintrafen, waren bei Kyle sämtliche Anzeichen von Unwohlsein verflogen und er erfreute sich ausgezeichneter Laune. »Macht euch keine Sorgen um mich. Mir geht's gut. Wirklich.«

»Das gestern war ein entschuldbarer Unfall. Was du heute angestellt hast, war dagegen pure Dummheit. Ich hätte gedacht, du wärst ein erfahrener Taucher«, rügte ihn Bones.

»Das bin ich auch. Ich wollte lediglich zwanzig Meter runtergehen, um ein Gefühl für die Umgebung zu kriegen. Dann habe ich etwas Interessantes erspäht.«

»Und was war das?«, fragte Rae.

»Vergesst es. Ihr würdet mich eh auslachen.« Er schüttelte den Kopf.

»Damit kommst du nicht durch«, ermahnte ihn Bones.

»Nun spuck es schon aus«, forderte ihn Maddock auf. »Wir hören …«

Kyle seufzte, setzte sich in den Sand, winkelte die Beine an und umfasste sie mit den Armen. »Es war seltsam. Ich wollte gerade umdrehen und als ich einen letzten Blick nach unten warf, sah ich ein Mädchen.«

»Ein Mädchen?«, fragte Rae in einem um Neutralität bemühten Tonfall.

Kyle nickte. »Ich weiß ja, wie bescheuert das klingt, aber ich habe sie nun mal gesehen.« Er legte eine Kunstpause ein, als würde er mit Widerspruch rechnen. Als dieser ausblieb, fuhr er fort: »Wie auch immer. Sie winkte mir zu, als ob sie Beistand bräuchte. Sie war nicht weit weg, also dachte ich, ich könnte sie schnell erreichen. Je rascher ich schwamm, desto größer wurde die Entfernung zu ihr. Nicht viel, aber zumindest ein klein wenig. Das Nächste, was ich weiß, ist, dass ich dann plötzlich nichts mehr wusste.« Er reckte die Arme hoch und hielt den anderen die offenen Handflächen entgegen.

»Wie sah das Mädchen aus?«, ging Maddock zunächst auf seine Geschichte ein, da es kaum schaden konnte, wenn er dies tat.

»Ja, war sie heiß?« Bones grinste.

»Sie war hübsch – verdammt hübsch. Selbst unter den bescheidenen Lichtverhältnissen im Wasser hätte das ein Blinder mitbekommen.«

»Was ist dir sonst an ihr aufgefallen?«, hakte Maddock nach.

Rae starrte Maddock entsetzt an, offensichtlich war sie verwirrt, weil er Kyle ernstzunehmen schien.

Ihr Bruder konzentrierte sich angestrengt. »Sie hatte helle Haut und langes Haar. Was die Farbe anbelangt, bin ich mir unsicher. Es war weder braun noch schwarz, vielleicht rot oder dunkelblond.« Er verstummte und dachte kurz nach.

Plötzlich klärte sich seine Miene. »Sie hielt einen Gegenstand in der Hand. Ich glaube, es war ein Messer.«

»Hatte sie einen Taucheranzug an?«, wollte Bones wissen.

Kyle verneinte.

»Lass mich die Sache klarstellen.« Bones verschränkte die Arme vor seinem mächtigen Brustkorb. »Du hast weit unter der Oberfläche ein Mädchen mit einem Messer gesehen, das dich in die Tiefe gelockt hat. Sie trug keinen Taucheranzug und du hast dir eingebildet, es sei eine gute Idee, ihr nachzuschwimmen.«

»So in ungefähr, mein zweifelnder, roter Freund. Es wirkte, als hätte sie Schwierigkeiten, also wollte ich ihr helfen. Wenn jemand in Gefahr ist, verschwendet der Meistersurfer keine Zeit mit Überlegungen.«

»Ja, klar.« Bones winkte ab.

»Sagt der Richtige«, warf Maddock ein. »Du schaltest deinen Kopf doch auch nicht ein, wenn es irgendwo brennt.«

»Trotzdem lasse ich mich nicht von einer heißen Braut in den Tod locken, egal, wie hübsch sie ist.«

Maddock hüstelte in seine Faust und sparte sich einen Kommentar. Bones war berühmt und berüchtigt dafür, Unfug anzustellen, sobald eine gutaussehende Frau die Bildfläche betrat. »Du brauchst jetzt vor allem Ruhe und Erholung«, riet er Kyle, nahm Rae an die Hand und ging mit ihr ein Stückchen, bis sie außer Hörweite kamen.

»Glaubst du wirklich, mit ihm ist alles okay?«, flüsterte Rae. »Und bitte mach jetzt keinen Witz über einen Gehirnschaden.«

»Schätze schon. Ich habe Leute kennengelernt, die wesentlich länger unter Wasser gewesen sind, ohne Folgeschäden zu erleiden.«

»Was ist mit seiner Vision von dem Mädchen? Sollte ich deshalb besorgt sein?«

»Wahrscheinlich hatte er durch den Sauerstoffmangel bedingt eine Halluzination. Das passiert häufig. Es ist so ähnlich wie eine Nahtoderfahrung, die manche Menschen auf dem Operationstisch haben. Dabei fangen die Synapsen an, wie verrückt zu feuern und verursachen ungewöhnliche Wahrnehmungen. Ihr Verstand gaukelt ihnen das vor, was sie über den echten Tod gehört und gelesen haben, ohne dass dies in der Realität passiert.«

»Sollte ich ihn vielleicht ins Krankenhaus fahren?«

»Denkst du, er wäre damit einverstanden? Schau ihn dir an.« Er nickte in Kyles Richtung, der gerade vorschlug, ein Bier trinken zu gehen.

Rae ließ die Schultern hängen. »Du hast recht. Ich liebe ihn, aber er benötigt ständig jemanden, der ihn behütet. Würde ich ihn jedes Mal in die Notaufnahme verfrachten, wenn er sich verletzt, wären wir längst bankrott.«

Maddock schaute auf seine Armbanduhr. »Was hältst du davon, dass wir die Fähre nach Nassau nehmen? Wenn wir sofort aufbrechen, erwischen wir das nächste Boot.«

»Auf keinen Fall. Laut unserem Deal besuchen wir das College erst, sobald der heutige Wettkampf vorbei ist.«

»Daran kann ich mich nicht erinnern.«

»Es ist mir schnuppe, woran du dich erinnerst.«

»Weshalb ist es dir so wichtig, hierzubleiben?«

»Das kann dir egal sein. Das Einzige, was zählt, ist, dass ich bleiben möchte.« Lächelnd zwinkerte sie ihm zu.

Maddock verlor für einen Moment den Faden. Rae war verflucht attraktiv. Dennoch musste er unwillkürlich immer wieder an Melissa denken. Sie war erst vor Kurzem gestorben, wie konnte er da mit einer anderen Frau flirten?

»Alles okay? Ich wollte dich nicht verwirren.«

»Ja, mir geht's gut. Wenn ich an dem Wettbewerb teilnehme, entdecke ich ja vielleicht Kyles mysteriöses Mädchen.«

»Großartig. Und ich verspreche, dass wir uns dem Ei widmen, sobald der Event fertig ist.«

Das Ei! Maddock hatte es den ganzen Tag in seinem Rucksack mit sich herumgeschleppt. In all der Aufregung hatte er diesen irgendwo abgestellt. Nur wo? Er ließ den Blick schweifen. »Hey Bones, hast du mein abgelegtes Gepäck gesehen?«

»Es ist nicht schön, deine Freundin so zu nennen«, witzelte der Angesprochene. Sein Grinsen versiegte, als ihm der Inhalt des Rucksacks bewusst wurde. »Du meinst den mit dem Ei?«

»Welchen sonst?«

Die beiden musterten die Leute am Strand. Bones' scharfe Augen erspähten jemand, der aus dem Getümmel fortging – einen Mann in einem Hemd mit Blumenmuster, der einen orangefarbenen und blauen Rucksack dabei hatte. »Hey Echard, bring das wieder her!« Bones donnernde Stimme übertönte das Geschwätz der versammelten Taucher. Dennoch tat Echard, als habe er ihn überhört und schlenderte weiter auf und davon.

Maddock sprintete los und holte ihn rasch ein. Er war fast schon bei ihm, als Echard sich umdrehte. »Warum zur Hölle verfolgst du mich?« Er verschränkte die Hände über dem Kopf, als sei Maddock ein Polizist, der ihn verhaften wollte.

»Warum stiehlst du meinen Rucksack?«

»Ich stehle gar nichts.« Er deutete auf die Last an seinem Rücken. »Meinst du den hier? Der gehört mir.«

»Da bin ich anderer Meinung«, verkündete Bones, während er sich dazugesellte und Echard den Rucksack abknöpfte. »Außer in deinem Pass steht Maddock.« Er deutete auf Maddocks Namen, der mit schwarzer Schrift auf der Verschlussklappe des Rucksacks geschrieben stand.

»Oh …« Echard runzelte die Stirn. »Ich hab gedacht, es wäre meiner. Da hab ich mich wohl getäuscht. Ich besitze genau den Gleichen. Tut mir leid.«

»Schon in Ordnung«, sagte Maddock, obwohl er gegensätzlicher Meinung war. Rae und Alexei hatten recht, was diesen Typen anbelangte. Echard war tatsächlich überaus zwielichtig.

Der nuschelte unverständlich vor sich hin und stapfte davon.

»Willst du nicht deinen Rucksack suchen?«, fragte Maddock.

Im Laufen antwortete Echard: »Nein. Mir ist gerade eingefallen, dass ich ihn daheim gelassen habe.«

»Ganz genau.« Bones Stimme triefte vor Sarkasmus. »Und der Papst tanzt heute Abend Samba.«

»Such nie nach dem Sinn in Bones Worten«, riet Maddock Rae. »Schenk ihm ein bisschen Aufmerksamkeit und er ist zufrieden.«

»Was mich wirklich zufriedenstellen würde, wäre die Aufmerksamkeit der japanischen Mieze da drüben«, korrigierte ihn der Cherokee. »Ihr entschuldigt mich bitte. Ruft mich, wenn der Wettkampf anfängt.«

Rae lachte, während Bones dem Objekt seiner Begierde zustrebte. »Mit der Masche, Frauen als Miezen zu bezeichnen, ist er bestimmt total erfolgreich beim weiblichen Geschlecht. Da bin ich mir sicher.«

»Nimm solche Sprüche nicht zu ernst. Er liebt es, Leute zu provozieren. Nur aus diesem Grund versichert er jedem, ein Fan der Redskins zu sein und trägt bei jedem Besuch im Reservat extra eines ihrer Trikots. Er zieht es an, nur weil er damit den Bewohnern auf den Sack geht.«

»Er ist schon recht speziell …«

»Wohl wahr«, pflichtete ihr Maddock bei. »Und dafür danke ich Gott. Doch so sehr ich ihn mag, auf zwei von seiner Sorte könnte ich glatt verzichten.«

»Genauso geht es mir mit meinem Bruder.« Sie drückte Maddock einen flüchtigen Kuss auf die Wange. »Auf geht's! Ich möchte dich tauchen sehen.«

KAPITEL 4

Zu Beginn der Veranstaltung wusste Maddock nicht so recht, was er davon halten sollte. Er besaß eine umfangreiche Taucherfahrung, allerdings mit der entsprechenden Ausrüstung. Nur in seltenen Fällen hatte er Freitauchen praktiziert. Dabei war immer Not am Mann gewesen und es ging um Leben oder Tod. Dasselbe aus rein sportlichen Gründen zu tun, hielt er für absurd.

»Ich weiß, was du denkst«, behauptete Bones. »Vertrau mir einmal.«

»Warum sagst du das? Wir haben seit Jahren unsere Leben in die Hände des anderen gelegt und jetzt tust du so, als würde ich dich nicht für voll nehmen.«

»Du bist bis heute am Leben, also hör mit dem Gemecker auf und tauche einfach. Wenn du Angst hast, dann tritt einfach von der Teilnahme zurück. Ich werde dich nicht aufhalten.« Als Bones Rae und Kyle an der Küste sah, winkte er ihnen zu. »Deine neue Freundin wird ziemlich enttäuscht von dir sein, falls du kneifst.«

»Ach Bones. Seit Melissas Tod …«

Maddock verstummte.

»Hör mir zu, Maddock. Ich verstehe dich. Ich habe sie auch gemocht. Ich war dabei, als ihr euch kennengelernt habt. Ihr Verlust ist traurig, aber seitdem ist genug Zeit verstrichen.« Als Maddock den Mund öffnete, um ihm zu widersprechen, redete Bones einfach weiter: »Es ist fast zwei Jahre her.«

»Ist es wirklich schon so lange …? Wie konnte die Zeit so schnell vergehen? Was habe ich seitdem getan?«

»Geschuftet wie ein Verrückter. Und jetzt bist du so weit, dir wieder ein bisschen Spaß zu gönnen.«

Maddock nickte. »Zur Hölle, ich werde tauchen.«

Vorher erhielten sie von einem Mitarbeiter des Veranstalters letzte Instruktionen: Der Tauchgang erfolgte an einem Seil in gerader Linie nach unten. Der Taucher drang so weit vor, wie er es vermochte. Nach der Rückkehr an die Oberfläche musste er die Taucherbrille abstreifen und mit erhobenem Daumen signalisieren, dass es ihm gut ging. Außerdem hatte er sein verbales Okay zu geben. Erst danach galt der Tauchgang als vollständig absolviert. Auf der Plattform und im Wasser warteten zur Sicherheit Taucher mit Drucklufttauchgeräten, die den Teilnehmern – falls nötig – rasch Nothilfe leisten konnten.

Unter Wasser hatten Bones und Maddock im Vergleich zu den restlichen Amateur-Wettkämpfern flink einen Vorsprung von gut fünf Metern herausgeholt. Es zeichnete sich ab, dass einer der beiden ehemaligen SEALs den Sieg erringen würde.

Maddocks Herz pochte vor Aufregung. Klar war dieser Wettstreit dämlich, aber auch nicht dämlicher als die Versuche, sich gegenseitig beim Freiklettern zu überbieten, denen er und Bones ständig nachgingen. Und heute würde Bones im Gegensatz zu Klettern den Kürzeren ziehen. Maddock drang kontinuierlich weiter vor, langsam wurde ihm die Luft knapp. Auf seiner Brust lastete ein enormer Druck, seine Kehle verengte sich und sein Herz raste. Bones zeigte ähnliche Symptome. *Das wird hart,* dachte Maddock. *Bones ist zu stur, um aufzugeben … und ich auch.*

In dieser Sekunde sah Maddock sie … beziehungsweise er sah etwas, das dem Umriss eines Menschen glich und näherkam. Sie schwebte höher und höher. Sie hatte dunkle Augen, ihr Mund stand offen und ein Glorienschein aus Haaren umwallte ihr Gesicht. Dann versank er in Dunkelheit.

Maddock riss die Augen auf. Im stechenden, kalten Salzwasser schwamm ein Taucher auf ihn zu. Er spürte starke Arme um seinen Oberkörper. Bones hatte ihn aufgefischt. Mit zwei leichten Klapsen auf seinen Arm signalisierte Maddock ihm, dass er das Bewusstsein wiedererlangt hatte. Der fremde Taucher, ein Mitarbeiter des Veranstalters, nahm seinen Atemregler heraus und bot ihn Maddock an. Abwechselnd versorgte das Gerät sie bis zur Rückkehr an die Oberfläche mit Luft.

»Nur der zweite Platz«, spöttelte Bones. »Wie immer.«

»Dein Kumpel hat dich um einen knappen Meter geschlagen«, berichtete Val. »Ihr seid verdammt tief runter. Ich wünschte, ihr hättet umgedreht, bevor du den Blackout hattest. Das hätte leicht schiefgehen können.«

»Tut mir leid«, entschuldigte sich Maddock. »Mein Fehler.«

Val tätschelte ihm die Schulter. »Schon okay. Hauptsache ihr seid in Ordnung.«

»Hast du unten etwas gesehen?«, fragte Bones im Flüsterton.

»Kein Kommentar.« An der Küste stand Rae und applaudierte ihnen. Sie hatte keinen Schimmer, was vorgefallen war. »Ich habe mit ihr einen Deal abgeschlossen«, antwortete Maddock. »Bones, du kümmerst dich um Kyle, da man ihn nicht ohne Babysitter allein lassen kann. Ich fahre mit Rae ins

Labor und danach erfährst du von mir, was ich unter Wasser entdeckt habe.«

So gut wie die beiden Freunde miteinander vertraut waren, konnten sie oft die Gedanken des anderen erraten. Die Gedanken, die Bones nun in Maddocks Kopf erahnte, hatten nichts mit einer mysteriösen Frau im Meer zu tun. Stattdessen … Er klopfte seinem Kumpel auf die Schulter. »So ist's richtig! Lade sie zu einem Drink ein. Wenn's gut läuft, kann das Ei gern bis morgen warten. In Nassau gibt's bestimmt genug freie Hotelzimmer.« Der Cherokee grinste süffisant.

So weit dachte Maddock nicht, dennoch stieg er auf die Überlegung des Cherokee ein. »Wir werden sehen, was passiert.« Er freute sich darauf, Zeit mit Rae zu verbringen, und er war neugierig auf den Inhalt des Eis. Aber er bekam die gespenstische Frau aus dem Ozean nicht aus seinem Verstand.

KAPITEL 5

Das auf Seefrüchte spezialisierte Brigadier's Restaurant an der Nordwestküste von Andros lag direkt neben dem Queen's Highway, nur wenige Meilen vom Blue Holes Nationalpark entfernt. Da es am Ende einer Pier erbaut war, bot sich den Besuchern von seiner Gaststube aus ein pittoreskes Panorama der Karibik.

Bones wählte einen Tisch auf der Terrasse aus und bestellte eine Runde Mojitos, um Kyle und sich selbst die Wartezeit bis zur Ankunft der Übrigen zu verkürzen. Üblicherweise bevorzugte er andere Getränke, aber am Ende eines heißen Tages konnte er dem Minzgeschmack von weißem Rum und dem erfrischenden Zitronenaroma nicht widerstehen. Das sanfte Wogen der Wellen, das Raunen der milden Brise und das Rascheln der Palmen sorgten für eine angenehme Atmosphäre. Fast hätte er entspannen können, wäre da nicht Kyle gewesen.

»Wie tief ist das Wasser hier?«, fragte Raes Bruder.

»Vielleicht zwei Meter. Warum?«

»Wenn ich ein paar zu viel im Tee habe, absolviere ich gern Hechtsprünge – besonders von Terrassen aus.«

»Babysitten für einen erwachsenen Mann«, grummelte Bones.

»Was hast du gesagt?«, fragte jemand von hinten.

Als Bones sich umdrehte, sah er Val, Alexei und eine attraktive Frau japanischer Abstammung, die Val als Koharu Shimizu vorstellte und die beim morgigen Wettkampf für Profis an den Start ging.

»In welcher Disziplin trittst du an?«, fragte der Indianer, um mit der Japanerin ins Gespräch zu kommen.

»In allen dreien. Obwohl ich Profi bin, nehme ich spaßeshalber teil.«

»Coole Einstellung.«

»Danke. Ich bin auf der Suche nach dem perfekten blauen Loch für den Geburtsvorgang.«

»Wie bitte?«

»Ich werde mein Baby in einem Blue Hole gebären. Kleinkinder sind Geschöpfe des Wassers. Ich kann mir nichts Besseres als eine Unterwassergeburt ausmalen. Das gilt auch für meinen Freund. Er ist ebenfalls Taucher.«

»Euch ist schon klar, dass Babys unter Wasser nicht atmen können?«

»Was ist mit einer Sauerstoffflasche?«, wandte Kyle ein, woraufhin zwischen ihm und Koharu eine Diskussion über alternative Geburtsmethoden entbrannte.

»Die beiden würden das ideale Paar abgeben«, meinte Val und bestellte eine Runde für den ganzen Tisch, wodurch ihre Sympathiewerte aus dem Blickwinkel von Bones erheblich stiegen. Jetzt, da sie nicht mehr mit Aufgaben innerhalb des Organisationsteams der Veranstaltung betraut war, genoss er ihre Anwesenheit und ihre Fröhlichkeit. Zudem liebte sie, genau wie er, den Ozean.

»Du bist ein wenig hibbelig. Hast du vielleicht deine Dosis Ritalin vergessen?«, fragte sie.

»Schenk dem keine Aufmerksamkeit. Ich bin nur etwas gestresst, weil ein Freund mir einen Job als Babysitter aufgedrückt hat, während er mit der Schwester des Babys eine Verabredung hat.«

Val schürzte die Lippen. »In seinem Alter sollte man eigentlich ohne Aufsicht frei herumlaufen können.«

»Ihr solltet manche meiner Studenten kennenlernen«, sagte Alexei. »Sie sind alt genug, um für ihr Land zu kämpfen und zu sterben, wenn sie eine fünfseitige Hausarbeit anfertigen sollen, benehmen sie sich jedoch, als würden sie zur Verteidigung Leningrads abkommandiert.«

»Cheers!« Bones kicherte und sie stießen mit den Gläsern an.

»Was bringt dich auf die Insel?«, fragte Val. »Kein Tauchwettkampf für Amateure, vermute ich?«

Bones schilderte ihr seine Tätigkeit als Unterseearchäologe und erzählte ihr von der Jagd nach Riddick Blackwoods Schiff, der *Maelstrom*.

»Ihr seid also Schatzsucher.«

»Ist das etwas Schlimmes?«

Val dachte einen Moment nach, dann schüttelte sie – unter Klimpern der in ihr Haar eingeflochtenen Muscheln – das Haupt. »Nicht unbedingt.«

»Dann ist's ja gut. Ich möchte keinen schlechten Eindruck bei der einzigen Frau am Tisch, die über ein funktionierendes Gehirn verfügt, hinterlassen.« Er warf einen Blick auf Kyle und Koharu, die sich gerade gegenseitig die Wunderwirkungen von Kristallen anpriesen.

»Hast du schon gehört, dass ein Glas gemahlener Rosenquarz in Flüssigkeit gelöst, gut gegen Nierensteine ist?«, fragte Kyle.

»Ich glaube, so ein Gebräu würde eher welche hervorrufen«, witzelte Alexei.

»Nur wenn du es falsch anwendest«, korrigierte ihn Kyle allen Ernstes.

»Du würdest also das da trinken?« Alexei deutete auf den Kristall am Hals des jungen Manns.

»Da bin ich mir nicht sicher. Echard hatte Probleme, festzustellen, über welche Kräfte er genau verfügt. Deshalb muss ich seine Eigenschaften erst noch ermitteln.«

Bones rollte mit den Augen, trank einen Schluck und wechselte das Thema. »Ihr kennt nicht zufällig ein paar interessante Legenden über Piraten?«

Val legte die Stirn in Falten. »Legenden? Damit habe ich nichts am Hut. Aber ich kann dir bei Bedarf mit historischen Fakten dienen.«

Bones unterdrückte ein Aufstöhnen. Maddock war derjenige von ihnen mit einem Fimmel für Geschichte. Doch er mochte Val, deshalb lächelte er und nickte.

»Nassau, beziehungsweise New Providence, wie es damals hieß, beheimatete die Republik der Piraten.«

Bones Neugier war entfacht. Eine Republik der Piraten? Ihm mochte eine Geschichtsstunde bevorstehen, bei der sich das Zuhören lohnte. »Nie davon gehört.«

»Die Republik war ein Zusammenschluss von Piraten und selbsternannten Freibeutern aus der Region. Sie existierte zu Beginn des Achtzehnten Jahrhunderts und überdauerte zehn Jahre. Im technischen Sinne war es keine echte Republik. Ein gemeinsamer Verhaltenskodex hielt sie zusammen.«

»Willst du mich veräppeln? Piraten, die Regeln befolgen? Das kannst du vielleicht Grundschulkindern auf die Nase binden.«

Val grinste. »Du verstehst mich falsch. Es ging dabei nicht um gesellschaftliches Verhalten, sondern darum, welche Rechte einfachen Mannschaftsmitgliedern gewährt wurden und welcher Anteil dem Einzelnen nach Plünderungen verbindlich zustand. Zudem hatte die Besatzung die Möglichkeit, einen unliebsamen Captain abzusetzen.«

»Das ist ja unglaublich. Bisher habe ich alle Piraten für ruchlose Halsabschneider gehalten.«

»Im Prinzip traf das auch zu. Das Interessante an dem Kodex war, dass er den Piraten an Bord ihrer Schiffe bessere Arbeitsbedingungen garantierte als ihren Kollegen, die auf Handels- und Kriegsschiffen fuhren. Außerdem war in einer Piratenmannschaft ein Afrikaner oder ein Ire mit einem Engländer gleichgestellt. Sogar einige Mulatten brachten es bis zum Captain.«

Bones wunderte sich nicht, dass die Piraten ihre Mannschaften ordentlicher behandelt hatten, als die Marine. Er kannte den Laden aus eigener Erfahrung.

»Die Ära der Republik war wirklich faszinierend. Zu ihren herausragenden Vertretern zählen schillernde Figuren wie die beiden Kapitäne Henry Jennings und Benjamin Hornigold.«

Der Cherokee spuckte fast seinen Drink auf den Tisch. Es dauerte einige Sekunden, bis er die Kehle frei hatte. »Hornigold? Wirklich? Der Name passt ja für einen Seeräuber wie die Faust aufs Auge.«

Val lächelte mitleidig. »Wie alt bist du? Ich hätte seinen Namen um ein Haar nicht genannt, weil ich deinerseits von vornherein eine solche Reaktion befürchtet hatte.«

»Aber du hast ihn ausgesprochen, weil du mich auf gewisse Weise amüsant findest.«

»Von mir aus kannst du dir das einreden. Ich habe ihn erwähnt, weil er den meisten Leuten unbekannt ist, obwohl er eine wichtige, geschichtliche Rolle gespielt hat.«

»Ich verstehe nicht, was daran lustig sein soll«, klagte Alexei.

»Horny ist im Englischen ein Ausdruck für sexuelle Erregung«, erklärte Val.

»Also eine Art Kalauer«, interpretierte der Russe. »Aber kein besonders lustiger.«

»Ja, ja, ist ja gut.« Bones winkte ab. »Jetzt will ich endlich die Geschichte von Mister Hornigold erfahren.«

»Er war einer der Lehrmeister eines gewissen Edward Teach.«

»Blackbeard«, sagte Bones.

»Ja und danke für die Unterbrechung. Außerdem förderte Hornigold die Karrieren von Sam Bellamy und Stede Bonnet. Jennings wiederum fungierte als Mentor für Charles Vane, Calico Jack Rackham und die Piratenköniginnen Anne Bonny und Mary Read.«

»Weibliche Seeräuber«, staunte Bones. »Feministische Piraten?«

»Gibt es eigentlich Situationen, in denen du auf dümmliche Kommentare verzichtest?«, konterte Val und bestellte eine neue Runde Getränke.

»Du musst mich als eine Art Wundertüte begreifen. Vieles, was aus meinem Mund kommt, ist Schwachsinn. Doch alles andere ist wundervoll.«

»Gerade kam etwas heraus, das mich vermuten lässt, dass du ein Frauenhasser bist.«

»Nee, nur ein notorischer Besserwisser. Aber ich halte ab jetzt die Klappe.«

Val hob die Augenbrauen. Obwohl sie deutlich kleiner als Bones war, wirkte es, als blicke sie auf ihn herab. »Daran zweifele ich. Wie auch immer: Die beiden waren zwar Rivalen, dennoch gründeten sie gemeinsam die Flying Gang und ihre erfolgreichen Raubzüge wurden im ganzen Land zu einem allgemeinen Gesprächsstoff. Irgendwann lebten über eintausend Piraten auf Nassau. Das war mehr als die Zahl der ursprünglichen Bewohner der Insel. Schließlich wurden sie mächtig genug, um bei Gelegenheit die Royal Navy herauszufordern.«

»Ich wette, das kam auf der anderen Seite des großen Teichs ziemlich schlecht an.«

»Allerdings. König George I. setzte Woodes Rogers als Gouverneur der Bahamas ein, um dem Piratentum einen Riegel vorzuschieben. Als Rogers mit seiner Flotte vor Ort aufkreuzte, bot er allen Piraten, die ihr Handwerk mit sofortiger Wirkung quittierten, Gnade an. Hornigold ließ sich auf den Handel ein, wechselte die Seiten und sperrte viele seiner ehemaligen Kameraden hinter Gitter. Andere Piraten wie Charles Vane und Blackbeard zogen sich zurück und entkamen.«

»Er hat sie also verraten …«

»Unter Dieben gibt es keine Ehre. Gleiches gilt für Piraten. Jedenfalls waren die Bahamas von da ab vor Piraten sicher. Dafür trieben sie in alle Winde zerstreut ein umso schlimmeres Unwesen in den angrenzenden Regionen. Damit begann das Goldene Zeitalter des Piratentums.«

»Was für eine coole Geschichte. Du weißt nicht zufällig etwas über Riddick Blackwood?«

»Nein, tut mir leid«, antwortete Val stirnrunzelnd.

»Schon okay.« Bones trank einen Schluck. Seine Frage war ein Schuss ins Dunkel und ein Treffer wäre pures Glück gewesen.

»Entschuldigung«, sagte jemand hinter ihm. »Ich habe deine Frage gehört und wie es der Zufall will, kenne ich mich gut mit Riddick Blackwood aus.«

Als Bones sich umdrehte, verschlug es ihm den Atem, so gut sah die Frau aus, die ihn angesprochen hatte. Ihr langes rotes Haar war von einem so unglaublichen Farbton, dass er niemals echt sein konnte. Ihre milchweiße Haut kontrastierte stark zu dem dunklen Teint der anwesenden Inselbewohner und der von Sonnenbränden rot getünchten Haut der Touristen. Ihre großen grünen Augen funkelten wie Smaragde. Die Kurven unter ihrem eng sitzenden Top und den Shorts machten es dem Cherokee unmöglich, sie nicht anzugaffen.

Er blinzelte. »Was hast du gesagt?« Ihr Anblick war schlichtweg schwindelerregend.

»Ich habe gesagt, ich weiß einiges über Captain Blackwood.« Ihre Stimme klang äußerst melodisch. »Und falls du bereit bist, mir einen Drink auszugeben, werde ich es dir verraten.«

Bones wollte schon darauf eingehen, da fiel ihm ein, dass er ein Auge auf Kyle werfen sollte.

Val interpretierte seinen Gesichtsausdruck richtig. »Tu dir keinen Zwang an. Ich kümmere mich um ihn.« Sie reckte das Kinn in Kyles Richtung, der einer inbrünstig lauschenden Koharu gerade die Vorteile der Homöopathie ausgiebig erläuterte.

»Sicher?«, fragte Bones. »Er ist jederzeit dazu in der Lage, spontan ins Meer zu hüpfen, wenn ihm irgendetwas Interessantes im Wasser auffällt.«

»Ich habe drei jüngere Brüder, die alle nicht ganz dicht sind. Ich bin dem also locker gewachsen.«

»Und ich helfe dir dabei«, bot Alexei an. »Bis morgen habe ich eh nichts Sinnvolleres zu tun.«

Bones dankte den beiden und schilderte ihnen, wo die *Sea Foam* angedockt hatte. »Es wäre klasse, wenn ihr ihn nach dem Abendessen dort abliefern könntet. Meine Kumpels passen dann auf ihn auf, bis Rae und Maddock zurück sind.« Er umarmte Rae intuitiv. »Du bist die Beste.«

Val sagte zu der Rothaarigen: »Viel Glück mit ihm. Und sei gewarnt: Unser Freund tritt zielsicher in jedes Fettnäpfchen.«

Als sich Bones vorgestellt hatte, erwidert die Frau: »Ich bin Thel.«

»Ist das die Kurzform von Thelma?«

»Nein. Mit vollem Namen heiße ich Thelxiope. Das ist griechisch.«

»Was für ein schöner Name«, antwortete Bones, dem plötzlich die Worte fehlten. Thel war beileibe nicht die erste attraktive Frau, mit der ins Gespräch kam und Schüchternheit zählte nicht zu seinen hervorstechenden Charaktermerkmalen; aber Thels Ausstrahlung war absolut überwältigend.

»Danke. Und du hast hübsche Augen.« Ihr Kompliment ließ ihn frösteln.

»Was magst du trinken?«

»Oh, das mit dem Drink war nicht wörtlich gemeint. Ich würde lieber mit dir spazieren gehen.«

»Gern.« Bones stand auf und bot ihr seinen Ellbogen an. Sie hängte sich ein. Ihre Berührung hatte eine elektrisierende Wirkung, ähnlich dem ersten Händchenhalten mit einem Mädchen in seiner Jugend. Das war lange her und er war damals fast noch ein Kind gewesen. Wieder die gleichen Gefühle zu empfinden, war sowohl erregend als auch beunruhigend. Ehe er selbst realisierte, was er tat, drückte er ihr einen sanften Kuss auf die Lippen.

Sie lächelte und trat einen Schritt zurück. »Langsam, Casanova. Wir haben uns eben erst kennengelernt. Aber es war ein schöner Kuss.«

»Tut mir leid. Ich finde dich unglaublich anziehend.«

»Gleiches gilt für mich.« Sie nahm ihn an der Hand und dann schlenderten sie über den Pier zum Strand. Vor einem malerischen Sonnenuntergang legte sich Bones mächtig ins Zeug, Konversation zu betreiben, doch sie schien nicht besonders erpicht auf eine Unterhaltung.

»Wo kommst du her?«

»Von hier.«

»Lebst du schon lange hier.«

»Sehr lange.«

Für eine Frau, die ihn vor wenigen Momenten gebeten hatte, ihr ein Getränk zu spendieren, zeigte sie sich unerwartet schmallippig. Bones kam ein Gedanke: Was, wenn er einer Hure aufgesessen war und sie ihr Gespräch als eine geschäftliche Anbahnung verstand? Er hatte diesen Fehler bereits zuvor begangen.

»Welchem Beruf hast du?«

»Anwerberin.«

»Für eine Firma?«

Sie zuckte mit der Achsel. »Für eine kleine Organisation. Wir führen Genforschung durch. Ich würde dir gern mehr erzählen, aber …«

»Du hast eine Verschwiegenheitserklärung unterzeichnet.«

»So ist es.« Nun lächelte sie wieder. »Sorry, falls ich gerade gewirkt habe, als sei ich ein wenig plemplem.«

»Bist du geschäftlich oder zum Vergnügen auf den Bahamas. Oder beides?«

Thel zog die Augenbrauen zusammen. »Ich nehme an einer Konferenz in dem Hotel dort drüben die Straße rauf teil. Um ehrlich zu sein, rede ich nicht gern über meinen Job. Er macht mir keinen Spaß und frisst fast meine gesamte Zeit auf.«

»Gut, dann lass uns über Blackwood reden.«

»Blackwood? Oh, ja.« Sie ließ Bones Hand los und lehnte sich rücklings gegen die Brüstung der Strandpromenade. Die Strahlen der Abendsonne reflektierten in ihren Augen und auf ihrer feuerroten Mähne. Auf einmal wirkte sie traurig. »Riddick Blackwood war ein hungriger Mann, der nie den Rachen voll bekam.« Sie schwieg und erzeugte so eine dramaturgisch perfekte Spannung.

»Du meinst seinen Hunger nach Reichtum?«

Thel nickte stumm. An ihrem Gürtel baumelte ein altertümlicher Flacon, den Bones erst jetzt bemerkte. Er war auf rustikale Weise aus Ton gefertigt und wurde durch einen Korken verschlossen.

»Wie cool! Ist das Ding antik?«

Sie errötete. »Nein, nicht antik. Aber du kannst es nicht bei Sears im Kaufhaus kaufen.«

Bones kratzte sich den Kopf. »Wenn ich mich nicht täusche, ist diese Kette seit Langem pleite.«

Thel blinzelte und sah in eine andere Richtung. Sie schien etwas mit sich selbst ausmachen zu müssen. Plötzlich hakte sie den Flacon aus dem Gürtel aus, öffnete ihn, trank einen Schluck und bot ihn dem Cherokee an. »Du solltest es probieren. Es ist das beste Wasser auf der Welt.«

»Wir werden es sehen. Ich bin in den Appalachen aufgewachsen. Hast du jemals aus einer Bergquelle getrunken?«

»Ich mache keinen Witz. Das Zeug ist echt mega.« Sie drückte ihm den Flacon in die Hand, stellte sich auf die Zehenspitzen und flüsterte ihm ins Ohr: »Ich verspreche dir, dass es tatsächlich das beste Wasser des gesamten Universums ist.«

Als ihr warmer Atem die Haut in seinem Nacken touchierte, bekam Bones eine Gänsehaut. Durch die Öffnung an der Spitze des Flacons sah er eine grünliche Flüssigkeit darin. Der Farbton ähnelte dem von Moos oder Seegras. »Das Ding wurde ja handgemacht.«

»Ich habe es selbst angefertigt. Das ist eines meiner Hobbys.« Sie schob einen Finger unter den Boden des Flacons und schob ihn an sein Kinn. »Und jetzt trink.«

Bones tat wie ihm geheißen. Sowie das Wasser seine Lippen berührte, wusste er, wie recht Thel gehabt hatte – dies war wirklich das beste Wasser auf der Welt. Es schmeckte wie der Nektar der Götter. Sein Körper kribbelte von Kopf bis Fuß. In seinem Kopf, der ihm schon aufgrund der Nähe zu einer solch attraktiven jungen Frau schwirrte, entspann sich ein herrlicher Tagtraum, in dem sie sich gegenseitig an einem abgelegten Strand mit Sonnenöl einrieben.

Thel entzog ihm hastig das Tongefäß. »Nicht zu viel.«

»Wow! Die Zusätze hauen richtig rein!«

»Das ist pures Wasser.«

Als er ihr erklären wollte, dass er nur einen Witz gemacht hatte, ignorierte sie ihn und sagte: »Lass uns gehen.«

»Kann ich vorher noch einen Schluck haben?« Er hatte nur ein winziges Quäntchen gekostet, dennoch starb er fast vor Verlangen nach mehr.

»Vielleicht später. Erst laufen wir ein Stückchen.«

Er konnte nicht erklären weshalb, aber es war ihm ein Bedürfnis, alles zu tun, was Thel von ihm verlangte. Ihre Überzeugungskraft war ebenso überwältigend wie ihre Schönheit.

Sie streiften die Schuhe ab und wanderten durch die Brandung. Bones zeichnete für einen Großteil der Unterhaltung verantwortlich. Er erzählte ihr von seiner Familie, seinen Freunden und der Zeit als Soldat. Bald enthüllte er ihr immer persönlichere Angelegenheiten, über die nicht einmal Maddock Bescheid wusste. Er registrierte, was er tat, aber er konnte nichts dagegen unternehmen.

Bei dem wenigen, was Thel preisgab, spickte sie ihre Sätze mit altbackenen Ausdrücken und Redewendungen aus den Siebzigerjahren wie Süßholz raspeln.

Bones hatte das Gefühl zu fliegen. Er musterte seine Füße, um sich zu vergewissern, dass er Bodenkontakt hatte. Trotz der spätabendlichen Hitze wallte Nebel über dem Meer. Die Sonne war verschwunden, genau wie der Himmel. Alles, was er sah, war Thels Lächeln.

»Dein Wasser hat mich ziemlich aufgeputscht. Auf eine angenehme Weise.« Er wunderte sich, ob er deshalb besorgt sein sollte? Das konnte kein gewöhnliches Wasser gewesen sein. Sie musste der Flüssigkeit Drogen beigemischt haben. Als er ihr in die Augen schaute, störte er sich nicht mehr daran.

»Beim ersten Genuss kommst du auf einen Trip. Keine Angst, es ist trotzdem gutes Wasser.«

»Sicher? Es ist so gar nicht mit Quellwasser vergleichbar.«

»Du bist ganz anders, als ich erwartet hatte.«

»Was meinst du damit?«

»Ich dachte du, hättest nur Muskeln und keinen Verstand und wärst nur auf die Fortpflanzung fixiert.«

»Du redest, als sei ich ein Zuchthengst. Versteh mich nicht falsch. Wie alle anderen habe ich gern Spaß, doch ich habe nicht vor, mich bald fortzupflanzen.«

Thel begutachtete ihn eine gefühlte Ewigkeit. Sie verengte die Augen zu schmalen Schlitzen und biss sich auf die Unterlippe.

»Alles in Ordnung?«, fragte Bones.

»Wie fühlst du dich?« Ihre Stimme vibrierte vor Anspannung.

»Ich habe das Gefühl, auf einer Wolke zu schweben. Meine Kehle ist trocken und ich habe einen komischen Geschmack im Mund.«

»Wir werden etwas zu trinken für dich auftreiben.«

»Du hast doch noch von dem Wasser.«

»Nein«, entgegnete sie streng. »Zuviel davon zu trinken wäre eine schlechte Idee.«

»Wenn du meinst …« Es gelang ihm nicht, seine Enttäuschung zu verbergen. All seine Gedanken drehten sich um einen zweiten Schluck von ihrem Wasser.

»Schau nicht so betrübt. Wir finden etwas anderes«, tröstete sie ihn und vollführte einen Wimpernschlag wie eine Filmdiva der Dreißigerjahre.

»Hast du eine Idee?«, fragte Bones.

»Komm mit. Ich kenne da einen Platz …«

Halb betäubte dackelte ihr der Cherokee hinterher. Er hatte keine Ahnung, wohin sie ihn dirigierte, doch er wäre ihr selbst in die Hölle gefolgt.

KAPITEL 6

NASSAU AUF DEN BAHAMAS

Das College befand sich in der Hauptstadt von Nassau auf der Insel New Providence und war mit der Fähre in einem Katzensprung erreichbar. Vor dem zweistöckigen Hauptgebäude im klassisch griechischen Baustil ragte ein von vier massiven weißen Säulen gestütztes Giebeldreieck auf. Die Palmen, die den Zugang dorthin flankierten, schwangen im Wind hin und her. Eine hölzerne Flügeltür verschloss den gewölbten Eingang.

Im Inneren herrschte wie überall auf dem Campus eine gespenstische Stille, da zu dieser Uhrzeit keine Vorlesungen gehalten wurden. Rae und Maddock durchwanderten ein Labyrinth aus Gängen, stiegen eine Treppenflucht hinauf und erreichten eine Tür, auf der ein Schild mit der simplen Aufschrift *Labor* prangte.

Rae machte einen unruhigen Eindruck.

»Stimmt etwas nicht?«, fragte Maddock.

»Nein. Es ist nur … eigentlich dürfte ich nicht hier sein, da ich normalerweise woanders als in diesem Labor arbeite. Ich möchte niemandem erklären müssen, warum wir hier herumschleichen.«

»Aber du bist in der gleichen Fakultät angestellt?«

»Ja, das stimmt. Aber als Frau genieße ich unter all den Männern in der Biowissenschaft wenig Respekt.«

Da hörten sie das Geräusch näherkommender Schritte. Rae entriegelte eilig die Labortür, trat ein und winkte ihren Begleiter in den Raum. Sie ließ das Licht aus und schloss die Tür. Dann lauschten beide.

Die Schritte wurden lauter.

Maddock spähte durch das kleine Türfenster in den Flur. Mehr als die Umrisse eine Person vor einem Fenster erkannte er nicht.

»Siehst du etwas?«, flüsterte Rae.

»Es ist ein Mann«, antwortete er gedämpft. »Mehr kann ich nicht erkennen.« Obwohl er sich selbst sicher wähnte, wollte er vermeiden, dass sich Rae Ärger einhandelte, weil sie ihm einen Gefallen erwies.

»Lass mich mal sehen.« Rae glitt an das Guckfenster und er trat zur Seite. »Wer immer es sein mag, er verschwindet wieder.« Sie drehte sich um und lächelte. »Es muss eine von den Reinigungskräften gewesen sein. Jetzt sollten wir ungestört bleiben« Sie schaltete die Beleuchtung an. »Ich weiß gar nicht, warum ich so nervös war. Ich habe das Recht, hier zu sein, auch wenn manche Leute anderer Meinung sind.«

»Jemand Spezielles?«

»Ja.« Sie verzog das Gesicht, verzichtete jedoch auf weitere Ausführungen und Maddock wollte sie nicht drängen.

Die Biologin kramte das Ei aus dem Rucksack und trug es zu einem Gerät – einem Metallkasten mit einer hochklappbaren Tür an der Front, das einer Geschirrspülmaschine ähnelte. Mit dem Unterschied, dass es über eine angeschlossene Tastatur verfügte. Rae öffnete die Tür und platzierte das

Ei behutsam in einer Kuhle, neben der eine Apparatur justiert war, die wie der Tonarm eines Plattenspielers anmutete.

»Willst du es wie eine Schallplatte abspielen?«

»Ha, ha, wie lustig. Das ist die Hammer-Version eines 3D-Scanners. Das zu untersuchende Objekt rotiert und diese Reihe aus Lasern«, sie deutete auf einen vertikalen Streifen winziger Lichter im Inneren der Apparatur, »bestrahlt die Oberfläche. Die Instrumente lesen die Wellenlänge des reflektierten Lichts ab und die Daten werden in den Computer dort drüben transferiert.« Rae zeigte auf einen rund zwei Meter entfernten Monitor. »Im Prinzip ist das die moderne Methode der Anfertigung eines Gipsabgusses – allerdings wesentlich akkurater.«

Maddock hatte von dieser Technologie gehört. In Aktion hatte er sie bisher nicht bewundern dürfen. »Interessant. Ich wollte schon immer eines von den Dingern sehen.«

»Es ist lustig, dass du einen Plattenspieler erwähnst.« Sie schloss die Tür des Geräts. »Die frühen 3D-Scanner in den Achtzigern hatten Sensoren, die das Objekt berührt haben, wie die Nadel eine rotierende Schallplatte. Dabei zeichneten sie Höhen und Vertiefungen auf. Die moderne Methode ist deutlich exakter und durch die Kontaktlosigkeit besteht keine Gefahr, das Artefakt zu beschädigen.« Rae drückte mehrere Tasten und der Computer erwachte zum Leben. Nach einigen Eingaben begann der Scanner zu summen.

»Wie lang dauert die Prozedur?«

»Es geht ziemlich schnell. Das Ei ist recht klein und in einem guten Zustand.«

Sie warteten schweigend und beobachteten den Bildschirm wie einen aufgehenden Kuchen im Backofen.

Nach ein paar Minuten wurde Maddock ungeduldig. »Puh ...«

»Wir brauchen etwas, um uns die Zeit zu verkürzen«, überlegte Rae und dachte kurz nach. »Wie wäre es damit: Du beichtest mir etwas über dich, das du bis heute keinem Menschen offenbart hast.«

»Beinhaltet das auch Bones? Ich habe nämlich seit Langem aufgegeben etwas vor ihm geheim halten zu wollen. Er ist geradezu lächerlich neugierig.«

»Gib dein Bestes.«

Maddock grübelte einige Sekunden über die Frage nach. Er hatte manches erlebt, das er bisher keinem offenbart hatte – und das aus gutem Grund. Und zur Hölle, über vieles durfte er gar nicht reden. »Ich hab das Wrack von Amelia Earharts Flugzeug gefunden.«

Rae starrte ihn mit offenem Mund an. »Komm, schon. Nimm unser Spiel bitte ernst.«

»Also gut.« Selbstverständlich glaubte sie ihm nicht, dabei hatte er die Wahrheit gesprochen. »In meiner Kindheit fuhr mein Vater jedes Jahr im Sommer für ein paar Wochen nach Nova Scotia. Er war ebenfalls ein Schatzjäger, aber eher von der akademischen Sorte. Sein Interesse galt Piratenschätzen und Captain Kidd war seine größte Leidenschaft. Ich wollte ihn immer begleiten. Leider durfte ich nie mitkommen und er hat mir nicht erklärt weshalb.«

»Welche Tragödie!« Rae schnitt eine schockierte Miene und presste die Spitzen der Zeigefinger an ihre Wangen. »Wie schrecklich, dass du als Kind zu deinem Daddy wochenlang nur am Telefon Kontakt hattest.« Sie kicherte. »Verzeihung, das war schrecklich von mir.«

»Macht nichts. Ich wollte sowieso auf etwas anderes hinaus. Und ich kann gut verstehen, dass jemand, der in einer Pflegefamilie aufgewachsen ist, wenig Verständnis für ein Mittelklasse-Kid mit zwei liebevollen Eltern vorweist, das von seinem Vater bei einem Urlaub ausgeschlossen wird. Nun zur Sache: In dem Sommer, in dem ich gerade meinen dreizehnten Geburtstag gefeiert hatte, kam Zuhause ein Brief von ihm an. Seinem Schreiben hatte er den Fetzen einer alten Landkarte beigefügt. Ich habe ihn vor lauter Wut auf Dad verbrannt.« Er senkte den Kopf. »Vielleicht habe ich damit den Schlüssel zu Kidds Schatz weggeworfen.«

»Erstens: Es war dumm, ein historisches Zeugnis zu vernichten – egal ob es wertvoll war oder nicht.«

»Das ist mir hinterher selbst klar geworden.«

»Zweitens: Mach dir deswegen keine Vorwürfe. Ich habe meinen Pflegevater einmal mit einem Messer attackiert und verletzt – verdientermaßen natürlich.«

Maddock musste nicht fragen, womit sich der Mann schuldig gemacht hatte. Der Ausdruck in Raes Augen sprach Bände. Er wusste nicht, was er darauf erwidern sollte.

Dann rettete ihn der Computer aus seiner Verlegenheit. Auf dem Monitor erschien eine Vielzahl scrollender Bilder, die wie die Präsentation eines antiken Comics wirkten. Auf der ersten Darstellung zerstörte ein gigantisches Seeungeheuer ein Segelschiff. Maddock erkannte einen Bezug zur griechischen Mythologie wieder. Mit einem Stift wies er auf eine Szene, in der das Monster ein Schiff bedrängte, an dessen Heck sich ein gewaltiger Strudel auftat, der es allmählich aufsaugte.

»Skylla und Charybdis.«

»Hältst du mich für einen Anfänger?«, fragte Rae und erläuterte die nächste Darstellung, die ein Schlangenmonster zeigte, das auf eine mit Ketten an eine Klippe gefesselte Frau zurauschte. »Keto und Andromeda.«

»Stimmt, aber bei Perseus fehlt etwas Entscheidendes.«

Sie hielt den Atem an. »Er sollte das Medusenhaupt in Händen halten.«

»Ohne wird er Probleme haben, das Ungeheuer zu besiegen.«

»Ziemlich cool.«

»Es ist rätselhaft. Wir haben ein antikes Schiff aufgespürt, das ein Ei mit eingravierten Szenen aus der griechischen Mythologie an Bord hatte. Kannst du das ausdrucken?«

»Klar.« Rae tippte auf die Tastatur und ein Drucker signalisierte summend Betriebsbereitschaft. Währenddessen holte sie das Ei aus dem Scanner. »Und jetzt zum Eigentlichen.« Sie legte das Ei in einen Computertomografen. Solche bildgebenden Geräte werden normalerweise in der Medizin verwendet. In diesem Fall sollte er Aufnahmen aus dem Inneren des Eis aus allen erdenklichen Winkeln liefern, ohne es zu beschädigen.

Als sie die Ergebnisse hatten, studierten sie das erste Bild auf einem weiteren Monitor. Es enthielt rechts von der Mitte einen dunklen Schatten.

»Da ist definitiv was drin«, konstatierte Rae.

»Ich habe keinerlei Idee, um was es sich handeln könnte«, meinte Maddock.

»Vielleicht geben uns die Aufnahmen aus anderen Winkeln Aufschluss«, hoffte Rae. Dort war der Schatten zunächst unsichtbar, bis er sich wieder manifestierte. Seine Form entsprach einem Ring mit einem Aufsatz. »Schätze, er ist aus Metall und der Aufsatz könnte ein Juwel sein. Ohne ihn zu öffnen, werden wir …« Sie biss sich auf die Unterlippe.

»Öffnen?«

»Sollen wir? Auch wenn es falsch erscheint …«

Maddock fuhr sich durch das Haar. Ihm gefiel die Vorstellung, das Artefakt aufzuschneiden, nicht sonderlich. Nur welche andere Möglichkeit bot sich an?

»Also gut. Tun wir es. Ohne es zu zerteilen, erhalten wir sonst nie Gewissheit über den Inhalt. Von den Gravuren auf der Oberfläche haben wir dank dir perfekte Aufnahmen. Also wäre es nicht sonderlich schlimm, wenn sie dabei beschädigt werden.«

»Lass mich nachdenken.« Rae druckte die Ergebnisse der Tomografie aus, verstaute sie in einem Umschlag und händigte ihn Maddock aus. »Okay, ich bin so weit.«

In der Ferne schlug eine Tür zu und das Tippeln von Schritten auf dem Fliesenboden des Flurs wurde zügig lauter.

»Schalte das Licht aus«, sagte Rae. »Ich kümmere mich um die Geräte.«

Sekunden später standen sie im Dunkeln. Der einzige Lichtschein rührte von dem Guckfenster in der Labortür her. Die Biologin lugte nach draußen. »Es ist Professor Sternan.« Sie seufzte. »Er ist der Dekan in meinem Fachbereich. Wir sollten rausgehen und mit ihm reden. Mir ist es lieber, wenn er weiß, dass ich aus einem guten Grund das Labor genutzt habe, als wenn er uns hier im Finsteren wie Verbrecher erwischt.«

»Wäre es hilfreich, wenn ich ihn bewusstlos schlage?«

Rae grinste. »Nein. Trotzdem danke für das nette Angebot.«

Als sie durch die Tür in den Flur kamen, begrüßte Sternan seine Kollegin von Weitem lautstark: »Hallo Miss Franklin.« Er war ein großer, rotgesichtiger Mann mit spärlichem weißem Haar. Trotz der Temperaturen trug er einen Anzug mit Krawatte. Das Sakko war nur mit einem Knopf verschlossen.

»Hallo Professor Sternan.«

»Doktor«, korrigierte der Angesprochene. »Darf ich fragen, was Sie im Labor zu schaffen hatten?«

Aha, einer von der ganz akkuraten Sorte, dachte Maddock.

»Ich habe es bloß einem Freund gezeigt. Darf ich vorstellen: Dane Maddock.«

»Freut mich, Sie kennenzulernen.« Der Schatzjäger trat an Sternan heran – enger als es den Regeln der Höflichkeit eigentlich entsprach. Er schüttelte dem Dekan die Hand; dabei stellte er ein wölfisches Grinsen zur Schau. Sternan wäre gern ein Stück nach hinten zurückgewichen, der Schatzjäger entließ ihn jedoch nicht aus seinem Griff. »Rae hat mir erzählt, wie sehr sie die Arbeit hier liebt und wie dankbar sie für alles ist, das Sie ihr beigebracht haben.« Er löste die Umklammerung um die Hand des Dekans und versetzte ihm einen Klaps auf die Schulter. Als der Professor erleichtert seufzte, musste Maddock fast lachen.

»Das höre ich gern. Miss Franklin ist eine unserer aufstrebenden Hoffnungen.« Mit totenbleichem Gesicht lächelte er Rae zu, nickte und watschelte davon.

»Gut gemacht«, flüsterte Rae. »Ich hätte dich nicht für so fies gehalten.«

»Ich habe keinen Schimmer, was du meinst. Ich war höflich wie immer.«

Rae kicherte, schlang die Arme um ihn und drückte ihn. »Natürlich warst du das. Jetzt sollten wir das Ei in meinem Büro aufmachen. Dort habe ich alle notwendigen Werkzeuge, die wir brauchen.« Sie nahm ihn an der Hand und ging los.

KAPITEL 7

Echard schlich in die Abstellkammer des Hausmeisters und verharrte schweigend, bis der Mann im Anzug wieder weg war. Er zählte bis zwanzig, dann schob er die Tür zentimeterweise auf und schaute nach draußen. Nichts. Er horchte angestrengt. Ebenfalls nichts.

Sich sicherer fühlend tippelte er in den Flur und schloss die Tür von außen. Er hatte gehört, wie die Biologin etwas von einem Labor gesagt hatte. Dorthin mussten Maddock und sie aufgebrochen sein. Bald fand er die Tür mit der Aufschrift Labor. Das musste es sein.

Er versuchte sein Glück mit der Tür. Sie war verriegelt. Er fischte sein Schlossknackerwerkzeug aus der Tasche und flugs gelangte er nach drinnen. Nun schaltete er die Zimmerbeleuchtung ein. Alles hier mutete ordentlich und aufgeräumt an und von dem ominösen Ei fehlte jede Spur. Es hier zu finden, war wohl zu viel der guten Hoffnung gewesen. Sie mussten es bei sich haben.

»Das könnte zu einem Problem werden«, murmelte er. Er bezweifelte, Maddock das Artefakt mit schierer Gewalt entringen zu können. Seine einzige Hoffnung war, dass die beiden sorglos damit umgingen oder dass der Schatzsucher Rae das Artefakt anvertraute und er nur mit ihr allein fertig werden musste.

In jedem Fall brauchte er Hilfe.

Er wollte gerade verschwinden, da erhaschten seine Ohren ein Geräusch – das sanfte Summen eines Computerventilators. Er beäugte den nächsten Computer und bemerkte, dass jemand lediglich den Monitor deaktiviert hatte. Das Gerät selbst war in Betrieb. »Das war dämlich.«

Als er den Einschaltknopf des Bildschirms gedrückt hatte, erschienen darauf verwirrende 3D-Aufnahmen, die Szenen aus der griechischen Mythologie porträtierten – inklusive einer riesigen Seeschlange.

»Ich wusste es.« Er klatschte in die Hände. »Beruhige dich.« Aber er konnte sich nicht beruhigen. Die Darstellungen bestätigten die Richtigkeit seiner Theorie.

Echard druckte die Aufnahmen aus, ehe er die übrigen Computer überprüfte. Der mit dem Computertomografen verknüpfte Rechner lief ebenfalls mit abgeschaltetem Monitor. Auch hier fand er eine Menge Aufnahmen, darunter die verschwommene Wiedergabe eines Rings. Das Herz trommelte ihm in der Brust und er erschauderte vor Erregung.

»Was mag das sein?« Die ausgedruckten Ergebnisse des CTs verstaute er zusammen mit den übrigen Papierbögen unter seinem Hemd. Dann löschte er sämtliche Bilder auf beiden Arbeitsstationen und deaktivierte sie, ehe er das Licht ausschaltete und in den Flur schlich.

Kalter Schweiß rann ihm den Nacken hinab. So nahe war er in seinem Leben nie einer großen Sache gewesen. Mit diesen Aufnahmen konnte er seine Wiederaufnahme bewerkstelligen, denn darauf würden sie mit Bestimmtheit Zugriff haben wollten. Vorher musste er aber eine Lösung finden, die es ihm ermöglichte, den Kontakt zu ihnen zu erneuern.

Er durchdachte die Lage vor Ort. Rae gehörte zu den Angestellten der Fakultät, also musste sie ein Büro in diesem Gebäude haben. Es konnte kaum schaden, wenn er weiter herumschnüffelte – zumindest, solange er Maddock nicht in die Fänge geriet.

Bald darauf stolperte er zufällig über einen Gebäudeplan an einer der Wände, auf dem die Familiennamen der Mitarbeiter inklusive der zugehörigen Raumnummern verzeichnet waren. Das Büro von Franklin hatte die Nummer 315. Das müsste gerade um die Ecke herum sein.

Er lächelte, als er vor Raes Büro stand. Drinnen brannte Licht und durch das Türfenster waren Bewegungen erkennbar. Perfekt!

Echard presste den Rücken an die Wand, zog die Tür auf und lugte hinein. Das Ei lag auf einer Stoffunterlage auf einem Tisch. Vornübergebeugt hantierten Maddock und Rae mit Schutzbrillen, Atemmasken und Handschuhen ausstaffiert daran herum. Sie schenkten ihre komplette Aufmerksamkeit dem Artefakt. Sie hatten keine Ahnung, dass Echard sie beobachtete.

Rae hielt ein Schneidwerkzeug, das über eine runde Klinge funktionierte, fest in der Hand. Maddock zeichnet mit einem Fettstift eine gerade Linie in der Mitte des Eis ein, um die Stelle zu markieren, an der sie den Schnitt ansetzen sollte. Ihm war mulmig zumute. Ihr Vorhaben gefiel im gar nicht. Leider existierte kein anderer Weg, um den Inhalt des Artefakts zu erforschen. Unter Beachtung der gebotenen Vorsicht, sollte es ihnen aber möglich sein, die beiden Hälften des Eis nur geringfügig zu beschädigen, sodass es später in einem Museum restauriert werden konnte.

Auf Raes Stirn erschienen Schweißtropfen.

Maddock zeigte ihr einen erhobenen Daumen als Startzeichen.

Sie atmete tief durch, dann ertönte das Singen des Schneiders. Rae drückte die Klinge an die Eischale. Feine Staubpartikel stoben auf, während der Apparat eine winzige Furche in die Tonhülle fräste.

Lass das Ding bloß nicht fallen, dachte Maddock und drehte das Ei entgegengesetzt der Schnittrichtung.

Schließlich hatte sie einmal rundherum geschnitten. Rae legte das Schneidewerkzeug beiseite und blies den daran haftenden Staub mit einem Luftkompressor fort. Abschließend vollendete sie mit einem winzigen Meißel und einem Hämmerchen ihr Werk.

In kaum zwei Minuten war das Ei in Maddocks Händen zerteilt worden. Im Inneren befand sich eine feuchte, zusammenklebende Mischung aus Sand und Ton. Als er die beiden Hälften vollständig trennte, zerfiel das Gemisch und offenbarte das Geheimnis. »Hier haben wir es.«

Ein silbriges Funkeln erstrahlte im Neonlicht. Sorgfältig befreiten die beiden das freigelegte Amulett von den letzten Sandresten. Es hatte die Form einer Seeschlange, die sich in den eigenen Schwanz biss. Das Material erweckte den Eindruck einer Silberlegierung. Obwohl es möglicherweise tausend Jahre auf dem Meeresgrund geschlummert hatte, wies seine Oberflächenstruktur einen exzellenten Zustand auf. Die Augen der Schlange bestanden aus eingelegten Aquamarinen. Die eingravierten Details, wie Schuppen und Zähne, zeugten von höchster Handwerkskunst des Goldschmieds.

»Was soll das darstellen?«, fragte Rae.

»Oroboros. Er wurde in der Antike oft für Amulette verwendet. Sich selbst verschlingende Schlangen und Drachen tauchten zuerst in der ägyptischen Ikonographie auf, von wo aus sie auf dem ganzen damals bekannten Erdball Verbreitung fanden. Der Name ist eine Kombination von zwei griechischen Wörtern: *oura* und *bora*.«

»Und was bedeutet er?«

»Buchstäblich übersetzt so viel wie Schwanz im Maul.«

»Glaubst du, das Amulett ist griechischen Ursprungs?«

Maddock hielt das Artefakt näher ans Licht. Etwas Vergleichbares war ihm niemals zuvor begegnet. »Ehrlich gesagt habe ich keine Ahnung, wo es herstammen könnte.«

KAPITEL 8

Am späten Abend bestiegen sie die Fähre zurück nach Andros. Sie wählten Plätze auf der Steuerbordseite und tauschten Geschichten aus. Maddock gab Anekdoten von Bones' Missgeschicken zum Besten und Rae konterte mit Aktionen, bei denen Kyle fast ums Leben gekommen wäre.

»Wir zwei sind echt ein Pärchen von Kümmerern«, stellte Rae fest. »Der Unterschied ist, dass Bones im Zweifelsfall auf sich selbst achtgeben kann. Kyle ist da eine andere Hausnummer.«

»Bis jetzt ist er am Leben geblieben.«

»Stimmt, aber manchmal war es verdammt knapp.«

»Vielleicht mangelt es ihm am Selbstvertrauen, um auf eigenen Füßen zu stehen, weil du ihn ständig aus der Patsche haust. Man kann nie wissen, wie sich Personen wie er entwickeln, wenn sie dazu gezwungen werden, sich auf sich selbst zu verlassen.«

Raes Miene verfinsterte sich. »Schreib mir nicht vor, wie ich meine Aufgabe als Schwester erfüllen soll. Du kennst ihn kaum.«

Maddock hob die Handflächen zur Beschwichtigung. »Ich sag ja bloß.«

»Ich weiß und es tut mir leid.« Rae nahm seine Hand und drückte sie. »Ich kann unsere Verbindung nicht richtig erklären. Es ist eher so, als sei er mein Sohn und nicht mein Bruder.«

»Da ich keine Geschwister habe, weiß ich nicht, wie das ist.«

»Ich möchte wirklich herauskriegen, was das verdammte Ding bedeutet«, lenkte sie das Gespräch abrupt in eine neue Richtung. Sie presste die Hände an die Brust, wo der Oroboros an einer Kette in ihrem Dekolleté baumelte. »Ich hätte fast vorgeschlagen, die Nacht in Nassau zu verbringen, damit wir gleich frühmorgens zur Recherche in die Bibliothek gehen können.«

Maddocks Herz setzte einen Schlag aus. »Das können wir immer noch machen.«

Ihre Wangen erröteten. »Nicht, dass ich nicht wollte. Ich kann nicht wegen Kyle. Er hätte sich heute fast zweimal selbst ertränkt.«

»Achtet eigentlich jemand auf ihn, wenn nicht bei dir auf den Bahamas ist?«

»Normalerweise nein. Ich fürchte, es wird irgendwann sein Untergang sein, wenn ich nichts finde, worauf er sich fokussieren kann. Tauchen ist das Einzige, das er mit Leidenschaft tut.« Ein trauriges Lächeln kräuselte ihre Mundwinkel. »Ich weiß, ich kann ihn nicht in Ordnung bringen, dennoch muss ich das Beste für ihn geben. Vielleicht bekommt er hier einen Job in einem der Surf-Läden oder in einer Ferienanlage. Etwas wobei er in meiner Reichweite ist. Und wo sonst als hier auf den Inseln könnte er so gut dem Freitauchen frönen?«

»Klingt nach einem guten Plan.« Eine Bewegung in der Ferne erregte seine Aufmerksamkeit. »Echard«, flüsterte er.

»Wo?« Rae stand auf und ihr Blick wanderte über das Deck.

»Setz dich.« Maddock umfasste ihre Schulter und drückte sie sanft auf ihren Sitz zurück. »Es bringt uns keinen Vorteil, wenn wir für Unruhe sorgen. Er hat gerade das Dock verlassen und geht in die Stadt.«

»Das muss nichts mit uns zu tun haben.«

»Hoffentlich nicht.«

Die Motoren der Fähre sprangen mit einem gutturalen Röhren an und das Deck vibrierte unter ihren Füßen, während die Fähre in See stach. Sie schipperte an der Küstenlinie entlang, sodass die Fahrgäste die Strände aus der Distanz bewundern konnten.

Maddocks Anspannung ließ nach und er genoss die Gesellschaft dieser intelligenten und hübschen Frau. »Was für eine Kreatur mag das Amulett wohl nachbilden. Es ist weder eine Schlange noch ein Drache ...«

»... sondern ein Seeungeheuer.«

»Lass mich einen Blick darauf werfen«, sagte Maddock und rutschte ein Stück näher an Rae heran.

»Das ist doch nur eine Ausrede, um mir in den Ausschnitt zu glotzen«, bemäkelte sie, ohne jedoch zurückzuweichen. Stattdessen angelte sie das Amulett aus ihrem Shirt und drehte es zwischen ihren Fingern. »Vordergründig ähnelt es einem Drachen. Erst bei genauerem Hinsehen fallen einem die Unterschiede auf – der Schädel zum Beispiel.« Sie bedeckte das Artefakt mit Ausnahme des Kopfes. »Nimm an, du hättest nie von Oroboros gehört und du hättest keine Prädisposition, die dich dazu bringt, eine Schlange oder einen Drachen dahinter zu vermuten. Was würdest du sehen?«

Maddock runzelte die Stirn und versuchte, den Schädel so zu betrachten, als sähe er ihn zum ersten Mal. Irgendetwas ...

»Was, wenn ich das hier enthülle?« Rae verschob die Hand einige Millimeter, gerade weit genug, um eine der dreieckigen Schuppen im Nacken der Kreatur zu offenbaren.

Da erkannte Maddock es. »Ein Hai. Es ähnelt einem Hai. Die Schuppe könnte seine Rückenflosse sein.«

»Das sehe ich auch so. Und das Muster an den Flanken könnte Tentakel darstellen. Schau dir die Stelle an, an der das Monster in seinen eigenen Schwanz beißt.«

Sie hatte recht. »Das ist seltsam«, sagte Maddock und beugte sich vor. »Was soll das sein? Ein Sharktopus?«

»Freundchen, ich kann deinen Atem im Ausschnitt spüren.«

Maddock zuckte zurück. »Sorry, war keine Absicht.«

Als er ein Stück weg von ihr rückte, schlang sie ihm die Arme um die Schultern und zog ihn wieder zu sich. »Ich wollte mich nicht beschweren. Bist du immer so verklemmt?«

»Ja, Ma'am, das bin ich.«

Sie lachte und küsste seine Wange. »Wir müssen es also langsam an …« Sie erstarrte mitten im Satz.

»Was?«

»Vielleicht hat es nichts zu bedeuten. An der Reling auf der Backbordseite hängen zwei Typen ab. Ich kenne sie und die sind echt übel. Richtige Schläger, die man mieten kann.«

Diskret über seine Schulter blickend, machte Maddock die beiden sofort aus. Die beiden Männer waren groß und athletisch gebaut. Einem ungeübten Auge wären die Waffen, die sie verdeckt mitführten, entgangen, doch Maddock bemerkte sie sofort. Den Fokus wieder auf Rae gerichtet, fragte er: »Beobachten sie uns?«

»Einer von ihnen hat auf das Amulett gestarrt, als ich es hochgehalten habe. Dann haben sie etwas besprochen und uns verstohlene Blicke zugeworfen. Jetzt ändern sie offenbar ihre Taktik und mustern uns unverhohlen. Vielleicht bin ich auch nur paranoid.«

Das bezweifelte Maddock. Echard hatte bereits versucht, den Rucksack mit dem Ei zu entwenden und wenn diese beiden Kerle für jeden arbeiteten, der sie anheuerte …

Auf der Fähre herrschte in Sachen Rückzugsmöglichkeiten Fehlanzeige. Davon abgesehen, würde es den beiden nur in die Karten spielen, wenn Rae und er einen Ort ohne Zeugen aufsuchten. In Gedanken spielte der Ex-SEAL mehrere Szenarien durch. Bones hätte vorgeschlagen, sich an die Typen anzuschleichen und sie um die Ecke zu bringen. Allerdings wusste Maddock nicht mit hundertprozentiger Gewissheit, ob ihre Schatten tatsächlich auf sie angesetzt waren. Außerdem bot die Fähre keine Deckung zum Anpirschen. Er tastete nach dem Armeemesser an seinem Gürtel, seiner einzigen Waffe für Notfälle. Sein Blick schweifte zur nahen Küstenlinie. New Providence lag weit hinter ihnen. Der Strand war unbelebt und an dessen Rand wuchs ein lichter Wald. Er hatte eine Idee.

»Rae, wie gut kannst du schwimmen?«

KAPITEL 9

Ruhig, darauf bedacht, kein Aufsehen zu erregen, erhoben Rae und Maddock sich und schlenderten zum Heck der Fähre. Die beiden Schlägertypen registrierten ihren Ausflug, ohne darauf zu reagieren.

»Sie glauben, wir seien hier gefangen«, sagte Maddock. »Wahrscheinlich wollen sie bis Andros warten, bevor sie zur Tat schreiten.«

»Sicher?«

»Ich bin mir sicher, dass unser Plan sicherer ist, als der Versuch, sie zu entwaffnen.«

Rae starrte nervös in das aufgewühlte Wasser, das schäumend an ihnen vorbeiströmte. »Also gut. Packen wir's an.«

Als gerade niemand hinsah, schwangen sie sich über die Reling.

Maddock traf eine Sekunde vor Rae auf dem Wasser auf. Ehe er anfing zu schwimmen, schüttelte ein Zittern seinen Körper. Es war ein seltsames Gefühl, das der Empfindung von lauten Basstönen bei einem Konzert glich. Es verschwand so schnell, wie es gekommen war – so schnell, dass es eine Einbildung gewesen sein könnte. Aber er wusste, es war real gewesen. Worum mochte es sich gehandelt haben? Leider mangelte es ihm an der Zeit, darüber nachzudenken. Nachdem er sich von Raes Wohlbefinden überzeugt hatte, kraulte er mit kräftigen Zügen zur Küste.

Bald bemerkte er, dass sie in Schwierigkeiten steckten. »Sie verfolgen uns.«

Die beiden Kerle waren ihnen ins Meer nachgesprungen und holten ihren Vorsprung mit der Geschwindigkeit von Olympiateilnehmern auf.

»Womit werden die gefüttert?«, rätselte Maddock.

Egal, wie sehr er und Rae auf die Tube drückten, die Verfolger verringerten den Abstand. Ihre wasserdurchtränkten Klamotten verlangsamten das Vorwärtskommen der Fliehenden.

»Ob sie uns kriegen?«, fragte Rae.

»Schwimm einfach weiter.«

Ein Schuss ertönte und Rae schrie auf. »Wo kam der her?«

Maddock sah nach hinten. Einer der beiden Männer schwamm weiter auf sie zu. Der andere trat auf der Stelle Wasser und nahm sie für einen zweiten Schuss ins Visier. »Runter! Sofort!«

Während sie abtauchten, hörte Maddock den dumpfen Knall eines Pistolenschusses. Im Zwielicht, das unter Wasser herrschte, reifte in Maddock ein Plan. Dieser zerschlug sich, als vor ihnen plötzlich eine Gestalt erschien – ein dunkler, hochgewachsener Mann mit einem Speer. Er stand einfach so auf dem Meeresgrund da, als sei es das Natürlichste auf der Welt.

Das darf nicht wahr sein, dachte Maddock.

Hinter der Gestalt ragte die Silhouette eines Bauwerkswerks in der Art von Stonehenge auf. Die Verschwörungstheorien, denen Bones Glauben schenkte, hallten in seinem Verstand wider. Atlantis. Das Bermudadreieck. Froschmenschen.

Maddock schwamm weiter, unterdessen verharrte der Mann bewegungslos, denn er war nicht lebendig. Der

Schatzjäger steuerte auf einen Unterwasser-Skulpturengarten zu. Dieser und ähnliche Einrichtungen wurden als Attraktionen für Taucher gebaut und sollten zugleich die Basis für die Ansiedlung neuer Korallenriffe bilden. Zu schade, dass ihnen die Zeit fehlte, ihn näher zu betrachten. Die Erkundung der Konstruktion hätte ihm gewiss immense Freude bereitet. Da schweifte sein Geist wieder zu der halbgaren Idee ab, die er eben gehabt hatte. Sobald der Plan dazu vollständig vor seinem geistigen Auge Form angenommen hatte, schwamm er zu Rae, die der Wasseroberfläche entgegenstrebte.

Als beide diese durchbrochen hatten, sagte er: »Nimm meinen Rucksack und schwimm so schnell du kannst zur Küste.« Er reichte ihr das Gepäckstück.

»Was wird aus dir?«

»Ich komme nach. Hau jetzt einfach ab.«

Dankenswerterweise fing sie keine Diskussion an und startete mit frischem Schwung durch.

Maddock hörte von hinten ein Platschen. Die Verfolger hatten ihn fast eingeholt. Sein zeitlicher Spielraum wurde zusehends knapper. Deshalb tauchte er sofort in die Deckung der mächtigen Kriegerskulptur. Die Hände am Hals der Statue festgeklammert, stemmte er seine Füße zum Absprung bereit gegen ihren Rücken. Als er sein Armeemesser zog, wallte Übelkeit in ihm auf. Zu viele Menschen hatte er töten müssen und eigentlich hatte er gehofft, es sei vorbei damit. Aber diese Kerle hatten das Feuer auf ihn eröffnet. Ohne sein Zutun hatten sie Feindseligkeiten vom Zaun gebrochen. Ihm blieb nur eine Wahl, wenn Rae und er die Situation überleben wollten.

Sekunden später kam der erste der Männer an. Er bewegte sich mit kräftigen Fußstößen und trägen Armbewegungen – einem Anzeichen für Erschöpfung; und dies sollte Maddock zugutekommen. Der Ex-SEAL wartete, bis der dunkle

Schatten des Manns direkt über ihm war, dann schnellte er vor. Wie ein Torpedo durchs Wasser schießend, überraschte er seinen Gegner von unten. Dieser nahm den Angreifer erst wahr, als dessen Messer in seine Eingeweide drang. Maddock riss die Klinge heraus und der Verletzte presste beide Hände auf die Wunde. Eine blutrote Wolke breitete sich im Wasser aus und der Sterbende versuchte nun, nach Maddock zu greifen, um ihn mit in den Tod zu zerren. Doch Maddock schwamm ihm davon.

Jetzt galt es den zweiten Mann zu lokalisieren. Der Schatzsucher durchstieß den Wasserspiegel und horchte.

Nichts.

Wo zur Hölle mochte der Kerl sein?

Entweder tauchte der zweite Attentäter gerade oder er war ertrunken. Maddock bezweifelte, dass er derartiges Glück hatte. Wenigstens hatte Rae die Küste fast erreicht. Das war das Wichtigste. Um ihre Sicherheit zu gewährleisten, kraulte Maddock zu einem anderen Uferstreifen. Er blieb an der Oberfläche, um die Aufmerksamkeit auf sich zu lenken.

Wasserdurchtränkt und leicht zittrig stapfte er an Land. Weiterhin gab es kein Zeichen des verschwundenen Verfolgers. Er mobilisierte alle Kraft und sprintete über den Strand. Dabei rechnete er ständig damit, den Knall eines Schusses zu hören – der nicht kam. Hinter den Dünen, die den Strand von der Baumlinie trennten, schöpfte er Atem.

Die gesamte Gegend war verlassen. Kein menschengemachtes Geräusch störte die leisen Melodien von Brandung und Brise. Dies wäre ein toller Ort, um Zeit mit Rae zu verbringen, wenn ihnen nicht jemand auf den Fersen wäre, der beabsichtigte, sie zu töten.

Er musste Rae aufspüren.

Vorsichtig schritt Maddock die Küstenlinie entlang. Vor ihm führten Fußabdrücke vom Meer zu den Dünen. Sie waren kleiner als die eines durchschnittlichen Manns, also mussten sie von Rae stammen. Er beschleunigte sein Tempo, weiterhin auf die Umgebung achtend. Rechts vom ihm ragten hinter der Dünung die Mauern einer Ruine auf. Kurz bevor er dort ankam, kletterte jemand über eine der Mauern. Sofort wurde ihm klar, dass es unmöglich Rae sein konnte. Die Person war zu groß und ihre Bewegungen ähnelten zu sehr denen eines Modellathleten.

Verdammt, ich muss verhindern, dass er zuerst bei ihr ist.

Maddock hetzte los und schwang sich mit Leichtigkeit über das bröckelige Mauerwerk. Auf der Gegenseite kam er in einer Plantage aus der Kolonialära an. Ein Stück entfernt standen die Reste eines Hauses, das einst zu den besten Adressen auf der Insel gezählt haben musste. Der Torbogeneingang, der aus grauen Ziegelsteinen errichteten Villa, hatte dem nagenden Zahn der Zeit widerstanden. Obwohl er gern genauere Untersuchungen daran getätigt hätte, hatte er Dringenderes im Sinn. Er durfte keine Sekunde achtlos werden, da Rae in Gefahr schwebte. Seit seinem Abschied aus dem Militär hatte seine Wahrnehmungsfähigkeit gelitten. Bones meinte, es gäbe andere Gründe als das Zivilistendasein dafür. Bloß was wusste der Cherokee schon?

In der Nähe ertönten aus einem anderen Gebäude ein Schrei und dann ein Schuss.

»Rae!«, rief Maddock. »Wo bist du!« Er rannte in die Richtung, aus der der Lärm gekommen war. Es war ihm egal, ob ihn der Mann dabei hörte oder sah. Tatsächlich wäre es im lieber, wenn der Kerl hinter ihm statt hinter Rae her wäre.

Zwei weitere Schüsse hallten, gefolgt von einem neuerlichen Angstschrei. Die Quelle der Schreie war weiter weg als zuvor. Gut! Das hieß, Rae lebte und befand sich auf der Flucht.

Maddock legte einen Zahn zu. Er musste unbedingt rechtzeitig dort sein.

Noch ein Schuss erschallte. Diesmal blieb Rae stumm. Das musste aber nicht bedeuten, dass sie tot war. Vielleicht wollte sie ihre Position nicht verraten. Ja, so musste es sein.

Er rannte und rannte. Seine Beine waren vom Schwimmen in kompletter Kleidung wackelig, seine Brust schmerzte. Der Weg vor ihm mündete in eine breitere Straße. Ihr Belag aus Sand, zerbrochenen Muscheln und feinen Kieselsteinen glitzerte in der untergehenden Sonne. Plötzlich hörte er Schritte, die auf ihn zukamen. Dann surrte etwas wie eine zornige Hornisse an seinem Gesicht vorbei, ehe er den Pistolenknall wahrnahm.

Maddock hoffte, sein Gegner hätte lediglich einen Revolver mit sechs Schuss. Ehe er den Gedanken zu Ende führen konnte, war der Angreifer bei ihm und packte Maddocks rechtes Handgelenk. Dieser schnappte sich im Gegenzug das rechte Handgelenk des anderen, wodurch sie gegenseitig ihre Waffenhände blockierten. Leider hatte der Typ eine Automatik und Maddocks Hoffnung, er könne nur über sechs Patronen verfügen, zerrann.

Sie rangen wortlos. Jeder versuchte, die Oberhand zu gewinnen. Der lose Straßenbelag rutschte unter Maddocks Füßen zur Seite und er stürzte fast. Der Schlägertyp grinste und seine weißen Zähne funkelten.

»Gib auf.« Der Angreifer sprach mit einem milden Inseldialekt. »Ich war an der Uni in drei Sportdisziplinen der Beste.«

»Ist da irgendein Kampfsport dabei gewesen?«

Der Kerl raffte die Augenbrauen. In dieser Sekunde rammte ihm Maddock das eine Knie unter die Rippen und sofort darauf das zweite in den Schritt. Der Getroffene grunzte und seine Knie wurden weich. Maddock legte seinen Kopf in den Nacken, hämmerte ihn dann nach vorn, und zerschmetterte so mit seiner Stirn die Nase des selbsternannten Sportchampions.

»Scheiße!« Der Mann kniff die Augen zusammen und setzte zum Rückzug an. Aus der Ferne auf Leute schießen konnte er vielleicht, ein Nahkampf überforderte ihn jedoch.

Maddock nutzte seinen Vorteil und warf seinen benommenen Feind auf den Rücken. Ineinander verschlungen schepperten sie auf den Boden. Auf einem härteren Untergrund wäre womöglich die Rückseite des Schädels des Angreifers beim Aufprall gebrochen, zu seinem Glück war der Sand und Kiesel-Belag weich genug, um den größtmöglichen Schaden zu verhindern. Ungeachtet dessen erzeugte der Aufschlag mit dem Kopf enorme Schmerzen.

Die Waffenhand seines Gegners weiterhin umfasst, begab sich Maddock in eine kniende Position und hämmerte seinen linken Ellbogen gegen die Stirn des anderen. Die Haut an der getroffenen Stelle platzte auf und Blut strömte über das Gesicht des Verlierers, der gepeinigt aufstöhnte.

Maddock presste ihm die Klinge seines Armeemessers an die Kehle. »Hör mir gut zu: Man hat dir vielleicht weisgemacht, ich sei ein Zivilist. Damit liegst du falsch.« Er bewegte das Messer einige Millimeter. Der Mann wimmerte. »Ich weiß genau, wo ich schneiden muss. Den Beweis, dass ich besser und härter bin als du, habe ich erbracht. Du hast zwei Optionen: Entweder du kooperierst oder ich bringe die Angelegenheit zu einem unwiderruflichen Ende.«

»Also schön. Ich gebe auf. Nur lass mich frei.« Der Mann ließ, ohne dazu aufgefordert worden zu sein, die Pistole aus der Hand gleiten. Sein Blick schweifte nervös durch die Gegend.

»Falls du nach deinem Freund suchst, kann ich dir verraten, dass ich mich bereits um ihn gekümmert habe.«

Die Schultern des Schlägers sackten herab. Sämtlicher Kampfgeist in ihm schien erloschen.

»Für wen arbeitet ihr?«

»Ich kenne seinen Namen nicht. Es ist der Mann, der Glücksbringer verkauft.«

»Was will Echard mit dem Ei?«, probierte Maddock sein Gegenüber zu überrumpeln.

»Ich weiß nicht, ob sein Name Echard lautet und von einem Ei habe ich keine Ahnung. Er hat uns für einen Job engagiert.«

»Und der wäre?« Maddock glaubte, die Antwort zu kennen.

»Unser Auftrag ist, euch ein rundes Schmuckstück abzuknöpfen und euch dabei, falls nötig, zu töten.« Ein boshaftes Grinsen verzerrte seine Lippen. »Für das Töten hat er uns einen Bonus angeboten.«

»Woher wusste er über das Amulett Bescheid?«

»Wie gesagt, wir haben den Job angenommen und getan, was wir sollten. Alles, was ich dir mitteilen kann, ist, dass er das Ding unbedingt besitzen möchte.«

»Weshalb ist er so scharf darauf?«

»Er erwähnte mächtige Männer im Hintergrund, zu deren Kreis er früher zählte. Er glaubt, das Ding sei sein Rückfahrschein in diese Gruppe.«

»Was für eine Art von Gruppe? Geht es um Schwarzmarktantiquitäten?« Das ergab für Maddock den meisten Sinn. Das Amulett musste von unschätzbarem Wert sein. Wenn Echard früher in einer Schieberbande mitgemischt hatte, bei der er in Ungnade gefallen war, konnte er damit seine Wiederaufnahme bewerkstelligen.

»Ich habe keinen blassen Schimmer. Mehr weiß ich nicht, das schwöre ich dir.«

Maddock hielt diese Aussage für authentisch. Was sollte er jetzt mit dem Mann anstellen? Er hatte kein Seil dabei, um ihn zu fesseln. Er war ein Meuchelmörder, eine Waffe, die jeder nutzen konnte, der genug Geld hatte, um ihn buchen. War es eine schlechte Idee, sein Leben zu verschonen?

Die Entscheidung wurde ihm aus der Hand genommen, als der Typ auf einen wirklich dummen Einfall kam und es wagte, gegen Maddock zu kämpfen. Im Aufspringen wollte er Maddocks Messerhand beiseiteschieben, stattdessen trieb er sich dabei die Klinge durch eine ungeschickte Bewegung selbst in den Hals.

Der Ex-SEAL hob die Pistole seines Gegners auf und wartete auf dessen Tod. Maddock fühlte nichts bei dem Anblick des Sterbenden. Und so musste er sich eingestehen, wie abgestumpft er war.

»Rae, ich bin's. Alles ist okay«, rief er.

»Ich komme.« Ihre Stimme erklang aus dem Wald jenseits der Straße. Nach einem kurzen Geraschel im Unterholz trat sie ins Freie.

»Geht's dir gut?«

»Ja.« Als sie die Leiche sah, schluchzte sie.

»Ich habe ihm jede Chance weiterzuleben eingeräumt. Ich hätte ihn sogar freigelassen.«

Nach dem ersten Schock erwies sich Rae als nicht besonders zimperlich im Umgang mit der Leiche. Sie half ihm, das Corpus Delicti in einem alten Brunnen am Rand der Plantage zu versenken. Während sie den Toten verschwinden ließen, berichtete ihr Maddock von den Vorfällen und erzählte ihr, was er aus dem Mann herausgequetscht hatte. Auch Rae glaubte an eine Verstrickung Echards in Schwarzmarktkreise.

»Was ist das eigentlich für ein Ort, an dem wir gerade sind?«, fragte Maddock.

»Der Clifton Heritgage Nationalpark. Hier siedelten ursprünglich die eingeborenen Lukanier. Später wurde das Land von amerikanischen Nationalisten mitsamt ihren Sklaven kolonialisiert.«

»Und die Statue im Meer?«

»Das ist eine moderne Kunstinstallation. Sie heißt Ocean Atlas. Ich wollte dort schon immer mal schnorcheln. Allerdings hatte ich mir die Sache ganz anders ausgemalt.«

»So geht's mir ständig. Was denkst du, wie lange es dauert, bis die Leiche gefunden wird?«

Rae zuckte mit der Achsel. »Der Park wird nicht gepflegt, also kommt normalerweise niemand hierher. Schätze, er wird ohne von oben wahrnehmbarem Gestank verwesen, da er im Wasser liegt.« Sie schüttelte sich. »Bei Gott, ich kann nicht glauben, dass das alles wirklich geschieht. Ich hätte nie damit gerechnet, einmal eine Leiche zu entsorgen und darüber zu spekulieren, wie sicher ihr Versteck ist.«

Maddock nickte. Sie waren darin übereingekommen, dass es keine gute Idee sei, die Polizei zu informieren. Die Verwaltungsbürokratie auf den Bahamas erstickte fast in Korruption und keiner von ihnen konnte die erforderlichen Bestechungsgelder aufbringen, um ungeschoren aus der Affäre zu kommen. Auch wenn ihn heutzutage der Anblick einer Leiche nicht mehr berührte, konnte er mit Rae mitfühlen, denn vor langer Zeit war es ihm in solchen Fällen ähnlich ergangen. »Das hier ist die sicherste Variante. Wir wissen nicht, wer bei der örtlichen Polizei mit wem verbandelt ist und diese beiden Typen könnten sogar mit dem Department zusammengearbeitet haben.«

»Was, wenn die zweite Leiche irgendwo angeschwemmt wird?«

Maddock dachte darüber nach. Dann antwortete er: »Wenn diese Kerle wirklich so zwielichtig sind, wie du sagst, wird sein Tod keine besondere Überraschung sein. Mit etwas Dussel nimmt die Polizei an, der eine Partner könnte den anderen um die Ecke gebracht und ins Meer geschmissen haben.«

»Und was ist mit Echard?«

»Was soll mit ihm sein? Klar kann er eine Verbindung zwischen ihnen und uns herstellen. Aber er wird kaum zur Polizei rennen, um dort auszuplaudern, dass die beiden Auftragskiller, die er engagiert hat, um uns auszurauben und zu ermorden, plötzlich vermisst werden.«

»Okay, das klingt logisch. So schuldig ich mich auch fühle, geht es mir langsam besser. Immerhin wollten uns die Kerle umbringen.« Rae entspannte sich sichtlich, schlang die Arme um Maddock und schmiegte ihren Kopf an seine Brust. »Danke«, hauchte sie.

Maddock lächelte und presste sie an sich. »Nicht der Rede wert.«

»Was werden wir jetzt unternehmen? Durch das Artefakt sind wir ständig in Gefahr.« Sie tippte mit den Fingern an die Stelle, an der das Amulett unter ihrem Shirt hing. »Wenn wir seinen Fund den Behörden melden, bringen wir sie auf Echards Spur …«

»… was sie wiederum zu uns und zwei toten Männern führt. Du hast recht, wir müssen selbst ausknobeln, was es mit dem Amulett auf sich hat und wer diese Leute sind, bei denen Echard sich einschmeicheln möchte und dafür sogar zwei Morde in Kauf nehmen würde.«

KAPITEL 10

ANDROS-INSELN, BAHAMAS

Bones wachte mit einem fürchterlichen Brummschädel auf. Sein Mund war staubtrocken und ein Klingeln in den Ohren quälte ihn. Über ihm leuchtete ein gelbliches Kunstlicht an einer von Rissen übersäten Decke. Billige Vorhänge verhüllten die Fenster. Das Zimmer stank nach Zigarettenrauch und Schimmel, wie in einem billigen Motel. Und genau an solch einen Ort hatte es Thel und ihn verschlagen. Als er auf die Seite rollte, wurde ihm schwindelig.

Seine Begleiterin von gestern Abend hatte das Bett bereits verlassen. Er spitzte die Ohren, hörte aber nichts. Wahrscheinlich hielt sie sich im Badezimmer auf.

»Thel?« Auf den Ellbogen gestützt schaltete er die Nachttischlampe an. Ihre schwache 25-Watt-Birne sorgte kaum für zusätzliche Helligkeit. Am vergilbten Schirm der Lampe klebte ein Spinnennetz.

»Ich bin hier.« Thel stand im Türrahmen. Sie wirkte nervös. »Du willst doch nicht schon gehen?«

»Ich muss. Es ist nach Mitternacht und ich sollte längst zurück sein.« Sie erstarrte, als hätte sie etwas Falsches gesagt.

»Ist schon okay«, antwortete Bones reflexhaft. Er hatte zahlreiche One-Night-Stands auf dem Konto und es war besser, wenn keiner der Beteiligten danach anfing zu klammern. Aus einem unerfindlichen Grund wollte er diesmal allerdings, dass sie blieb. »Du könnest wenigstens kurz herkommen, um dich zu verabschieden.«

Sie rang sich ein schales Lächeln ab, schlenderte bedächtig, fast zögerlich näher und küsste ihn auf die Stirn. Er hätte schwören können, dass der Kopfschmerz an der Stelle verebbte, an der ihn ihre Lippen berührten. »Vielen Dank für eine wundervolle Nacht. Du warst ganz anders als erwartet.«

»Auf eine gute oder eine schlechte Art?«

»Eine sehr gute sogar.« In ihrer Stimme schwang Traurigkeit mit. »Es war fantastisch, wie du dich mir geöffnet und mir alles über deine schwierige Kindheit, den Militärdienst und dein Alkoholproblem erzählt hast. Die meisten Männer zeigen sich Frauen gegenüber nicht so verletzlich – insbesondere Frauen gegenüber, die sie erst kürzlich kennengelernt haben.«

Bones nahm eine sitzende Position ein. Dabei platzte ihm fast der Schädel. Er blinzelte und ächzte. »Wirklich? Das klingt gar nicht nach mir.«

»Das liegt an der speziellen Verbindung zwischen uns.« Sie strich ihm eine Haarsträhne aus dem Gesicht. »Obwohl du es vertuscht, bist du ein tief spiritueller Mensch. Du bist anders als die breite Masse.«

Bones versuchte, die Bedeutung ihrer Worte zu ergründen. Etwas Seltsames war zwischen ihnen geschehen. Doch was? Er wünschte, er könne es sich ins Gedächtnis rufen. Hatten sie Sex gehabt oder hatten sie bloß miteinander geredet? Sollte Zweiteres der Fall sein, durften Willis und Matt davon keinen Wind kriegen, sonst würden sie ihn bis ans Ende aller Tage damit hänseln.

»Sag mal, könnte ich noch einen Schluck von dem Wasser haben, bevor du aufbrichst? Das Zeug ist herrlich.« Der Eindruck der prickelnden, erfrischenden Wirkung des Getränks war ihm noch bestens auf dem Schirm. Die Lebendigkeit, die er danach gefühlt hatte, könnte er jetzt gut gebrauchen.

»Nein!« Thel sprang auf und umfasste den Flacon an ihrer Hüfte schützend mit beiden Händen.

»Ist ja schon gut. Ich hatte keine Ahnung, wie wichtig dir das Wasser ist. Vielleicht habe ich einfach zu viel von einer Frau erhofft, die mitten in der Nacht abhaut.«

Thel zuckte zusammen. »Ich wünschte, ich hätte die Freiheit, es dir zu erklären. Sorry, ich muss jetzt weg. Es ist besser so.«

Als sie die Tür in den dunklen Flur öffnete, sagte Bones: »Lass mich dich wenigstens begleiten. Nachts treibt sich ein ziemliches Gesindel auf den Straßen rum. Ich ziehe mich nur schnell an.« Er rappelte sich mit wackligen Beinen auf und suchte nach seinen Boxershorts.

»Nein, du darfst nicht mitkommen.«

»Komm schon, es schadet niemand, wenn ich dich zu deinem Hotel bringe.«

Bones streckte den Arm nach Thel aus und ehe er sich versah, lag er rücklings mit schmerzendem Hinterkopf auf dem Boden. Thel hatte ihn am Handgelenk gepackt und einen perfekten Judo-Hüftwurf an ihm ausgeführt. Er war müde und groggy, aber wie zum Teufel war das möglich? Bones konnte die Anzahl der Leute, die ihn so leicht überwältigt hatten, an den Fingern abzählen … Maddock und Willis gehörten dazu sowie seine ältere Schwester in seiner Kindheit. Dazu gesellten sich einige hochkarätige Kampfsportler. Und nun musste er die Liste um eine rothaarige Frau erweitern.

Ihre Blicke trafen sich. »Ich wünschte, ich könnte es dir erläutern. Jetzt lass mich einfach gehen.«

Bones setzte sich auf und fasst sich an den Hinterkopf. »Mir wäre es lieber, wenn du gleich Licht ins Dunkel bringen würdest.«

»Wenn ich das nur könnte. Du musst mir vertrauen. Ich tue das Richtige für dich. Und ich versichere dir, ich kann mich selbst beschützen.« Sie trat durch die Tür, dann wandte sie sich um. »Du solltest deinen Vater suchen. Wenn du ihm schon nicht von Herzen vergeben kannst, so gib ihm wenigstens die Chance für eine Rechtfertigung.«

Ihre Worte waren wie ein Dolchstoß direkt ins Herz. Er biss die Zähne zusammen und stand auf. »Verpiss dich!«

»Leb wohl«, flüsterte sie und schloss die Tür, dabei quollen ihr Tränen aus den Augen.

Fluchend wankte Bones ins Bett und schlief wieder ein.

KAPITEL 11

Alexei zog die Tür des billigen Motelzimmers hinter sich zu. Mehr aus Gewohnheit, als aufgrund einer echten Bedrohung inspizierte er flüchtig den Raum. Alles war, wie es sein sollte, von den schmutzigen Wänden bis hin zu dem verblichenen Strandfoto über dem Kopfende des Betts. Er wusste nicht, weshalb ihn solche Sorgen plagten. Keiner wusste, was er hier tat.

Wie sagten die Amerikaner so schön: Schlechte Gewohnheiten sterben langsam.

»Du bist in Sicherheit«, murmelte er. »Das hier ist nicht Russland.« Diese Tatsache musste er sich Tag für Tag aufs Neue vergegenwärtigen.

Er stieg auf das Bett, holte sein Schweizer Taschenmesser hervor und klappte den Schraubenzieher aus. Dann demontierte er damit die Abdeckung des Deckenventilators der Klimaanlage, langte in die Öffnung und zog einen Plastikbeutel mit einem Reißverschluss heraus.

Die Klimaanlage, dachte er, während er die Abdeckung wieder festschraubte, *war bereits bei meiner Ankunft defekt. Wozu ist sie dann gut?*

Als er fertig war, setzte er sich, öffnete den Beutel und breitete dessen Inhalt auf der Bettdecke aus. Das Motel, in das er sich eingemietet hatte, war so billig, dass in dem Zimmer nicht einmal ein Tisch stand – weder ein Schreibtisch noch ein Nachttisch.

»Vielleicht kann ich mir eines Tages etwas Komfortableres leisten«, sagte er, während er einen Notizblock aufblätterte und zwei Namen auf die bis dahin leere erste Seite schrieb. Er starrte das Papier eine volle Minute an und fragte sich, ob er das Richtige machte? Natürlich! Er hatte gelernt, seinen Instinkten zu vertrauen, und war damit immer gut gefahren.

Alexei nahm das Telefon und wählte eine Nummer, die er auswendig kannte.

Beim dritten Läuten hob sie ab. »Hallo«

»Habe ich dich geweckt?«

»*Zhopa!*« Trotz ihrer Verärgerung schwang Leidenschaft und Zuneigung in ihrer Beschimpfung mit. »Was willst du von mir zu so früher Stunde?«

»Früh?« Er lachte. »Hier auf den Inseln haben wir schon Abend.«

»Weshalb verschwendest du dann deine Zeit mit mir? Solltest du nicht unterwegs zu einem romantischen Date mit einer Inselfrau sein?«

»Du weißt doch, wie ich bin. Für solche Späße habe ich zu viel Arbeit zu erledigen.«

»Ich vermute, du rufst mich wegen dieser Arbeit an?«

»Du kennst mich einfach zu genau. Ich möchte, dass du für mich einige Leute unauffällig überprüfst.«

Sie atmete langsam aus. Danach folgte Stille.

»Bist du noch da?«

»Du weißt, ich habe keinerlei Veranlassung, das für dich zu tun. Ich kann dabei meinen Job verlieren und sie würden mich heimschicken.«

»Ja, ich weiß. Ich verspreche dir, das ist der letzte Gefallen, um den ich dich bitten werde.«

Ihr Geschimpfe klang diesmal weniger zuneigungsvoll.

»Es ist deine freie Entscheidung.«

»Natürlich. Warte, ich hole mir einen Stift.«

Alexei empfand Schuldgefühle wegen seiner Bitte, aber es ging einfach um zu viel. Er benötigte mehr Informationen über die beiden, denn sie waren zweifelsohne nicht das, was sie zu sein vortäuschten.

»Also gut. Wie lauten ihre Namen?«

»Dane Maddock und Bones Bonebrake.«

»Hast du Bones wie Knochen gesagt?«

»Ja, genau. Das ist sein Spitzname.« Er grübelte darüber nach, was Bones bei der Anmeldung für den Tauchwettkampf auf dem Registrierungsformular eingetragen hatte. Es war ein ungewöhnlicher Name gewesen … »Uriah Bonebreak. Das ist es.«

Sie lachte. »Na, da kann ich gut verstehen, warum er lieber Bones genannt wird. Was weißt du über die zwei?«

»Sie wohnen beide auf den Florida Keys und haben früher irgendwann zusammen in der Marine gedient. Bonebrake ist, wie sein Name vermuten lässt, ein Indianer.«

»Interessant. Was sonst?«

»Sie sind Schatzjäger.«

»Ah … ich verstehe.«

Sie verbrachten einige Minuten mit Small Talk und Alexei machte ihr großspurige Versprechungen darüber, wie er sie zum Abendessen einladen und sich für ihre Hilfe revanchieren würde.

Bevor sie auflegte, sagte die Frau: »Nebenbei erwähnt: Ich arbeite immer noch an dieser anderen Sache für dich. Aktuell gibt's nichts Neues.«

»Du bist die Beste.«

Nach dem Telefonat dachte Alexei darüber nach, dass er gegenüber Bonebrake nicht ganz ehrlich gewesen war. Tatsächlich war Alexei in die Armee einberufen worden. Nach seinem zweijährigen Pflichtdienst schied er aber nicht aus und er war auch mehr als ein einfacher Soldat gewesen. Für Bonebrake galt das ebenfalls – das konnte er spüren. Es war leicht zu erkennen gewesen, dass der Indianer Zeuge von Vorfällen geworden war, die das Vorstellungsvermögen durchschnittlicher Menschen sprengten.

Alexei hatte an verdeckten Operationen der russischen Armee teilgenommen. Bei einer dieser Missionen erhielten er und seine Einheit den Auftrag, ein hochrangiges türkisches Mitglied der Hisbollah – einen Mann namens Kemal – in seinem Versteck nahe der griechischen Grenze auszuschalten. Kemal sammelte seltene Antiquitäten. Alexei und seine Kameraden hatten nach Beendigung des Unternehmens etliche der wertvollen, zweifellos auf dem Schwarzmarkt erworbenen Artefakte nach Russland mitgenommen. Dafür erhielten sie eine Belobigung und die Kunstgegenstände wanderten in den Besitz von Generälen und Politikern.

In einer einzigen Abteilung in Kemals Privatmuseum, hatte Alexei nichts angerührt. Diese bestand aus einer Sammlung antiker griechischer Texte auf Stein, Holz und Stoff. Alexei konnte gut genug Griechisch, um zu verstehen, dass er es mit keiner wahllosen Zusammenstellung zu tun hatte. Alle Texte erzählten Teile einer zusammenhängenden Geschichte. Und passend zu dieser Geschichte hatte Kemal alte Landkarten zusammengetragen, die Aufschluss über den Ort des Geschehens gewährten.

Da diese Sammlung zu groß war, um sie abzutransportieren, fertigte Alexei Fotos der Exponate an. Damit stellte er die Weichen für einen Kurs, dem er bis heute verpflichtet war. Er befand sich auf dem richtigen Pfad und er hatte neunundneunzig Prozent davon absolviert. Nur das letzte eine Prozent stellte eine fast unüberwindliche Herausforderung dar.

Er schlug den Ordner mit den Fotografien der Texte nebst den zugehörigen Übersetzungen auf. Er kannte ihren Inhalt beinahe auswendig, dennoch warf er gern einen Blick darauf, um nach Hinweisen zu forschen, die ihm bislang entgangen waren. Danach widmete er seine Aufmerksamkeit einem alten Buch über lokale Legenden, das er aus einem Museum auf den Bahamas gestohlen hatte. Er hoffte, Übereinstimmungen zu den griechischen Texten aufzustöbern.

Alexei las Seite um Seite. Er entdeckte nichts und wieder nichts. Als er seine Uhr konsultierte, zeigte diese bereits ein Uhr nachts an. Frustriert beschloss er, für heute aufzugeben. Er versteckte die Unterlagen, dann ging für einen Spaziergang ins Freie.

Die nächtliche Kühle und die Meeresbrise erfrischten ihn. Er relaxte und wanderte ohne ein spezielles Ziel umher. Dabei genoss er den Mondschein sowie die Stille und den Frieden. Im Rahmen seiner Lehrtätigkeit bekam er davon nicht allzu viel.

Er durchquerte eine Region, in der zahlreiche Blue Holes die Insel wie Pockennarben überzogen. Nach einer Weile erreichte er in einem Mangroven-Gebiet einen Holzpavillon auf Pfeilern, den er betrat, um sich etwas auszuruhen.

»Wie schön es hier ist …« Er seufzte. Seine Freizeit außerhalb des Tauchwettbewerbs wurde von seinem Projekt verschlungen, dazu quälte ihn Schlaflosigkeit. Die rationale Seite in ihm wusste, dass er in Sicherheit war, trotzdem konnte er nicht damit aufhören, über die Schulter nach hinten zu blicken. Ein Resultat seiner Jugend in der Sowjetunion, vermutete er.

Da sich seine Augen an die Dunkelheit angepasst hatten, nahm er die Einzelheiten ringsum wahr. Die hellgrauen

Wände des Blue Holes nebenan bildeten einen fast perfekten Kreis. In Gesteinsspalten wucherte hier und da Vegetation. Auf der anderen Seite ragte der Urwald schwarz in den Nachthimmel.

Das Wasser war flach wie ein Spiegel. Das Mondlicht schien darauf und plötzlich war da ein Kräuseln auf der Oberfläche. Nein, kein Kräuseln, sondern etwas Größeres.

Plötzlich durchstieß etwas Gewaltiges den Wasserspiegel für eine Sekunde, dann versank es wieder. Zum ersten Mal in seinem Leben war Alexei vor Angst wie paralysiert. Oder hatte er sich geirrt? Unsicherheit befiel ihn. Aufgrund von Schlafmangel könnte er auch einer Einbildung erlegen sein. Er wünschte, er hätte seine Kamera dabei.

Alexei wartete. Seine Lider wurden schwer, sein Körper erschlaffte.

Vielleicht sollte ich hier draußen übernachten. Hier ist es kühler als im Motel.

Und da war es wieder! Die Wasseroberfläche wurde aufgewühlt, als sei etwas Riesiges innerhalb des Blue Hole am Werk. Er schreckte auf, nun vollständig wach.

Er zermarterte sich das Gehirn. Es musste eine logische Erklärung geben. Was warf einen Schatten von solch enormen Abmessungen? Ein Wal? Nein, dieses Blue Hole lag innerhalb der Insel. Zwar war es durch unterirdische Kanäle mit dem Meer verbunden, aber bis heute hatte kein Forscher einen Kanal entdeckt, der weit genug gewesen wäre, dass ihn etwas von dieser Größe durchschwimmen konnte. Dann war es vielleicht ein Oktopus.

Oktopus, schoss es ihm noch einmal durch den Kopf und auf seinen Armen erblühte eine Gänsehaut. Sein Herz klopfte. Ihm war, als drückten ihm unsichtbare Hände die Kehle zu. Er rang nach Atem. Eine Stimme in seinem Inneren riet ihm, wegzulaufen, aber sein rationales Denken hemmte diesem Impuls. Die Größe von etwas im Wasser abzuschätzen, war selbst bei hellem Tageslicht schwer. Nachts war es fast unmöglich. Was immer dort unten in dem Blauen Loch rumorte, konnte kein Monster sein.

Allmählich wurde er ruhiger. Was war er? Ein Feigling? Nein, er war ein erfahrener Veteran, der dem Tod bei vielen Gelegenheiten ins Gesicht geblickt und ihn dabei ausgelacht hatte.

Ich bin bloß überarbeitet, dachte er. Ohne zu wissen weshalb, ging er zum Ufer, schlüpfte aus Schuhen und Socken und stellte einen Fuß ins Wasser – vielleicht um sich selbst zu beweisen, dass er keine Angst hatte.

»Denk daran, das Leben dreht sich um mehr als Arbeit. Es gibt den Tauchwettkampf und du hast neue Freundschaften geschlossen.« Er kam sich idiotisch dabei vor, mit sich selbst laut zu reden, doch es half ihm, seine Nerven in den Griff zu bekommen.

Er sah zum Mond auf und lächelte.

»Das Leben ist gar nicht so übel.«

Dann packte etwas sein Bein.

KAPITEL 12

Bones erwachte bei Sonnenaufgang. Seine Kopfschmerzen gehörten der Vergangenheit an, aber er fühlte sich immer noch ziemlich groggy – mehr als nach einer schlaflosen Nacht. Er kippte sich zwei Becher Kaffee aus dem Getränkeautomaten des Motels in den Rachen, die ihm keine Linderung verschafften. Dann watschelte er im Schleichtempo zum Anlegeplatz der *Sea Foam.*

Unterwegs hielt er nach Thel Ausschau. Immer, wenn er eine weibliche Stimme hörte oder ihm eine rothaarige Frau über den Weg lief, bildete er sich ein, es sei Thel.

Was zur Hölle ist los mit mir?

Eine solche Wirkung hatte bisher keine Frau in ihm ausgelöst.

Willis und Matt saßen auf dem Achterdeck der *Sea Foam* und schlürften Kaffee, als Bones bei ihnen eintrudelte.

»Ich hab gehört, du hast gestern einen heißen Feger aufgegabelt«, begrüßte Willis den Neuankömmling. »Anscheinend hat sie dich die ganze Nacht auf Trab gehalten.«

»Wie hast du das denn spitzgekriegt?«

»Dein neuer Kumpel hat es uns verraten.« Matt zeigte auf etwas, das wie ein Haufen schmutziger Kleidung aussah, der an einem Schott lehnte. Es war Kyle und er schlief. »Val hat ihn letzte Nacht bei uns abgeliefert.«

»Na, großartig.« Bones schnaubte. Er hatte komplett vergessen, dass er Maddock versprochen hatte, den jungen Mann im Zaum zu halten.

»Hey, du hast gar nicht um Erlaubnis gebeten, an Bord kommen zu dürfen«, meckerte Willis.

»Leck mich. Du bist nicht der Captain. Apropos, wo steckt der eigentlich gerade?«

Matt und Willis grinsten wie zwei schelmische Kobolde.

»Was ist an meiner Frage so lustig?«

»Du bist nicht der Einzige, der heute Nacht auswärts geschlafen hat«, antwortete Willis. »Ich hatte gleich das Gefühl, dass bei Rae und ihm etwas im Busch ist.«

»Wird aber auch Zeit. Unser Kumpel lebt seit einer Ewigkeit praktisch im Zölibat. Freut mich für ihn.« Bones lehnte sich schlapp an die Kabinenwand. »Habt ihr zufällig einen Kaffee für mich?«

»Kaffee?« Matt kratzte sich die Schläfe. »Du siehst aus, als hättest du einen kompletten Hektoliter davon nötig. Was hast du gestern getrunken?«

»Nur Wasser.«

Willis und Matt brachen vor Lachen beinahe zusammen.

»Wenn du bloß Wasser getrunken hast, muss die Frau ein echter Orkan gewesen sein«, diagnostizierte Willis. »Wie war ihr Name?«

»Thel. Das ist die Abkürzung für irgendwas Griechisches, das ich nie zuvor gehört habe. Und ja, sie ist wirklich unglaublich. Davon abgesehen: Was haben wir für heute geplant?«

»Wir warten darauf, dass sich der Boss zeigt. Oder darauf, dass er anruft und einen Marschbefehl ausgibt«, antwortete Willis.

»Corey lungert am Funkgerät herum, falls Maddock sich auf diesem Weg meldet«, ergänzte Matt.

»Sollten wir uns Sorgen um ihn machen?«, fragte Willis. »Ich kann mich nicht daran erinnern, wann er zuletzt nur aus Spaß eine Nacht wegblieb.«

»Keine Ahnung.« Bones fühlte sich grauenhaft. »Wie wäre es mit einem Tauchgang bis zu seiner Rückkehr? Das schaffen wir auch allein.«

»Immer schön langsam«, entgegnete Willis. »Entspann dich, Mann. Du stehst ja total neben dir. Ist wirklich alles okay?«

»Mir geht's gut«, log Bones. Er musste ständig an Thel denken und das machte ihn wütend. »Ich bin sein Geschäftspartner und es ist auch mein Geld, das wir mit unserer Untätigkeit verschwenden.« Angesichts der amüsierten Mienen seiner Kollegen verstummte er und wechselte das Thema. »Ach, was soll's. Ich fühle mich einfach scheiße.« Bones lächelte gezwungen. »Ich tanke jetzt Kaffee und schaue, was die Bordapotheke hergibt. Einer von euch weckt Kyle. Der Wettkampf fängt bald an.«

»Hat denn heute niemand mehr eine vernünftige Arbeitsmoral«, rief Maddock vom Pier mit Rae im Schlepptau.

»Hab ich's euch nicht prophezeit«, meinte Bones.

Als die beiden an Bord waren, schüttelte Maddock den Kopf, während Rae ihren Bruder wachrüttelte.

»Hattet ihr eine schöne Zeit?« Bones zog die Augenbrauen zusammen.

»Würdest du es als schön bezeichnen, von zwei Gangstern verfolgt zu werden, die dich erschießen wollen?«, antwortete Maddock mit einer Gegenfrage.

Bones zuckte mit der Schulter. »Zumindest würde ich es nicht langweilig nennen. Was ist passiert?«

Corey schälte sich aus der Kabinentür und brachte eine frische Kanne Kaffee und drei Tassen nach oben. Alle nahmen

Platz und lauschten Maddocks Bericht von der gestrigen Verfolgungsjagd.

Bones versuchte vergebens, sich zu konzentrieren. Sobald er einen Gedanken hatte, entglitt ihm dieser wieder. Irgendetwas an Thels Benehmen war merkwürdig gewesen. Und wie hatte sie ihn aufs Kreuz legen können?

»Rae und ich besuchen heute ein Museum, um dort Informationen über das Artefakt zu ergattern«, sagte Maddock. »Jemand muss unterdessen eine Recherche für mich erledigen. Ich will alles über Stanley Echard wissen: Woher er kommt, wohin er geht und für wen er arbeitet.«

»Ich kümmere mich darum«, verkündete Bones. »Ich bleibe an Land und schaue, was ich ausgraben kann.«

»Ist das dein Ernst? Du verzichtest freiwillig aufs Tauchen?«, wunderte sich Maddock.

»Er hofft, dass er seine Bekanntschaft von letzter Nacht wieder trifft«, erklärte Willis.

»Warte«, staunte Maddock. »Du hast eine Frau aufgerissen und möchtest sie am nächsten Tag wiedersehen?«

»Na ja, sie war auch echt heiß«, meinte Kyle noch leicht verschlafen. »Sie hat feuerrotes Haar, Augen wie Edelsteine und eine Haut wie Alabaster. Gerade schreibe ich einen Song, in dem das als Textzeile vorkommt. Aber sie sieht tatsächlich so aus.«

»Kann ich mich darauf verlassen, dass du dich neben der Suche nach deiner verlorenen Liebe um Echard kümmerst?«, fragte Maddock.

»Klar!«

»Ich begleite ihn«, bot Kyle an. »Ich muss noch ein paar Stunden bis zum Wettkampf totschlagen und ich kenne mich vor Ort aus.«

»Und der Rest von uns widmet sich dem Tagesgeschäft«, sagte Willis.

»Ich komme schon allein zurecht«, sagte Bones.

Kyle tätschelte dem Cherokee die Schulter. »Ach, das macht mir keine Umstände. Ich wollte längst mehr über unsere roten Brüder erfahren. Beispielsweise, warum ihr alles mit Curry würzt?«

Bones sah seine Freunde hilfesuchend an. »Möchte jemand den Job mit mir tauschen?«

Die anderen grinsten nur hämisch.

KAPITEL 13

Das Poseidon Resort war ein Hotel mit Seeblick nahe dem Hafen, in dem die *Sea Foam* lag. Der weiße Anstrich der Gebäudefassade strahlte in der grellen Morgensonne wie eine Perle. Eine Statue des griechischen Gottes, von dem das Hotel seinen Namen entlehnt hatte, bewachte den Eingang. Poseidon stand auf einem Felsen mitten in einem Springbrunnen und reckte seinen Dreizack in den Himmel.

Auf dem Weg dorthin redete Kyle ohne Pause auf Bones ein, der seine Ohren auf Durchzug stellte. Solange ihm der Sinn der Worte verborgen blieb, störte ihn das Geschnatter des jungen Manns wenig. Kyle fürchtete nichts, machte sich um nichts Sorgen und in ihm loderte eine unbändige Neugier auf alles.

»Hey, hörst du mir überhaupt zu?«

»Wie bitte?«

»Glaubst du, Poseidon hat wirklich existiert, Kumpel? Nicht der Kerl aus den Comics. Ich meine die mythologische Figur. Glaubst du, dass ein echter Mensch das Vorbild für die Sage gewesen ist?«

»Keine Ahnung.« Bones stoppte vor der Eingangstür ab. »Könnest du so nett sein und bitte draußen auf mich warten?«

Kyle formte mit den Fingern das Okay-Zeichen. »Null Problem. Ich setze mich zum Springbrunnen und halte ein Schwätzchen mit Poseidon. Oder Neptun. Wer ist eigentlich wer von den beiden?«

»Das ist der gleiche Name für dieselbe Person«, erklärte Bones, während er die Tür öffnete.

Als er eintrat, schlug ihm eine Wand aus kühler Luft entgegen. In seiner Freizeitkleidung war er unter den Menschen in der Lobby, die alle Geschäftsanzüge trugen, fehl am Platz. Ohne davon verunsichert zu werden, ging er zur Rezeption, setzte sein freundlichstes Lächeln auf und sagte zu der Frau, die dort arbeitete: »Ich suche eine Freundin, die an einer geschäftlichen Konferenz teilnimmt. Irgendetwas für Anwerber oder so.« Vorgebeugt flüsterte er: »Sie hat etwas in meinem Hotelzimmer vergessen, das sie bestimmt gern zurückhaben möchte.« Dann zwinkerte er der Hotelangestellten zu.

Die junge Frau lächelte verständnisvoll. »Ich verstehe. Zum Glück findet momentan nur eine Konferenz bei uns statt. Die Details finden Sie dort.« Sie wies mit der Hand auf ein Plakat an einem Ständer in der Nähe des Ausgangs. Darauf war in großen Fettbuchstaben zu lesen: Frauen in der Geschäftswelt. Ballsaal C.

Auf dem Weg dorthin, der durch dick mit weichem Teppich gepolsterte Flure führte, schwante ihm Schlimmes und er wäre am liebsten umgekehrt. Nun dachte er seltsamerweise nicht mehr an Thels wundervolle Augen oder an eine ihrer anderen positiven Eigenschaften, sondern an den Flacon und das geheimnisvolle Wasser darin.

Stell dich nicht so an, Bones. Eine attraktive Frau wartet auf dich und du grübelst über Wasser nach, rügte er sich gedanklich.

Bei seiner Ankunft stand die Tür des Ballsaals sperrangelweit offen. Anscheinend war gerade Pause. Die Teilnehmer hatten sich zu kleinen Grüppchen versammelt, sprachen miteinander, tranken Kaffee und aßen Früchte oder Schnittchen.

»Wie kann ich Ihnen helfen?«, fragte ihn eine umwerfend schöne Brünette in einem smarten Hosenanzug. Bones schätzte sie zehn Jahre älter, als er selbst war. Ihre Bewegungen strahlten Selbstvertrauen und Würde aus. Zu einer anderen Zeit an einem anderen Ort hätte er versucht, ihre Telefonnummer zu ergattern.

»Ich bin auf der Suche nach einer Freundin, die an der Konferenz teilnimmt.«

»Ich verstehe.« Das Lächeln der Frau erlosch. »Wie heißt sie?«

»Thel.« In diesem Moment wurde Bones bewusst, dass er ihren Nachnamen nicht kannte. Und wofür die Abkürzung ihres Vornamens stand, hatte er ebenfalls vergessen. »Das ist die Kurzform eines griechischen Namens – eines ungebräuchlichen Namens. Was ihren Familiennamen angeht, bin ich total blank.«

»Ich bin die Organisatorin der Veranstaltung. Hier ist niemand mit einem solchen Namen. Wir sind eine kleine Gruppe. Jeder von uns ist im Saal anwesend. Sehen Sie jemand Vertrautes?«

Weit und breit war keine Spur von Thel auszumachen. Bones bekam einen Kloß im Hals und konnte kaum sprechen. Also schüttelte er den Kopf.

»Dann kann ich Ihnen nicht helfen. Tut mir leid.« Das Funkeln in den Augen der Frau strafte ihre Worte Lügen. »Ich bin übrigens Lana.«

»Bones.«

»Schön, Sie kennenzulernen.« Sie schüttelte seine Hand, dann nahm sie seine Hand in beide Hände. »Schauen sie nicht so ernst. Oder soll ich wirklich glauben, Sie hätten selbst nie einer Frau einen falschen Namen oder eine falsche Telefonnummer gegeben?«

Die Frage brachte ihn zum Lachen. »Geschieht mir nur recht. Trotzdem finde ich es seltsam, dass sie ausgerechnet diese Konferenz erwähnt hat.«

»Eventuell ist sie ein Hotelgast. Sie hat unser Plakat gesehen und hat es für ihre Deckgeschichte verwendet. Vielleicht finden Sie die Dame, wenn Sie noch ein wenig im Hotel bleiben.«

»Es ist komisch. Ich hatte mir eingebildet, wir hätten eine gute Zeit zusammen gehabt. Von jetzt auf gleich wurde sie ganz merkwürdig und ist verschwunden.«

»Auch wenn ich es ungern sage: Haben Sie die Möglichkeit in Betracht gezogen, dass sie verheiratet sein könnte und plötzlich Reue empfand? Im Eventmanagement bekomme ich so etwas dauernd mit. Vor allem bei Veranstaltungen in Hotels. Die Menschen benehmen sich, als seien sie in einer anderen Welt. Dann machen sie dumme Sachen und werden blitzartig von der Realität eingeholt.«

Auf diese Idee war Bones tatsächlich nicht gekommen. Er hielt sie jedoch für unwahrscheinlich. »Vielleicht«, antwortete er gedehnt.

»Geht es um die vermisste Frau?«, fragte eine Blondine mit großen Zähnen und überreichlich Make-up im Gesicht, die einige Gesprächsfetzen aufgeschnappt hatte. »Ein Hotelgast soll heute Morgen zum Schwimmen gegangen sein und kam nicht wieder zurück.«

Lana verdrehte die Augen. »Wenn wir dich nicht hätten, Tammy …«

Tammy zuckte mit der Achsel. »Ich sag's ja bloß. Ich hoffe, der Frau ist nichts zugestoßen. Ich habe von der Sache an der Rezeption gehört. Offensichtlich sind letzte Nacht mehrere Leute auf der Insel verschwunden.«

Bones wurde flau im Magen. Er hatte Thel noch davor gewarnt, allein nach Hause zu spazieren. Warum hatte er sie dennoch ziehen lassen?

»Ein Mann«, fuhr Tammy fort, »ertrank beim nächtlichen Schwimmen. Seine Freunde saßen auf einem Pier. Sie haben beobachtet, wie er von einer Sekunde zur anderen unterging. Es soll gewesen sein, als hätte ihn jemand unter Wasser gezerrt. In einem Augenblick war er noch da, und dann …« Sie hielt die Handflächen in die Höhe.

»Wahrscheinlich war da einfach zu viel Alkohol im Spiel«, mutmaßte Lana.

»Weiß nicht«, antwortete Tammy.

»Ich muss jetzt leider fort« meinte Bones. »Vielen Dank für Ihre Zeit.« Schweren Herzens steuerte er auf den Ausgang zu.

»Warten Sie.« Lana holte ihn auf dem Flur ein und hielt ihn am Arm fest. »Ich hoffe, ich bin jetzt nicht völlig neben der Spur; aber falls Sie die Dame nicht aufspüren, bin ich ab sechs Uhr in der Hotelbar.«

Bones bedankte sich für die Einladung und sagte: »Ich kann nicht versprechen, dass ich da sein werde.«

»Es würde mich freuen, wenn es Ihr Zeitplan hergibt.« Sie drückte kurz seinen Arm und kehrte in den Konferenzraum zurück.

Bones konnte sich nicht dagegen wehren, ihr nachzublicken. Er liebte ihren selbstbewussten Gang und einiges mehr an ihr.

Diese Frau ist eine echte Wucht, dachte er.

KAPITEL 14

NASSAU AUF DEN BAHAMAS

Bei dem Museum mit der Bezeichnung *The Pirates of Nassau* handelte es sich um ein Wachsfigurenkabinett in der Nähe des Heumarkts. Seine günstige Lage prädestinierten es als Touristenmagnet, insbesondere für Reisende auf Kreuzfahrten. Rae und Maddock schlängelten sich durch Legionen sonnenverbrannter Familien in Flip-Flops und Airbrush-T-Shirts, um von einem Exponat zum anderen zu gelangen.

Unter dem Motto *The Quay Side* hatte man ein Hüttendorf nachgebaut, in dem Besucher eine zwielichtige Hafengegend begehen konnten. Gerüche von Salz und Teer schwängerten die feuchte Luft. Neben den Figuren der Piraten waren Schilder montiert, auf denen ihre Lebensgeschichte umrissen wurde.

»Wirkt verdammt echt«, meinte Rae.

Zum Inventar des Museums zählten ein Model des Piratenschiffs *Revenge* sowie Ausstellungsstücke, die den notorischen Seeräubern der Region gewidmet waren; darunter Ann Bonny, Mary Read und natürlich Edward Teach alias

Blackbeard. Maddock hätte den Besuchern einiges über Blackbeards Schicksal und über seinen Schatz erzählen können, aber ihm würde sowieso keiner Glauben schenken.

»Hallo, Erde an Maddock.«

»Sorry, ich habe gerade Blackbeards Wachsfigur bewundert.«

»Riddick Blackwood ist dort drüben. Weiter geht's.«

Die Figur, die Blackwood darstellte, war exzellent gefertigt. Hochgewachsen, mit dunklem Haar und intensiven braunen Augen wirkte er äußerst lebensecht. Seine Hand ruhte auf seinem Schwertknauf und seine Lippen umspielte ein Grinsen.

»Er sah gut aus«, befand Rae.

»Das kann man über einen Mann, der jahrelang die Karibik plagte, natürlich auch sagen«, entgegnete Maddock.

»Ich mein ja nur.«

Das Schild neben der Figur bot ihnen keine neuen Informationen. Blackwood hatte es nur auf europäische Schiffe abgesehen und an Land überfiel er nur die eingeborene Bevölkerung, die er bis zu seinem Tod beraubte, entführte und ermordete.

»Entschuldigung, Sie interessieren sich für Riddick Blackwood?« Die Frage wurde von einem hageren Mann mit brauner, lederartiger Haut und weißem Haar gestellt. Er war mit einem dreiteiligen Anzug bekleidet und auf seinem Namensschild stand Oliver Lawson. Dies war der Mann, den sie sprechen wollten.

Laut Rae war Lawson auf den Bahamas geboren worden und dort aufgewachsen. Er galt als der wichtigste Experte für Piraten und die Legenden, die sich um sie rankten. Sie hatte ihn bisher nie getroffen, aber sein Ruf war bis zu ihr vorgedrungen. Nun hofften Maddock und Rae, dass er ihnen mit ihrem Fundstück weiterhelfen konnte.

»Das sind wir«, antwortete Rae. Sie stellte sich als Dozentin am örtlichen College vor, die auf Empfehlung von Kollegen hier sei. Sie tauschten Höflichkeiten aus, bis Rae zum Kern der Angelegenheit kam. »Wissen Sie viel über Blackwood?«

»Einiges schon. Was genau interessiert sie?«

Maddock hätte ihn gern direkt nach dem Ei und dem Oroboros gefragt, aber er wollte nicht mit der Tür ins Haus fallen. Ein bislang unentdecktes, antikes Schiff aus der Alten Welt im Umkreis von Andros erschien ihm als unangebracht, um das Gespräch zu beginnen. Deshalb wollte er zuerst ein allgemeineres, weniger kontroverses Thema anschneiden. Außerdem hoffte er immer noch, irgendwann Blackwoods Schatz zu heben. »Ich habe weitreichende Nachforschungen über Blackwood angestellt. Gibt es vielleicht lokale Legenden, die außerhalb der Bahamas nicht verbreitet sind?« Maddock hatte vergeblich alles Menschenmögliche versucht, Informationen jenseits der kursierenden Geschichten aufzustöbern. Selbst sein Freund Jimmy Letson – ein Journalist und Hacker – hatte nichts herausgefunden. Blackwood war ein ungelöstes Rätsel.

Lawson lächelte. »Die Bahamas waren sein Jagdrevier und sein Versteck lag auf Cat Island. Die Einheimischen kennen viele der überlieferten Geschichten, eine davon verrückter und weiter hergeholt als die andere.«

»Je verrückter, desto besser«, antwortete Maddock. Wenn es ihm gelang, Lawson in das Reich des Absurden zu entführen, würde es im später leichter fallen, das Gespräch auf den eigentlichen Grund ihres Kommens umzulenken.

»Das wildeste Gerücht, das kursiert, handelt davon, dass Blackwood immer noch am Leben sei.«

»Das ist wirklich irre«, kommentierte Rae.

»Die verbreitetste und breit akzeptierte Legende kennen Sie wahrscheinlich bereits. Sie erzählt davon, wie Blackwood durch Verrat von Benjamin Hornigold zur Strecke gebracht wurde. Hornigold und seine Männer sind Blackwood samt seiner Mannschaft bis zu ihrem Unterschlupf auf Cat Island nachgejagt. Blackwoods Leute haben kapituliert, aber ihr Captain wollte nicht stillschweigend abtreten. Es kam zu einem dramatischen Duell zwischen den Anführern. Blackwood war zuvor am Bein verwundet worden. Nur aus diesem Grund gewann Hornigold den Kampf. Er säbelte Blackwoods Kopf ab, um sicherzugehen, dass er wirklich tot sei. Er ging damit zum Gouverneur, der ihn öffentlich zur Abschreckung ausstellte.«

Maddock nickte. Dieselbe Geschichte hatte er von Jimmy gehört. Allerdings enthielt Lawsons Version mit Cat Island – dem Ort des Geschehens – ein neues Detail.

»Und jetzt treibt er wieder sein Unwesen wie der Kopflose Reiter?«, fragte Rae.

»Der Sage nach nahm ein Mann aus Blackwoods Besatzung den Kopf in Besitz. Nur wenige Menschen wussten damals, wie Blackwood aussah. Er wurde selbst von seinen Berufskollegen geschmäht. Deshalb ging er in Häfen nur selten an Land. Die meisten, die ihn von Angesicht zu Angesicht trafen, bezahlten dafür mit ihrem Leben. Als Hornigold also einen Kopf ablieferte, der ungefähr auf Blackwoods Beschreibung zutraf, konnte der Gouverneur dessen Echtheit unmöglich verifizieren.«

»Dieser Teil der Geschichte klingt plausibel«, meinte Maddock. »Aber wie zur Hölle soll er heute noch herumspuken?«

Lawson grinste. »Die Legende behauptet, er habe die Quelle der ewigen Jugend gefunden.«

»In Florida?«, fragte Maddock. Die Quelle der ewigen Jugend war ein sagenumwobener Ort, die jedem, der von ihrem Wasser kostete, ewige Jugend und Kraft gewährte. Im Lauf der Geschichte tauchten beständig Gerüchte darüber auf, die vom Alexanderroman aus dem dritten Jahrhundert nach Christus bis hin zu den Schriften Herodots aus dem fünften Jahrhundert vor Christi Geburt zurückreichten. Im

Zeitalter der Entdeckungen erlangte der Mythos besondere Prominenz, beispielsweise in Gestalt von Juan Ponce de León, dem ersten Gouverneur Puerto Ricos.

»Ponce de León hat die Quelle nie selbst gesehen«, erklärte Lawson. »Sein Wissen über die Lage der Quelle in Florida scheint der *Historia General y Natural de las Indias*, die Fernández de Ovied 1535 verfasst hat, entsprungen zu sein. Dessen Antrieb wiederum zum Verfassen dieser Schrift dürfte politischer Natur gewesen sein, da er sich vor Gericht verantworten musste und die Justiz gnädig stimmen wollte.«

»Wenn nicht in Florida, wo liegt die Quelle der ewigen Jugend dann?«

»Die Ureinwohner der Bahamas glauben, sie wäre auf der Insel Bimini verborgen zwischen unzähligen gewöhnlichen Tümpeln.«

»Also hier auf den Bahamas?«

»Im Norden Biminis gibt es einen Ort namens The Healing Hole. Es ist ein Teich, zu dem man lediglich durch ein komplexes System sich windender Tunnels Zugang erhält. Durch Unterwasserkanäle wird stark mineralhaltiges Wasser in den Teich gepumpt. Die Höhle, in der sich der Teich befindet, wurde vor Jahrtausenden aus Kalksteinfelsen ausgewaschen, einem Gestein, das reich an Kalzium und Magnesium ist. Mineralien, die mit Langlebigkeit und gesunden Zähnen assoziiert werden. Allerdings gibt es auch Anhänger einer Theorie, die davon ausgeht, das mythische Bimini sei an einem komplett anderen Fleck.«

»Die Quelle der Ewigen Jugend könnte also irgendwo an einem anderen Platz sein?«, hakte Rae nach.

Lawson nickte. »Ein Arawak-Häuptling namens Sequene war so von der Legende besessen, dass er eine Mannschaft anheuerte und auf der Suche danach in See stach. Er kehrte nie von seiner Reise zurück. Bis heute glauben viele Leute, dass Bimini irgendwo zwischen den Bahamas-Inseln liegt und von Blackwood bewacht und beschützt wird.«

»Beschützt vor wem?«, fragte Maddock.

»Jedem, der närrisch genug ist, den Versuch zu starten, es zu finden.«

»So wie der Ritter, der den Heiligen Gral im Indiana-Jones-Film bewacht hat?« Maddock beschlich ein ungutes Gefühl, die Legende könne wahr sein.

»Eher wie Smaug der Drache, der auf seinem Schatz schläft. Blackwood war ein habgieriger Mensch. Er würde etwas so Wertvolles wie die Quelle der ewigen Jugend niemals teilen wollen. Selbst wenn genug Wasser für alle da wäre, würde die Vorstellung, etwas davon abzugeben, seinen Zorn entfachen.«

»Haben sie eine Idee zum Ursprung dieser Legende? Und wie kam es zu der Verknüpfung von Blackwood und der Quelle?«, erkundigte sich Maddock.

»Laut der Legende erscheint er alle paar Jahrzehnte an Land, vermutlich um seinen Vorrat an Frauen und Rum aufzustocken. Er wird für das Verschwinden etlicher Personen verantwortlich gemacht. Meist hat es sich dabei um junge Frauen gehandelt – Studentinnen oder Touristinnen. Blackwood soll sie mit einem Zauber belegen und sie dann in sein Versteck verschleppen, wo sie Teil seines unsterblichen Harems werden. Außerdem schieben einheimische Mädchen von Zeit zu Zeit unerwünschte Schwangerschaften auf Blackwood.«

»Ein unsterblicher Pirat mit einem endlosen Nachschub an jungen, hübschen Frauen. Klingt, als hätte sich ein spielsüchtiges Computerkid die Sache ausgedacht«, sagte Maddock.

»Spielst du?«, neckte ihn Rae.

»Nein. Ich dachte da an meinen Kumpel Corey. Er hängt dauernd am Computer.«

»Ich weiß, es klingt unglaublich«, fuhr Lawson fort, »aber vor ein paar Jahren hat jemand ein Foto aufgenommen und beteuert, der Mann darauf sei Blackwood. Zumindest war dieser Mann einer der Letzten, der mit einem der Mädchen vor ihrem Verschwinden beobachtet wurde. Und ich muss zugestehen, dass er den alten Ölgemälden von Blackwood ziemlich ähnlich sah.«

Maddock nickte gedankenverloren. Zu schade, dass Bones nicht mit dabei war. Sein Partner liebte solche Geschichten, bei denen es um altertümliche Mysterien, unglaubliche Legenden und hübsche Frauen ging. »Sie haben erwähnt, Blackwood sei gierig gewesen. Gibt es im Zusammenhang mit ihm Legenden um verlorene Schätze und gesunkene Schiffe?«

»Was Blackwoods Schatz angeht, gibt es zwei Meinungen: Die einen glauben, er hätte jeden geraubten Penny zum Fenster rausgeschleudert, die anderen sind sicher, er hätte einen gewaltigen Schatz angehäuft. Dieser Hort soll entweder auf einer der Inseln verborgen sein oder er hat ihn mit zur Quelle genommen.«

»Was ist mit dem Wrack seines Schiffs, der *Maelstrom*?«

»Sie wurde von einem Seeungeheuer versenkt. Mehr oder andere Informationen sind nicht im Umlauf.«

Maddock spitzte die Ohren.

»Könnte das Schiff einer Kreatur mit dem Schädel eines Hais und den Tentakeln eines Oktopus zum Opfer gefallen sein?«

Lawson wölbte die Augenbrauen. »Sie meinen den Lusca?«

Maddock und Rae tauschten Blicke aus.

»Der Lusca ist ein sagenhafter Oktopus mit einem Haikopf. Er lauert in den Blue Holes und zieht dort Leute in den Tod.«

»Sieht er so aus?« Rae griff unter ihr T-Shirt und fischte das Schmuckstück heraus.

Lawson schnappte mit geweiteten Pupillen nach Luft. Hastig setzte er eine gleichgültige Miene auf, doch Maddock hatte seine erste Reaktion erhascht; und diese hatte Wiedererkennen und Beunruhigung ausgedrückt.

»Vielleicht«, log Lawson. »Mehr weiß ich über dieses Geschöpf nicht. Ein Hybrid aus Hai und Oktopus? Das ist so unrealistisch wie die tatsächliche Existenz einer Quelle, die Unsterblichkeit garantiert.« Er lachte gezwungen.

»Können sie uns sagen, wo wir vielleicht mehr erfahren?«, fragte Maddock.

»Über den Lusca? Keine Ahnung. Ich habe mein ganzes Leben damit zugebracht, Sagen und Legenden zu sammeln. Ich habe Ihnen alles erzählt, was ich weiß.«

»Mir fällt noch eine Frage ein, die ihnen merkwürdig erscheinen mag. Haben sie jemals etwas über Seefahrer aus der Alten Welt gehört, die in der Antike hierher segelten?«

»Nein«, antwortete Lawson matt und blickte übertrieben auffällig auf seine Armbanduhr. »Es tut mir leid, aber ich muss gehen. Ich hoffe, der Museumsbesuch hat Ihnen Vergnügen bereitet.« Dann drehte er sich auf dem Ansatz um und eilte davon.

»Bilde ich es mir ein, oder wurde er beim Anblick des Rings wirklich nervös?«, fragte Rae.

Maddock bestätigte ihren Verdacht. »Etwas quält ihn. Er weiß mehr, als er preisgibt.«

KAPITEL 15

ANDROS-INSELN

Das örtliche Polizeirevier war in einem zweistöckigen Gebäude untergebracht, das die enge Gasse, in der es stand, dominierte. Seine Inneneinrichtung war nicht gerade beeindruckend. Die Wände wurden von einem verblichenen Grün bedeckt und konnten gut und gern einen frischen Anstrich vertragen. Das frühere Weiß der Bodenfliesen war einem schmutzigen Hellbraun gewichen. Die Hälfte der Glühbirnen hatte ihren Dienst vollständig quittiert und von den übrigen flackerten einige bedenklich. In der Luft lag ein Hauch von Putzmitteln und frischem Kaffee.

Der diensthabende Polizist, ein schlanker, junger Mann, begrüßte sie mit einem müden Lächeln. Auf seinem Namensschild stand: M. Gomez.

»Wie kann ich Ihnen helfen?«, fragte er.

»Ich vermisse eine Freundin«, antwortete Bones, trotz seiner Unsicherheit über den Wahrheitsgehalt dieser Aussage. Er hatte keinen Schimmer, ob Thel vermisst wurde oder ob sie ihn versetzt hatte. Doch er konnte das Gefühl, ihr sei etwas Schlimmes zugestoßen, nicht abschütteln.

Der Polizist ließ die Schultern hängen und händigte ihm ein Klemmbrett und einen Stift aus. »Sie müssen dieses Formular ausfüllen.«

Bones runzelte die Stirn. Er konnte den Zettel nicht ausfüllen, also reichte er ihn zurück. »Leider kenne ich ihren Namen nicht. Oder um genau zu sein: ihren vollen Namen. Aber ich kann sie beschreiben und Ihnen verraten, in welchem Hotel sie wohnt.«

Gomez schloss die Augen und rieb sich die Schläfen. »Sir, es tut mir schrecklich leid und ich will nicht unhöflich sein. Allerdings können wir Ihnen schlecht helfen, wenn Sie uns die nötigen Informationen vorenthalten.«

»Dann beantworten Sie mir bitte eine Frage: Haben Sie eine Vermisstenmeldung über eine Frau mit dem Vornamen Thel hereinbekommen? Europäischer Typ, rote Haare, große grüne Augen, helle Haut und perfekte Lippen. Ungefähr so groß.« Er hob seine Hand auf Schulterhöhe.

»Sie ist umwerfend schön«, fügte Kyle hinzu. »Und sie hat meinen Freund in Nullkommanix aufs Kreuz gelegt.«

»Wollen Sie mich verarschen?« Gomez' Stimmung, die bis jetzt von einer Mischung aus Erschöpfung und Ungeduld geprägt war, kippte plötzlich ins Feindselige.

»Ich verstehe nicht …« setzte Bones an.

»Stellen Sie sich nicht dümmer, als Sie sind. Jedes Jahr um diese Zeit taucht mindestens ein Tourist auf, der eine Person als vermisst melden möchte, die zuletzt mit der kleinen Meerjungfrau beobachtet wurde. Oder zumindest mit einer Frau, die so aussieht. Und dann gibt es noch die Typen, die sich in sie verliebt haben und sie nicht wiederfinden. In ihrer Verzweiflung schneien sie dann ins Revier herein und versuchen, Informationen abzugreifen.«

»Darum geht es uns nicht«, insistierte Bones. »Wir haben nichts mit einem Zeichentrickfilm am Hut.«

»Ich habe das nicht wörtlich gemeint.« Gomez musterte Bones eindringlich und seine düstere Miene klarte auf. »Sie scheinen ehrlich besorgt zu sein, also halte ich mich an die Regel: im Zweifel für den Angeklagten. Die Sache ist folgende: Die Geschichte, die Sie mir gerade aufgetischt haben, ist eine Art lokale, urbane Legende, auf die sich manche Touristen stürzen. Das passiert mit der Zuverlässigkeit eines Uhrwerks. Jedes Jahr platzt um diese Jahreszeit jemand bei uns herein und meldet eine vermisste Person. Dabei ist immer eine Frau involviert, auf die die gleiche Beschreibung zutrifft, die Sie mir gegeben haben. Einmal soll sie sogar einen Kerl auf seiner Hochzeitsreise entführt haben. Er hatte zusammen mit seiner frisch Angetrauten einige Drinks im *Brigadier's* genommen. Als sie auf die Toilette musste, war ihr Göttergatte bei ihrer Rückkehr in ein Gespräch mit einer attraktiven Rothaarigen verwickelt. Er soll sie wie hypnotisiert angestarrt haben. Als sie verschwand, wurde er vor Verlangen nach ihr ganz nervös. So hat seine Frau es beschrieben. Er sprang abrupt auf und rannte der Rothaarigen nach. Sie hat ihn nie wieder gesehen.«

Bones verspürte eine plötzliche Benommenheit. Es war nicht zu leugnen, dass die Wirkung, die Thel auf ihn ausübte, vergleichbar war. Er fühlte sich, was sie betraf, wie ein Drogenabhängiger, der seiner nächsten Dosis nachhechelte. »Diese urbane Legende … steckt da vielleicht ein Körnchen Wahrheit drin? Existierte vielleicht in der Vergangenheit ein echter Fall mit einer Rothaarigen?«

Gomez blickte unruhig über die eigene Schulter. »Sir, wir haben wirklich eine Menge zu tun.«

Das Einzige, womit Gomez tatsächlich beschäftigt zu sein schien, war das halb aufgegessene Käse-Sandwich, das auf einem Teller auf seinem Schreibtisch auf ihn wartete.

»Um die Wahrheit zu sagen: Ich bin ein großer Freund von Fernsehsendungen wie *In Serach Of* und ich kann nicht genug von solchen Geschichten kriegen. Trotzdem haben wir gestern Abend wirklich eine Frau getroffen, die vermisst sein könnte«, beharrte Bones.

»Ich bin auch ein Fan dieser Sendung«, bekannte der junge Polizist mit neuem Interesse. »Was ist Ihre Lieblingsepisode.«

»Ich konnte mich nie auf eine festlegen. Aber wenn man mich zwingen würde, würde ich die Folge mit Nessie nennen.«

»Nessie! Ich liebe Nessie! Haben Sie je vom Lusca gehört?«

»Nein. Was ist das?«

»Eine Sage hier aus der Gegend. Ein riesiges Unterwassermonster, das Schwimmer in Blue Holes ertränkt.«

»Blue Holes im Plural? Wie soll das funktionieren?«

Gomez nahm einen Notizblock und einen Stift, um damit eine Skizze anzufertigen. »Andros ist von Blauen Löchern übersät.« Er zeichnete horizontale Linien innerhalb der Silhouette der Insel ein. »Die meisten sind klein und unpassierbar, aber nicht alle. Manche haben eine Verbindung zum Meer.« Nun fügte er Linien hinzu, die sich bis in die Karibik erstreckten.

»Was ist mit den Blue Holes im Ozean? Sind sie Teil dieses Höhlensystems?«

»Wahrscheinlich. Zumindest einige davon. Es handelt sich dabei um die tiefsten Blue Holes der Welt. Der Fels unter Andros und in Küstennähe gleicht einem löchrigen Schweizer Käse.«

»Ist irgendjemand je von einem der Blauen Löcher im Ozean bis zu einem der Blue Holes an Land geschwommen?«, fragte Kyle.

»Nein. Der bloße Versuch wäre Selbstmord.« Gomez ließ den Blick von Kyle zu Bones wandern.

»Ich habe keine Ahnung, wovon Sie reden«, wollte sich der Cherokee aus der Affäre zu ziehen.

»Von wegen. Ich habe das Funkeln in Ihren Augen beobachtet.«

Bones kicherte. »Also gut, Sie haben mich ertappt.«

In diesem Moment betrat ein Mann in einem zerknitterten Anzug aus einem Nebenraum das Empfangszimmer des Reviers. Sein Haar war zerzaust und er hatte dunkle Ringe unter den Augen.

»Alles in Ordnung?«, fragte der Neuankömmling seinen Kollegen.

»Absolut, Detective. Ich warne unsere Gäste gerade davor, an gefährlichen Orten zu tauchen.«

»Gut so.« An die Besucher gewandt fügte er hinzu: »Hören Sie auf ihn. Auf Andros ertrinken regelmäßig Leute wegen mangelnder Vorsicht. In vielen Fällen finden wir nicht einmal ihre Leiche.« Dann schwieg er und wartete auf die Antwort.

»Verstanden«, sagte Bones.

»Versprochen«, sagte Kyle und machte das Peace-Zeichen.

Als der Detective in den Nebenraum zurückgekehrt war, senkte Bones seine Stimme. »Wenn die Leichen unentdeckt blieben, woher weiß man dann, dass die Verschwundenen ertrunken sind?«

Gomez rollte mit den Augen. »Lassen Sie das nicht Detective Lane hören. Ausgeschlafen ist er ein echtes Ass in Ermittlungsfragen. Er war die komplette Nacht wach und hat an mehreren Vermisstenfällen gearbeitet. Das ganze Revier versinkt bis zur Halskrause in Arbeit. Wir können uns gern einen zusätzlichen Fall sparen. Außerdem hasst er meine Begeisterung für Kryptozoologie.«

Bones lächelte. Er genoss es, einer verwandten Seele begegnet zu sein. Sie unterhielten sich einige Minuten über ihre Lieblingskreaturen. Der Officer berichtete von einem umfangreichen Kompendium über lokale Kryptiden, das er gerade eigenhändig fertiggestellt hatte. Bones wollte mehr darüber erfahren, also verabredeten sie sich für den Abend. Mit etwas Glück konnte Gomez ihnen mit dem Schiffswrack und dem mysteriösen Artefakt, das sie dort aufgestöbert hatten, weiterhelfen.

»Sie brauchen keine Sorgen um mich zu haben«, sagte Bones, nachdem ihn Gomez erneut vor dem Tauchen in einem Blue Hole gewarnt hatte. »Ich war bei den SEALs. Ich kenne die Gefahr.«

»Bitte versprechen Sie mir, dort auf einen Tauchgang zu verzichten. Sie haben keine Ahnung, wie viel Papierkram das Department wälzen muss, falls sie ertrinken. Und das meiste davon bleibt an mir hängen. Außerdem möchte ich von Ihnen mehr über den Florida-Stinktieraffen hören. Der ist nämlich neu für mich.«

»Sie werden meine Leiche schon nicht aus einem der Blauen Löcher fischen müssen. Das verspreche ich. Allerdings nur, wenn Sie mir alles über diese ominöse rothaarige Frau berichten.«

»Um ehrlich zu sein ist diese Geschichte mein zweites Hobby neben der Kryptozoologie. Das meiste, was ich darüber weiß, kann ich ihnen leider unmöglich zeigen.«

Aus seinem schuldigen Gesichtsausdruck schloss Bones, dass der Polizist heimlich Akten, die ausschließlich für den dienstlichen Gebrauch bestimmt waren, kopiert hatte.

»Allerdings kann ich Ihnen einige Zeitungsausschnitte geben. Darin geht es hauptsächlich um eine junge Frau, die seit den Siebzigern vermisst wird. Sie ist sozusagen unser Patient Null. Ihr Verschwinden bildet die Grundlage für die späteren Legenden. Warten Sie eine Minute.«

Gomez hastete zu der Tür, durch die Detective Lane den Raum verlassen hatte, öffnete sie ein Stückchen und spähte durch den Spalt. Offensichtlich zufriedengestellt, ging er anschließend zu seinem Schreibtisch und holte aus der untersten Schublade einen dicken Aktenordner. Er blätterte ihn durch, löste eine Seite heraus und verließ damit das Eingangszimmer. Als er wiederkam, händigte er Bones ein in der Mitte zusammengefaltetes Blatt Papier aus, das noch warm vom Fotokopieren war.

»Okay, Sie beide machen jetzt besser einen Abflug. Sehen Sie sich das Blatt erst an, sobald Sie weit weg vom Revier sind. Lane soll nicht mitbekommen, was ich gerade getan habe.«

»Das ist nur recht und billig. Vielen Dank für die Hilfe und wir sehen uns später auf dem Schiff. Sie bringen das Kryptiden-Kompendium mit und ich besorge das Bier.«

»Ich bin auch dabei«, verkündete Kyle.

»Nein«, entgegnete Bones und winkte gleich darauf ab, um zu signalisieren, dass er gescherzt hatte.

Dann faltete der Indianer das Blatt ein weiteres Mal und schob es in die Tasche. Er konnte nicht mit Gewissheit sagen, warum ihn der Gedanke, Thel wiederzufinden, so sehr heimsuchte. Sie war bei Weitem nicht sein erster One-Night-Stand. Doch diese Frau war anders als alle anderen. In ihm brannte ein loderndes Verlangen nach ihr, das ihn fast in den Wahnsinn trieb. Er musste einfach erfahren, wer sie war und wohin sie verschwunden war.

Draußen auf der Straße kramte er in angemessener Distanz zum Polizeirevier die Fotokopie heraus. Die Schlagzeile lautete: Suche nach verschwundener Studentin geht in die zweite Woche. Darunter prangte das Bild der jungen Frau. Als er es sah, geriet er ins Straucheln und fiel fast hin. Ihm wurde ganz schwummrig.

Kyle ergriff seinen Arm und stützte ihn. »Hey! Bist du okay, Mann?«

Bones brachte keine einzige Silbe heraus. Stattdessen reichte er Kyle das Blatt, der daraufhin ausrief: »Willst du mich verarschen, Kumpel?«

KAPITEL 16

NASSAU AUF DEN BAHAMAS

Lawson verlor sich unter den Museumsbesuchern, dann drehte er sich plötzlich um und schielte Rae und dem blonden Mann nach, der seinen Namen nicht preisgegeben hatte. Sie schlenderten auf den Ausgang zu. Er folgte ihnen nach draußen. Als sie um die Ecke in die Bay Street einbogen und außer Sicht gerieten, seufzte Lawson erleichtert. Leider hatte er kurz die Fassung verloren, als sie ihm das Amulett zeigten, aber anscheinend hatten sie seine Reaktion übersehen.

Er kehrte in das Museum zurück, ging in sein Büro und verriegelte die Tür von innen. Sein Büro war nur unwesentlich größer als eine Rumpelkammer und verfügte nur über ein einziges, kleines Fenster, durch das Licht hereindrang.

»Ich dachte, Echard würde sich um die Angelegenheit kümmern«, murmelte er, während er eine Telefonnummer suchte. Nach einer Minute hatte er sie zur Hand. Der Zettel, auf dem sie stand, steckte zwischen den Seiten seines Lieblingsromans *Atlas wirft die Welt ab* von Ayn Rand, den er in einer

Schublade aufbewahrte. Zwar hatte er das Buch nie gelesen, doch er hatte genug darüber in Radio Talkshows aufgeschnappt, um es zu lieben und zu schätzen. Seine Ausgabe stammte aus einem modernen Antiquariat und war offensichtlich mehrfach gelesen worden. Er behandelte das fest eingebundene Buch mit Schutzumschlag wie einen Glücksbringer. Früher hatte er darin seine Bargeldreserve für Notfälle aufbewahrt. Leider hatte er die Kohle neulich bei einer von Echard organisierten Pokerrunde verloren.

Endlich hatte er das Gesuchte – einen Papierfetzen mit dem Decknamen Bill Jones am oberen Ende. Echard hatte Lawson gestern Abend angerufen und ihm eine Belohnung und den Erlass aller Spielschulden versprochen, wenn er ihm dabei helfen konnte, ein Artefakt in die Finger zu bekommen, dessen Beschreibung exakt auf Raes Amulett zutraf. Am liebsten hätte er es ihr sofort abgenommen, wäre da nicht ihr Begleiter gewesen. Der Mann hatte ein freundliches Äußeres gewahrt, die Kälte in seinen Augen versetzte Lawson jedoch in Angst und Schrecken.

Lawson hatte Echard erklärt, dass er in einem Wachsfigurenkabinett arbeitet. Trotzdem hatte dieser darauf insistiert, Lawson solle ihm Bescheid geben, falls ihm die gesuchte Antiquität unter die Augen käme.

Er tippte die Nummer mit zittrigen Fingern. Weshalb war er so nervös? Er reichte lediglich eine Information weiter. Echard würde erfreut sein.

Die Person am anderen Ende der Leitung hob nach dem dritten Läuten ab. »Ja?«

»Echard, ich bin's.«

Schweigen.

»Lawson vom Museum.«

»Ah ja. Sorry. Ich habe letzte Nacht schlecht geschlafen und bin etwas neben der Spur.«

»Du klingst, als hättest du dir eine Krankheit eingefangen.« In Lawsons Ohren klang Echards Stimme tiefer und rauer als üblich.

»Ja, vielleicht.«

»Ich habe das Objekt zwar nicht in meinem Besitz, aber ich weiß, wer es hat.«

»Wirklich? Ich höre.«

»Raeána Franklin. Sie unterrichtet am College. Der Typ, der bei ihr war, hat seinen Namen verschwiegen. Wenn du mich fragst, roch er nach Militär. Die beiden sind gerade eben Richtung Prince George Wharf gegangen.«

»Gut. Danke für den Hinweis. Sonst noch etwas?«

»Äh, ja … die Bezahlung, die du mir versprochen hast …« Lawson verstummte. Er hoffte, Echard würde mit der Information über die Besitzerin zufrieden sein und nicht von ihm verlangen, ihm das Amulett selbst zu besorgen.

»Sollst du haben. Ich kümmere mich später darum. Danke.« Echard hängte auf.

Lawson setzte sich, um seine Fassung wiederzugewinnen. Das Artefakt und das Telefonat hatten ihn aufgewühlt. Mit Gewissheit war hier etwas im Busche, das er nicht kapierte.

Zwanzig Minuten später klopfte es energisch an der Tür. Als Lawson öffnete, stand ihm zu seiner Überraschung Echard gegenüber. »Das ging ja schnell.«

Echard kratzte sich an der Schläfe. »Ich wollte dir die Neuigkeit persönlich mitteilen. Es geht um eine Frau namens Rae Franklin und ihren Begleiter Dane Maddock. Sie schnüffeln überall herum und stellen Fragen über mich. Sollten sie hier hereinstolpern, dann melde dich sofort bei mir.«

»Wovon zur Hölle sprichst du? Ich habe gerade bei dir angerufen und dir gesagt, dass sie mit dem Amulett hier waren.« Er schüttelte den Kopf. »Warte … wie bist du in weniger als einer halben Stunde von Andros nach Nassau gekommen?«

Echards Züge liefen dunkelrot an. Er packte Lawson an der Krawatte, zog den Knoten bis zum Anschlag zusammen, knallte den Museumsangestellten gegen die Wand und zischte: »Du fängst besser schnell an, mir etwas Vernünftiges zu sagen. Sonst verkaufe ich deine Schulden an Freunde von mir, die mit menschlichen Organen auf dem Schwarzmarkt handeln.«

Lawson hatte keine Ahnung, ob diese Drohung einen realen Hintergrund hatte, aber er wollte lieber kein Risiko eingehen. Er rief sich die beiden Besucher und das folgende Telefonat ins Gedächtnis und berichtete darüber. »Der Kerl klang genau wie du und ich habe die korrekte Nummer gewählt«, sagte er am Ende.

Echard wurde fuchsteufelswild. Seine Wut erschreckte Lawson noch mehr als Maddocks eiskalter Blick. Wie hatte er je glauben können, Echard sei ein gewöhnlicher Strandhändler? Der Mann schien von dem Artefakt geradezu wie besessen zu sein.

»Das war ich nicht.« Echard spie die Worte mit der Wucht von Faustschlägen in die Magengrube aus. »Mit wem zum Teufel hast du geredet?«

»Ich weiß es nicht.«

Echard verstärkte mit einer Hand den Druck auf Lawsons Kehle. Mit der anderen lupfte er sein Hemd so weit nach oben, dass Lawson die Pistole in seinem Hosenbund ausmachen konnte. »Verrate mir jede einzelne Silbe, die er gesagt hat. Wehe du vergisst eine.«

Bones legte das Telefon auf und sagte zu Kyle: »Das war der Mitarbeiter aus dem Piratenmuseum. Er dachte, ich sei Echard.«

Kyle hatte Bones zu Echards Apartment gebracht. Da dieser abwesend war, hatte Bones das Schloss an der Eingangstür mittels Fähigkeiten, die er als Teenager erworben hatte, geknackt. Kaum war die Eingangstür wieder geschlossen, da hatte schon das Telefon geläutet. Bones hatte instinktiv abgehoben.

»Was hat er gewollt?«, fragte Kyle nach dem Ende des Telefonats.

»Er hat angerufen, um Echard zu informieren, dass Maddock und deine Schwester das Artefakt haben.«

»Ihr habt das Ding doch erst gestern aus dem Meer gefischt. Richtig?«

Bones nickte. »Und bis gestern Abend war es in einem Ei aus Ton.«

»Was hat das alles zu bedeuten?«

»Es klingt, als hätte Echard schon von der Existenz des Rings gewusst, bevor wir ihn hatten. Und er war auf der Suche danach. Das ergibt den größten Sinn.«

»Wie konnte er ahnen, dass sie damit ins Museum gehen?«

»Was sonst würdest du mit einem rätselhaften, antiken Gegenstand tun? Vermutlich hat er Kontakte zu sämtlichen Museen auf den Bahamas. Und jetzt lass uns kurz seine Bude inspizieren. Das sollte ziemlich schnell gehen.«

Echard lebte in einer kleinen Einzimmerwohnung über einem Restaurant, in der es nach Curry stank. Neben dem kombinierten Schlaf- und Wohnraum gehörte zu ihrer Ausstattung ein winziges Badezimmer und eine Kochnische. Die Suche dauerte nicht lange.

Sie fanden nichts. Echard besaß offensichtlich nur eine Schachtel mit den Amuletten, die er am Strand verkaufte. Zu Bones Amüsement offenbarte eine der Verpackungen, wo sie hergestellt worden waren – in China.

»Glaubst du, Echard ist Mormone?«, fragte Kyle, als er eine Ausgabe von ›Das Buch Mormon‹ aufstöberte.

»Vielleicht gehört das Buch zum Zimmer …«

»Kumpel, das hier ist kein Hotel.« Kyle blätterte das Buch auf. »Außerdem steht sein Name drin. Stanley Echard.« Er zeigte Bones die Innenseite des Einbands.

»Her damit!« Bones nahm ihm das Buch aus den Fingern. Einige Passagen waren markiert.

»Da ist außerdem eine Bibel«, rief Kyle. »Sie sieht verdammt alt aus.«

»Wir sollten beide einsacken. Die markierten Stellen könnten wichtig sein.«

»Du meinst, er betrieb mehr als einfache Bibelstudien?«

»Wirkt Echard auf dich wie jemand, der täglich zu seiner Erbauung die Bibel liest?«

Kyles Miene verdüsterte sich. »Menschen sind oft anders als der Eindruck, den sie erwecken. Oft sind es die größten Saubermänner, die die dunkelsten Geheimnisse hüten. Das Gleiche gilt auch umgekehrt.«

»Das stimmt«, pflichtete ihm Bones bei, darüber verblüfft, etwas Schlaues aus Kyles Mund vernommen zu haben.

»Gibt dir das Apartment Aufschluss über irgendetwas? Wer hier lebt, ist kaum zu erkennen.«

Bones schüttelte den Kopf. Er überlegte, auf Echards Rückkehr zu warten und die Wahrheit aus ihm herauszuprügeln. Aber diese Idee war falsch. Deshalb legte er sie ganz hinten zu den Akten.

Kyle blickte auf die Uhr. »Ich muss mich beeilen, wenn ich mich für den Wettkampf einschreiben will. Soll ich dir verraten, in welcher Bar Echard normalerweise um diese Zeit abhängt?«

»Am helllichten Tag? Und du hast überlegt, ob er ein Mormone sei.«

Kyle grinste. »Na ja, war kein guter Gedanke.«

KAPITEL 17

IN DEN KÜSTENGEWÄSSERN VOR ANDROS

Die Sonne zog hoch am Himmel ihre Bahn und schien auf die Männer, die auf dem Deck der *Sea Foam* arbeiteten. Die sanfte Brise linderte die drückende Hitze kaum.

»Ich glaube nicht, dass wir in diesem Schlick fündig werden«, prophezeite Willis. »Matt und ich haben es vergeblich versucht. Da war nichts. Wir sollten es an einer anderen Stelle probieren.«

Er deutete in die Ferne.

»Maddock wird das gar nicht gefallen«, widersprach Corey. »Du weißt, wie pingelig er ist.«

»Maddock und sein Schlamm.« Matt lachte. »Man muss sie einfach mögen.« Er lehnte sich in dem Stuhl, auf dem er saß, zurück. »Wenn Maddock abwesend ist, hat Bones das Kommando. Und wenn Bones abwesend ist, habe ich das Kommando.«

»Ja, ja … die alten Marine-Kumpels haben immer das Sagen«, moserte Corey. »Das ändert nichts an der Tatsache, dass Maddock sauer sein wird, wenn er spitzkriegt, wie schlampig wir arbeiten.«

»Also fein. Wir gehen systematisch vor«, sagte Willis mit einem sarkastischen Unterton. »Wir fangen mit dem Schlick ein Stück neben dem Wrack an. Und zwar dort. In diese Richtung würde die Strömung alles schwemmen, was aus einem Loch im Schiffsrumpf fällt. Dort haben wir die größten Erfolgschancen.«

Als Corey zu einer Erwiderung anhob, fügte Willis hinzu: »Bloß weil Maddock immer von rechts nach links vorgeht, müssen wir uns noch lange nicht an die gleiche Prozedur halten.«

»So wie ich's sage, wird's gemacht«, imitierte Corey Maddock fast perfekt und fügte mit normaler Stimme hinzu: »Aber einer von euch muss ihm unsere heutige Vorgehensweise beibringen.«

»Das ist mein Job«, kündete Willis an. »Ich habe keine Angst vor Maddock. Ich bin aktuell die einzige Person of Color an Bord. Obwohl meine Mitgliedschaft im Team eine positive Diskriminierung darstellt.«

»Stimmt ja, Bones ist auch eine Person of Color«, sagte Corey. »Das hatte ich ganz vergessen.«

Willis verschränkte die Arme vor der Brust. »Wenn Bones einen Witz über seine Hautfarbe macht, finden ihn alle seltsam. Wenn ich einen mache, lacht keiner.«

»Natürlich hat Bones den Job bloß bekommen, weil er eine Person of Color ist«, sagte Corey trocken. »An seinem Können kann es kaum gelegen haben.«

Willis lachte schallend. »Der war gut. Können ist das Stichwort: Matt und ich werden jetzt gleich unseren Tauchgang starten.«

Auf Willis Instinkt war Verlass gewesen. Sie stöberten zwar keinen kompletten Schatz auf, dafür klaubten sie einige vielversprechende Objekte auf, darunter eine Handvoll Münzen, die es ihnen vielleicht ermöglichten, die Herkunft des Wracks zu ermitteln. Wenn schon nicht mit Willis Methoden, so würde Maddock zumindest mit deren Ergebnissen zufrieden sein.

Als der Sauerstoff allmählich knapp wurde, kehrten sie auf die *Sea Foam* zurück und versammelten sich mit den Fundstücken unter Deck, um sie zu sortieren und in einem Salzwasserbad zu lagern.

»Was haltet ihr von den Münzen?«, fragte Matt.

Willis nahm eine der Münzen in die Hand. Vom Alter geschwärzt, war ihr Rand alles andere als ein perfekter Kreis. Auf der einen Seite zeichneten sich die Konturen eines menschlichen Profils ab, auf der anderen die einer Fackel. »Wahrscheinlich griechisch würde ich behaupten.«

»Ziemlich sicher griechisch«, pflichtete ihm Matt bei.

Eine abrupte Vibration rüttelte das Schiff durch. Die Motoren brüllten auf und das Wasserfahrzeug begann, sich zu bewegen.

»Was zur Hölle?«, rätselte Matt.

»Irgendetwas stimmt nicht«, sagte Willis.

Sie hasteten an Deck. Corey hatte die *Sea Foam* um hundertachtzig Grad gewendet und steuerte auf die Küste zu.

»Was ist los?«, rief Willis und spurtete zu Corey.

»Sieh dir das Sonar an«, antwortete der.

»Was kann das sein?« Willis Stimme klang mehr als nur erstaunt. Etwas Großes kam unter Wasser in halsbrecherischer Geschwindigkeit auf sie zu.

»Mir fällt nichts ein, das ein so riesiges Profil aufweist«, sagte Matt. »Habt ihr jemals etwas Vergleichbares gesehen?«

»So groß? Vielleicht ein U-Boot«, vermutete Willis.

»Niemals«, widersprach Corey und holte alles aus dem gequält jaulenden Schiffsmotor heraus.

»Wie lange hält die Maschine das durch?«, fragte Matt angespannt.

»Bei diesem Tempo? Nicht lange!«

Auf dem Sonar fiel ihr Verfolger leicht zurück, er setzte die Jagd jedoch unbeirrt fort.

»Er gibt nicht auf«, schlussfolgerte Corey.

»Dann müssen wir ihn dazu zwingen«, schlug Matt vor.

»Womit? Wir haben leider keine Torpedos …«

»Aber Gewehre«, überlegte Willis laut. Selbst ein durchschlagskräftiges Gewehr würde kaum ein Objekt mit einer solchen Dimension stoppen können. Dennoch war es ein Funken Hoffnung. »Wenn es auftaucht, können wir ihm vielleicht eine Kugel mitten ins Gehirn verpassen. Wir sollten es wenigstens versuchen.«

Bewaffnet positionierten sich Willis und Matt am Heck. Wegen des Windrauschens und dem Tosen des Motors verstanden sie Corey nur mit Mühe, als er ihnen zubrüllte: »Es holt auf! Verdammt, das Vieh muss dreißig Meter lang sein!«

Und dann entdeckte Willis es. Er erhaschte nur einen kurzen Blick darauf, aber er erkannte zwei Dinge: Sie hatten es mit einem lebendigen Geschöpf zu tun und es hatte gigantische Ausmaße. Panik beschlich ihn. Es war groß wie ein Wal, doch es bewegte sich nicht wie ein Meeressäuger. Was konnte es sonst sein?

»Noch nicht schießen«, rief Willis.

Matt senkte den Gewehrlauf. »Warum?«

»Siehst du die Größe von dem Vieh? Ich möchte es nicht unnötig reizen, bevor uns keine andere Wahl mehr bleibt. Vielleicht ist es gerade aufgetaucht, weil es die Richtung ändern will.«

Matt nickte. Eine halbe Minute später rief er: »Dort! Auf zehn Uhr!« In der Ferne durchschnitt eine gewaltige Rückenflosse die Wellen. Willis hatte genug Zeit auf dem

Meer verbracht, um zu erkennen, dass sie zu einem großen Hai gehörte – zu keinem Monster, aber zu einem kapitalen Exemplar. »Ich wette, wir haben es mit einem Weißen Hai zu tun.«

Willis spähte in die angegebene Richtung. »Schätze, du hast recht.«

Da geschah es.

Das Wasser rings um die Flosse fing an zu brodeln, etwas schoss aus der Tiefe nach oben und traf den Weißen Hai mit einer Gewalt, die ihn aus dem Wasser in die Luft katapultierte. Begleitet von aufschäumender Gischt flog er zehn Meter weit, ehe er wieder ins Wasser knallte, wo ihn riesige Tentakel in den Würgegriff nahmen und abwärts zerrten. Es war beinahe schneller vorbei, als es angefangen hatte.

»Ist das wirklich passiert?«, fragte Matt.

»Ich bin nüchtern. Du auch?«

Sie waren so perplex, dass sie erst mit einiger Verzögerung realisierten, wie das Lärmen des Motors auf einen normalen Level fiel und die *Sea Foam* abbremste.

»Warum werden wir langsamer?«, fragte Matt.

»Das Ding hat die Verfolgung abgebrochen und schwimmt nach Süden«, antwortete Corey.

Die beiden gingen zu Corey auf die Brücke und setzten ihn von ihrer Beobachtung in Kenntnis.

»Vielleicht habt ihr die Entfernung falsch eingeschätzt«, gab der zu bedenken, während er sich mit den Fingern durch die Haare fuhr. »Dann könnte es ein kleinerer Hai gewesen sein, der von einem großen Oktopus erlegt wurde.«

»Es war definitiv ein Weißer Hai«, beharrte Matt. »Die Zeichnung der Schuppen, die prägnante Spitze der Rückenflosse, das alles hat gepasst. Selbst wenn er zu den Kleineren seiner Art zählte, hätte der Oktopus unglaublich groß sein müssen. Falls es überhaupt einer war.«

»Und das Ding hat den Hai wie einen Wasserball durch die Gegend geschleudert«, ergänzte Willis. »Was in Teufels Namen ist dazu fähig?«

»Ich weiß es nicht«, räumte Corey ein, während er aus dem Augenwinkel das Sonar studierte. »Und egal, was es war, ich habe für heute genug vom Schatzsuchen.«

»Geht mir ganz genauso«, meinte Willis, lehnte sich ans Schott und atmete kräftig durch, um den Kopf freizubekommen. Wie sollten sie sich vor solch einem Monster schützen? »Mir tut derjenige leid, den es für seinen nächsten Snack auswählt.«

KAPITEL 18

ANDROS-INSELN

Rae und Maddock trudelten kurz vor dem Start des Blue-Descent-Wettkampfs am Austragungsort ein. Rae hatte unbedingt dorthin gewollt, da sie es für unverantwortlich hielt, Kyle zu lange unbeaufsichtigt zu lassen.

»Bones passt auf ihn auf«, versuchte Maddock, sie zu beruhigen.

»Wirklich? Warum sehe ich dann da drüben Kyle und von Bones fehlt weit und breit jede Spur?«

Kyle winkte ihnen zu.

»Ich bin hier«, machte sich Bones von hinten bemerkbar. Ungewöhnlicherweise waren seine Gesichtszüge besorgt.

»Hast du was rausgekriegt?«, fragte Maddock.

»Kann ich kurz ungestört mit dir reden?«, entgegnete der Cherokee.

Die zwei entschuldigten sich und spazierten ein Stück von der Menge weg, bis sie außer Hörweite mit dem Gespräch anfingen. Maddock lauschte, während Bones ihm seine

Erlebnisse mit der Frau, mit der er angebandelt hatte, beichtete; inklusive ihres merkwürdigen Verhaltens und ihres überstürzten Abgangs. Auch seine vergebliche Suche nach ihr sparte er nicht aus.

Überrascht sagte Maddock: »Sie muss wirklich Eindruck bei dir hinterlassen haben, wenn du ihr nachläufst. Normalerweise rennen dir die Frauen umsonst nach.«

»Das ist der springende Punkt. Erst dachte ich, es sei sie, die mir im Kopf herumspukt. Dann habe ich kapiert, dass ich mich wie ein Süchtiger fühle. Ich schätze in dem Wasser, das sie mir gegeben hat, war ein Zusatz.«

»Vielleicht solltest du einen Arzt konsultieren?«

»Nee, nee. Die Wirkung lässt bereits nach.«

Da der Cherokee nun schwieg, beschloss Maddock zu warten, bis sich die Lippen seines Freundes von allein wieder lösten. Wenn Bones Probleme wälzte, konnte er es nicht leiden, darüber ausgefragt zu werden. Es war besser, ihn in seiner eigenen Geschwindigkeit darüber reden zu lassen. Zweifellos steckte noch mehr hinter seinem Erlebnis.

Draußen im Ozean rief Val mit einem Megaphon Anweisungen von der Plattform. Die Rettungsschwimmer nahmen ihre Plätze am und im Blue Hole ein und die Teilnehmer trafen letzte Startvorkehrungen. Kyle absolvierte zur Vorbereitung Tai-Chi-Übungen.

»Er sieht aus wie ein Flamingo, der unter Schlafentzug leidet«, spöttelte Maddock, als der junge Mann auf einem Bein stehend mit den Armen flatterte, darum bemüht, die Balance zu halten.

Bones lächelte schal. »Trotz allem ist er ein guter Junge.«

»Ja. Er meint es gut und ist im allgemeinen recht harmlos. Er ist eher eine Gefahr für sich selbst als für andere.«

Das Lächeln um Bones Mundwinkel schwand. »Es sind die unbeabsichtigten Schäden, die mir Sorgen machen. Ich fühlte mich fast, als ob etwas an mir zupft und ich habe keine Vorstellung davon, in welche Richtung es mich zieht.«

»Das klingt, als würdest zu zwischen zwei Taco-Verkaufsständen stehen und könntest dich nicht für einen von beiden entscheiden.«

Bones war nicht nach Scherzen zumute und er verfiel erneut in Schweigen. Unterdessen startete der erste Teilnehmer des Wettbewerbs. Für die Zuschauer war nur wenig zu tun, außer am Strand zu verweilen und zu warten, bis die Taucher wieder die Wasseroberfläche durchstießen. Solange sie sich unter Wasser befanden, zählte eine elektronische Stimme die Sekunden.

Als der erste Wettkämpfer auftauchte, erscholl Applaus. Über Lautsprecher wurde verkündet, er habe gerade mit neunundneunzig Metern den australischen Rekord im Freitauchen eingestellt. Zuschauer und Teilnehmer feierten ihn mit frenetischem Jubel. Die meisten Teilnehmer trachteten danach, die nationalen Rekorde ihrer Herkunftsländer zu überbieten – oder zumindest eine neue persönliche Bestmarke aufzustellen. Daher sahen sie die anderen Teilnehmer nicht als Konkurrenten an.

»Alexei ist nicht hier«, bemerkte Bones.

»Stimmt. Ich frage mich, was passiert ist? Er schien mir extrem motiviert.«

»Letzte Nacht sind wohl einige Leute verschwunden. Ich hoffe, er ist nicht darunter.« Bones räusperte sich. »Da gibt es etwas, das ich dir sagen muss. Und ich möchte, dass du mir gut zuhörst und die Klappe hältst, bis ich fertig bin.«

»Habe ich dich je beim Reden unterbrochen?«

»Selten.« Bones kramte aus seiner Tasche ein zusammengefaltetes Blatt Papier heraus.

»Was ist das?«

»Wolltest du nicht den Mund halten? Da ich Thel nicht finden konnte, bin ich, nachdem ich von den vermissten

Personen gehört hatte, zur Polizei gegangen, um dort nach Beistand zu fragen. Dort habe ich erfahren, dass jedes Jahr jemand ins Revier schneit, der einen verschwundenen Freund sucht, der zuletzt mit einer hübschen Rothaarigen beobachtet wurde.«

Maddock wollte gern etwas einwerfen. Er musste sich mächtig anstrengen, um auf Zwischenfragen und Kommentare zu verzichten. *Bones hat recht. Ich bin kein guter Zuhörer. Besonders wenn das, was mir erzählt wird, keinen Sinn ergibt,* dachte er. Doch die Geschichte brachte eine Saite in ihm zum Klingen. Also platzte es aus ihm heraus: »Weißt du was? Rae und ich waren heute im Piratenmuseum und der Kurator hat uns einige der Sagen rund um Riddick Blackwood erzählt. Er soll die Quelle der ewigen Jugend irgendwo auf den Bahamas entdeckt haben. Von da an erscheint er von Zeit zu Zeit, um junge Frauen in seinen Harem zu entführen. Er bringt sie zur Quelle und verleiht ihnen so unendliche Jugend und Schönheit.«

Bones Kinnlade klappte herunter und er taumelte.

Maddock stützte ihn. »Du siehst übel aus. Vermutlich hat die Frau dir tatsächlich etwas ins Getränk gemischt.«

»Nein«, wehrte Bones ab. »Sie hat mir nur Wasser gegeben. Daran ist nichts verkehrt.«

Grinsend antwortete Maddock: »Mit etwas Glück hast du von der Quelle der ewigen Jugend getrunken.«

»Der Typ, mit dem ich auf dem Revier gequatscht habe, hat diese Legende zu seinem Hobby gemacht. Er bezeichnet die Studentin, die ursprünglich vermisst wurde, als Patient Null.«

»Und sie hat die Quelle der ewigen Jugend gefunden?«

»Leck mich.« Bones steckte die Fotokopie wieder in die Tasche.

»Tut mir leid. Ich wollte dich bloß auf den Arm nehmen. Lass mich sehen, was du hast.«

Ehe Bones reagieren konnte, ertönte laut Raes Stimme. »Bravo, Kyle.«

»Verdammt, wir haben seinen Tauchgang verpasst«, flüsterte Bones.

»Wir tun so, als hätten wir zugeschaut«, entgegnete Maddock. »Er wird uns glauben.«

Sie eilten zu Rae, die applaudierend an der Küstenlinie stand und dabei wild herumhopste. Sie hatte ihr T-Shirt abgelegt und trug stattdessen ein rotes Bikinioberteil. Das Amulett funkelte zwischen ihren Brüsten in der Mittagssonne.

»Was für ein Anblick«, freute sich Bones.

Maddocks Züge verfinsterten sich.

»Sag mir nicht, dass du mir widersprichst.«

»Es gibt mindestens eine Person, die für unser Schmuckstück töten würde. Offenbar hat sie das vergessen.«

»Ich kann auf sie aufpassen. Dann braucht sie ihr T-Shirt nicht wieder anzuziehen.«

»Bones, ich wundere mich ehrlich, warum du noch Single bist.«

»Du sagst das, als wäre es etwas Schlechtes.«

Draußen auf der Plattform erledigte Kyle den restlichen Papierkram, bevor er an den Strand schwamm. Er begrüßte sie hüfttief in der Brandung stehend und von Ohr zu Ohr grinsend. »Weltrekord!«

»Das ist ja unglaublich«, rief Rae und rannte zu ihm. Als sie sich anschickte, ihn zu umarmen, packte er sie am Arm und drückte sie unter Wasser.

Genau in diesem Moment erfülle ein Rumpeln die Luft.

»Das klang wie Donner«, meinte Maddock. »Aber der Himmel ist klar.«

»Das war kein Donner«, sagte irgendjemand. »Ich habe unter meinen Füßen eine Bodenvibration gespürt. Scheint eher ein Erdbeben zu sein.«

»Unter uns sind überall Höhlen und Tunnel«, ergänzte Bones. »Die Gegend hier ist wie ein Schweizer Käse. Seismische Aktivitäten sind deshalb normal.«

»Wo hast du das denn aufgeschnappt?«, fragte Maddock.

»Ich habe eben eine gute Allgemeinbildung.«

Rae stapfte vom Scheitel bis zu den Zehen durchnässt aus dem Meer. Ihr Bikinihöschen war leicht nach unten verrutscht. Maddock wandte rasch den Blick ab, ehe sie bemerkte, wie er sie angaffte. Dann fragte er Kyle: »Und du hast wirklich den Weltrekord gebrochen?«

»So ist es. Siebenundneunzig Meter.«

»Hat der Australier vor dir nicht neunundneunzig Meter geschafft?«, fragte Bones.

»Na ja, um ehrlich zu sein, habe ich den Weltrekord der Frauen übertroffen.«

Rae hielt die Hand vor dem Mund, um ein Lachen zu unterdrücken.

»Ich habe nicht behauptet, dass ich einen Weltrekord halte. Ich habe nur gesagt, ich habe einen gebrochen.«

»Auch eine Sichtweise«, kommentierte Maddock.

Im Blue Hole war plötzlich die Hölle los. Die Leute schrien. Die Teilnehmer und die Mitarbeiter des Veranstalters flohen von der Plattform an Land, als sei der Leibhaftige persönlich hinter ihren Seelen her.

»Alle raus aus dem Wasser!«, brüllte Val in ihr Megafon.

»Was ist da los?«, fragte Bones.

Enorme Luftblasen, die aus der Tiefe aufstiegen, wühlten die Meeresoberfläche auf.

»Da muss ein Hohlraum eingestürzt sein«, folgerte Maddock.

Inzwischen war die Plattform bis auf Val evakuiert. Sie trat an den Rand, blickte nach unten und stieß einen Schrei aus. Sekunden später rammte etwas die Plattform mit so viel

Energie, dass Val durch die Luft gewirbelt wurde. Die Plattform drehte sich von oben nach unten und Val knallte mit dem Rücken flach aufs Wasser. Sie versank. Gleich darauf tauchte ihr Kopf wieder auf.

Maddock und Bones stürmten ihr zur Hilfe entgegen. Sie waren beinahe bis zu ihr geschwommen, bevor die Übrigen am Strand realisierten, was passiert war.

Val öffnete die Lippen, aber es kam kein Wort heraus. Sie schien nach Atem zu ringen. Auf einmal weiteten sich ihre Augen und sie wurde schlagartig unter die Oberfläche gezerrt.

Maddock tauchte. Er sah einen dunklen Schemen, der mit aberwitziger Geschwindigkeit nach unten in das blaue Loch raste.

Mit der Unterstützung einiger Wettkampfteilnehmer durchkämmten sie nun das Wasser nach Val. Ihr Bemühen trug keine Früchte. Was immer gegen die Plattform gekracht war, hatte die Frau verschleppt.

»Ich hasse es, das sagen zu müssen«, verkündete Maddock, »aber wir werden sie nicht finden. Wir sollten wieder an Land gehen, falls die Kreatur wiederkommt.«

»Was könnte das gewesen sein?«, fragte Koharu, die Taucherin aus Japan.

»Ich habe es nicht genau erkannt.«

»Vielleicht der Lusca«, schlug Bones vor. »Das ist ein Kryptide, um den sich eine lokale Legende rankt.«

»Der Kurator im Museum hat ihn erwähnt. Es handelt sich um einen Oktopus mit einem Haischädel.«

»So wie auf dem Artefakt?«

»Exakt.«

Kyle und Rae gesellten sich zu ihnen. Tränen rannen Raes Wangen herab. »Ihr habt sie nicht gefunden?«

»Leider nicht. Tut mir leid«, sagte Maddock.

Sie fiel in seine Arme und schmiegte den Kopf an seine Brust. Maddock drückte sie, dabei starrte er auf das Blue Hole. Das Wasser war wieder ruhig. Die Plattform dümpelte mit der Unterseite nach oben im Wasser. Er hatte keine Ahnung, wie er den Angriff einschätzen sollte.

Die Teilnehmer am Strand schwiegen betreten. Alle schienen unter einem Schock zu stehen. Einer ging los, um die Behörden zu informieren, während andere sicherstellten, dass sich niemand verletzt hatte. Schließlich wurde der Wettkampf offiziell für unterbrochen erklärt.

»Unterbrochen?« Bones schnaubte. »Der Kuchen ist endgültig gegessen.« Er hielt kurz inne. »Verdammt! Ich wollte dir ja ein Papier zeigen.«

»Zu welchem Zweck?«

»Ich habe eine Fotokopie von einem Zeitungsausschnitt über das verschollene Mädchen, von dem ich dir berichtet habe. Er ist in meiner Tasche.« Er zog das Blatt vorsichtig heraus und entfaltete es. »Die Sache ist die: Die junge Frau auf dem Bild sieht Thel zum Verwechseln ähnlich. Es könnten eineiige Zwillinge sein.«

Maddock nahm die Kopie in Empfang. Die Frau war so umwerfend attraktiv wie von Bones geschildert. Und sie hatte etwas Vertrautes an sich … da dämmerte es ihm: »Ich habe sie schon einmal gesehen.«

»Wo?«

Maddock deutete auf das Blue Hole. »Dort unten.«

KAPITEL 19

Echard schaute auf die Uhr. Es war kurz vor eins. Der Tauchwettbewerb müsste inzwischen in vollem Gang sein und würde noch eine Weile dauern, weshalb ihm genug Zeit blieb, um Alexeis Motelzimmer zu durchstöbern. Er hatte den Eingang nun eine Stunde lang überwacht und der Russe schien nicht daheim zu sein.

Echard verließ das Café und überquerte die Straße. Das Motel – ein einstöckiger Betonklotz – zählte zur preiswerten Sorte. Zumindest von außen erweckte es einen gepflegten Eindruck. Er hämmerte an die Tür. »Zimmerservice!«

Von drinnen kam keine Reaktion. Es war verdächtig still. Nicht einmal das Rauschen einer Klimaanlage erklang. Nach einem weiteren vergeblichen Klopfen knackte Echard das Türschloss.

Das Zimmer erweckte einen unscheinbaren Eindruck. Alexei hielt es sauber und ordentlich. Nirgends lagen getragene Klamotten herum und es gab auch keine halbleeren Kaffeetassen oder leere Verpackungen von Lebensmitteln.

Im ersten Anlauf fand Echard nichts. Aber es musste etwas vorhanden sein. An jedem Ort, an dem Echard gewesen war – im Museum, in der Bibliothek und bei den örtlichen Geschichtenerzählern – hatte man ihm versichert, der Russe sei vor ihm ebenfalls dort gewesen. Sie folgten der gleichen Spur. Außerdem hatte Alexei Freundschaft mit Maddock und Bonebrake geschlossen.

»Wer bist du wirklich?«, murmelte Echard. Ein Amateur-Archäologe? Ein Kryptiden-Jäger? Oder jemand anderes. Wahrscheinlich Letzteres. Und deshalb musste in diesem Zimmer etwas verborgen sein. Er ging in eine der Ecken des Raums, schloss die Augen für eine Weile und öffnete sie wieder, um es mit frischem Blick erneut zu versuchen. Und da bemerkte er es.

Auf der Mitte der Bettdecke lag Staub; und zwar nur dort und nicht auf dem Rest der Schlafgelegenheit. Bei näherer Betrachtung entpuppte sich der Staub als winzige Bröckchen von Wandputz. Direkt über der verschmutzten Stelle befand sich die Klimaanlage in der Zimmerdecke. Echard rieb sich die Hände. »Hab ich's doch gewusst!«

Er kletterte auf das Bett und schraubte das Gitter ab. Es ließ sich mit Leichtigkeit entfernen. Dahinter lag ein verschließbarer Plastikbeutel. Er nahm ihn an sich und montierte das Gitter wieder an. Der Beutel enthielt einen Notizblock, einen Ordner mit Kopien alter Zeitungsartikel und ein Buch über örtliche Sagen. Darunter war keine, die er nicht bereits kannte. Dennoch beschloss Echard, das Buch zu behalten. Selbst wenn er davon nicht profitierte, vermochte er vielleicht Alexei auf diese Weise einen Knüppel zwischen die Beine zu werfen. Auch wusste der Russe dann, dass ihm jemand auf den Fersen war; und das würde ihn hoffentlich nervös machen. Außerdem konnte er das Buch eventuell als Tauschobjekt verwenden.

Die Eintragungen im Notizblock waren auf Russisch. Gerade als Echard ihn zuklappte, hörte er, wie jemand den

Schlüssel ins Schloss schob. Er knipste hastig die Nachttischlampe aus und zückte sein Messer. Vielleicht war es der Zimmerservice. Der hätte jedoch geklopft, also musste es Alexei sein, der unerwartet früh nach Hause kam.

Die Tür schwang langsam auf … zu langsam. Dann sah Echard den Grund dafür: Ein dicker Verband umschlang Alexeis rechte Wade und er hinkte heftig. Im Halbdunkel übersah er den gebückt hinter dem Bett lauernden Eindringling, trotz der geringen Entfernung. Als er sich umdrehte, um die Tür hinter sich zu schließen, sprang Echard.

Er war nicht schnell genug. Alexei registrierte die Bewegung und wich zur Seite aus. Echards Hieb mit dem Messer, der seiner Leber gegolten hatte, schrammte nur leicht über seinen Bauch.

Alexei handelte prompt. Er verpasste dem Angreifer einen rechten Haken ans Kinn, der ihn bis in die Eingeweide durchrüttelte und ihn taumeln ließ. Der Russe wollte ihn nun reflexhaft mit einem gezielten Kopftritt ausschalten. Dabei vergaß er seine Verwundung und als sein gesamtes Körpergewicht auf dem rechten Bein lastete, knickte dieses ein und er schepperte auf den Boden. Er schlug mit dem Kopf auf und seine Augen wurden glasig.

Echard nutzte die Gunst der Stunde, setzte sich auf Alexeis Brust und presste die Messerschneide an dessen Kehle. Alexeis Finger zuckten, als wolle er den Gegner am Hals packen, aber er entschied sich dagegen.

»Gute Entscheidung. Und jetzt spuckst du aus, für wen du arbeitest.«

»Boca Ciega College«, würgte Alexei heiser hervor.

»Dich zu töten wäre lästig, aber keine große Sache. Ich weiß, wen ich bestechen müsste, um ungeschoren davonzukommen.« Echards Stimme hatte einen eisigen Unterton. »Also piss mir nicht ans Bein.«

»Okay. Ich bin auf eigene Rechnung unterwegs.«

»Tagsüber arbeitest du also als Dozent am College und abends verdingst du dich als Hobby-Archäologe? Wer bist du? Der russische Indiana Jones?«

Alexei lächelte. »So nennt mich meine Freundin. Ich finde, ich sehe besser aus.«

»Du arbeitest für die russische Regierung. Gib es zu!«

»Ich werde das Wasser des Lebens keinem Menschen aushändigen«, sagte Alexei empört mit gekünstelter Stimme. »Bedenke das Unheil, das damit angerichtet werden könnte. Was wäre, wenn Hitler oder Stalin es gehabt hätten?«

»Oder die Clintons«, ergänzte Echard.

»Auch das wäre ziemlich übel.«

»Verrate mir, was du weißt. Und beeil dich, mir könnte jeden Moment die Hand ausrutschen.«

»Ich glaube, die Quelle der ewigen Jugend ist auf den Bahamas. Ich habe keine Ahnung, wo genau; und auch keine heiße Spur.«

»Du lügst.«

»Überall, wo ich herumstöbere, erzählen mir die Leute das Gleiche, was in den alten Zeitungsberichten steht. Manche sagen, sie sei eine Legende, andere meinen, sie würde von einem Monster oder einem Piraten bewacht. Niemand kennt ihre Lage.«

»Was ist mit deinem Bein passiert?«

»Ein Sandhai. Ich habe meine Beine im Wasser baumeln lassen wie ein Idiot. Was hältst du davon: Wir könnten zusammenarbeiten. Es gibt keinen Grund, gegeneinander zu kämpfen. Mir geht es lediglich um die Genugtuung, die Quelle zu finden.«

»Ich soll dir glauben, dass du einfach die Fliege machst, wenn wir sie finden?«

»Ich möchte nur von dem Wasser trinken.«

Echard erwog den Vorschlag. Konnte er Alexei trauen? Der Mann schien ehrlich zu sein. »Wenn du dich nicht in Konkurrenz zu anderen siehst, warum dann die ganze Heimlichtuerei? Warum versteckst du dann deine Unterlagen hinter dem Gitter der Klimaanlage?« Instinktiv blickte er bei diesen Worten zur Decke.

Alexei nutze die Chance. Er packte Echards Handgelenk mit der einen Hand und seine Kehle mit der zweiten.

Echard war darauf vorbereitet. Er schlitzte dem Russen die Kehle auf und bedeckte den Mund seines Opfers mit einer Hand, während es verblutete. Es war schnell vorbei und Alexei lag tot auf dem Zimmerboden.

Jetzt musste Echard rasch handeln. Er wusch seine Hände und das Messer im Badezimmer. Dabei achtete er darauf, dass alles Blut durch den Abfluss floss. Dann sammelte er die Unterlagen des Toten ein, um sie mitzunehmen. Da kam ihm ein Geistesblitz. Er platzierte den Aktenordner auf dem Nachttisch und trennte ein Blatt aus dem Notizblock ab. In Großbuchstaben schrieb er darauf: TREFFEN MIT MADDOCK UND BONEBRAKE VEREINBAREN. Grinsend schob er das Blatt in den Ordner, damit es von der Polizei gefunden wurde.

»Jetzt habt ihr die Bullen an der Backe«, murmelte er triumphierend und verließ das Motelzimmer.

Fröhlich pfeifend schlenderte er die Straße entlang. Es lief gut für ihn. Jetzt musste er nur noch den Oroboros einsacken.

KAPITEL 20

Als Maddock und seine Gefährten an Alexeis Motel eintrafen, parkte davor ein Polizeiauto mit blinkenden Signallampen. Die Tür eines der Zimmer stand offen und war mit einem Flatterband abgesperrt. Einer der Polizisten bewachte den Eingang, ein anderer führte Befragungen durch.

»Ich hab für heute genug von den Bullen«, flüsterte Bones. Nach dem Vorfall am Blue Hole hatte er zu den Letzten gehört, die ihre Aussage bei der Polizei zu Protokoll geben mussten.

Kyle schlug sich mit der flachen Hand an die Stirn. »Wow! Das ist Alexeis Zimmer. Alexei wohnt in dem abgesperrten Zimmer. Er wurde doch nicht …«

Rae drückte ihn. »Es tut mir so leid für dich. Ich weiß, wie sehr du ihn gemocht hast.«

»Ich schaue mal, was ich herauskriegen kann«, verkündete Maddock und ging zu der unweit des Flatterbandes versammelten Menge.

»Er wurde mit durchschnittener Kehle entdeckt«, sagte eine Frau mit gepresster Stimme zu dem Mann neben ihr.

»Er war ein Russe«, antwortete dieser.

»Wahrscheinlich war er in das organisierte Verbrechen verstrickt. Oder er war ein Kommunist und hatte Verknüpfungen nach Kuba.«

Maddocks Herz rutschte in die Hosentasche. Er hatte bis jetzt gehofft, dass kein Mord geschehen war, oder falls dies zutraf, dass Alexei nicht das Opfer gewesen sei. »Entschuldigen Sie mich«, sagte er freundlich zu dem Paar. »Wissen Sie zufällig Einzelheiten über den Mord? Das Opfer war ein Freund von mir. Wir kannten uns von der Tauchveranstaltung.«

Henry und Cherie, so hießen die zwei, sprachen ihm ihr Beileid aus. Ihnen gehörte das Motel und sie meinten, Alexei sei während seines ganzen Aufenthalts ein idealer Gast gewesen.

»Er war immer höflich und zuvorkommend, hat keinen Lärm veranstaltet und in bar bezahlt«, sagte Henry.

»Seit wann war er hier.«

»Seit einer guten Woche.«

»Der Wettkampf hat gerade erst begonnen. Schätze, er hat vorher die Touristenattraktionen besucht.«

»Nein, er hat eine Recherche betrieben. Er hat die örtlichen Geschichtenerzähler getroffen. Ich glaube, er wollte ein Buch schreiben.«

»Haben Sie eine Idee, woran er geforscht hat?«

»Seeungeheuer.« Henry lachte. »Ist das zu glauben? Ein erwachsener Mann, der ihre Existenz für bare Münze nimmt …«

»Da ist er nicht der Einzige. Mein Kumpel dort drüben möchte Bigfoot heiraten.« Maddock reckte das Kinn in Bones Richtung.

»Das ist aber ein großer Indianer«, staunte Cherie.

»Glotz ihn nicht so an«, beschwerte sich Henry. »Er ist zu jung für dich.«

»Ich bin sechzig und gehöre längst nicht zum alten Eisen, wie du am besten weißt.« Sie presste ihrem Gatten einen Kuss auf die Wange.

»Er hat mir etwas über seine Recherche erzählt«, versuchte es Maddock mit einem Schuss ins Blaue. »Er wollte nach dem Wettkampf irgendwo hingehen. Mir fällt gerade nicht ein, wohin.«

»Er hat gemeint, dass er rüber nach Cat Island will«, füllte Cherie die imaginäre Erinnerungslücke. »Ich habe ihn davor gewarnt.«

»Wieso das?«

Cherie schüttelte den Kopf und bekreuzigte sich.

»Meine Frau ist nicht religiös, aber abergläubisch«, erklärte Henry. »Cat Island hat eine düstere Vergangenheit. Das ist alles, was ich dazu sage.«

»Ich hasse es, danach zu fragen, könnten sie mir dennoch etwas über das Verbrechen erzählen?«

»Natürlich.« Cherie seufzte. »Sie haben einen Freund verloren und wir benehmen uns wie Idioten. Er ging gestern Abend spät weg. Henry hat ihn beim Müll rausbringen gesehen. Wir wissen nicht, wann er wieder kam. Der Zimmerservice hat ihn vorhin auf dem Boden liegend gefunden. Sein Bein war bandagiert, also muss ihm etwas zugestoßen sein, während er fort war. Es handelt sich in jedem Fall um Mord.«

Henry strich sich mit der Zeigefingerkuppe horizontal über die Kehle.

»Haben Sie eine Vermutung, weshalb er getötet wurde?«

Henry schürzte die Lippen. »Der Zimmerservice hat einen Ordner über Ungeheuer gefunden, mit einer Notiz über ein baldiges Treffen mit irgendwem.«

Damit konnte nur Echard gemeint sein, vermutete Maddock. »Wie lautete der Name.«

»Es ging um zwei Leute. Einer davon heißt Bonebrake. Ich habe mir den Namen merken können, weil er so ungewöhnlich ist. Der andere heißt Murdock oder Maddox oder so ähnlich.« Henrys Blick schweifte von Maddock zu Bones und wieder zurück. »Übrigens haben Sie sich bisher nicht vorgestellt.«

»Ich bin Abbot und mein Freund hört auf den Namen Winslow. Vielen Dank für Ihre Zeit.« Maddock ging wieder zu den anderen und teilte ihnen mit, was er erfahren hatte.

»Alexei war an Seeungeheuern interessiert«, wiederholte Rae.

»Offensichtlich.«

»Und wie kamen unsere Namen ins Spiel?«, fragte Bones.

»Wer weiß? Die Polizei hatte unsere Namen und Kontaktdaten schon vorher wegen dem Tauchwettbewerb. Es erweckt keinen guten Eindruck, am selben Tag an zwei Orten gewesen zu sein, an denen ein Mensch getötet wurde.«

»Stimmt«, pflichtete ihm Bones bei. »Also brauchen wir gar nicht erst versuchen, wegzulaufen. Falls wir es tun würden, würden sie einen Haftbefehl auf unsere Namen erlassen.« Seine Augen leuchteten plötzlich auf. »Hey, da drüben ist Gomez, der Kryptidenforscher, den ich heute auf dem Revier kennengelernt habe.« Er zeigte auf einen schlanken Mann in Uniform, der direkt auf sie zusteuerte.

Gomez wirkte aufgebracht. Ohne einen Gruß sagte er: »Schätze Sie sind Maddock. Sie beide kommen sofort mit mir.« Er lotse sie um die Ecke des Motelgebäudes.

»Sie waren also zu einem Treffen mit dem Opfer verabredet?«

»Nein«, antwortete Maddock. »Wir haben uns Sorgen um Alexei gemacht, weil er den Tauchwettkampf verpasst hat. Er wollte eigentlich daran teilnehmen.«

»Den, bei dem die Katastrophe passiert ist? Das ist ja ein seltsamer Zufall.«

»Ganz meine Meinung«, erwiderte Maddock. »Aber das sind die Fakten.«

»Hören Sie«, ergänzte Bones, »Wir haben bereits von einem der Leute hier erfahren, dass Sie unsere Namen am Tatort gefunden haben. Wir haben nichts zu verbergen. Deshalb sind wir auch hiergeblieben.«

»Ich weiß nicht, wann Alexei getötet wurde«, sagte Maddock, »aber ich war seit gestern Abend keine Sekunde allein. Außer Bones und Rae kann das eine ganze Menge anderer Personen bezeugen.«

»Und Sie selbst sind einer der Menschen, mit denen ich meine Zeit verbracht habe, Officer«, sagte Bones.

»Und wo waren Sie heute um ein Uhr mittags?«

»Beim Blue Descent«, antwortete Maddock. »Wir kamen kurz vor Beginn an und sind erst aufgebrochen, nachdem Ihre Kollegen unsere Aussagen protokolliert hatten.«

»Das können mein Bruder und ich bestätigen«, fügte Rae hinzu.

»Das ist gut«, zeigte sich Gomez erleichtert. »Ich hatte eh Zweifel an Ihrer Verstrickung in das Verbrechen. Haben Sie eine Idee, weshalb das Opfer Ihre Namen aufgeschrieben haben könnte?«

»Wir haben uns prächtig verstanden«, sagte Bones. »Er war zusammen mit uns und einigen anderen gestern ein Bier trinken. Vielleicht wollte er sich wieder mit uns für heute Abend verabreden?«

»Alexei war an Kryptiden interessiert – besonders an Seeungeheuern«, meinte Gomez. »Hat er das einem von Ihnen gegenüber erwähnt?«

Maddock verneinte. »Wir sind beide ehemalige Navy SEALs, also haben wir viel Zeit auf dem Meer verbracht. Vielleicht wollte er von unseren Erfahrungen profitieren.«

Gomez nickte, während er mitschrieb.

»Die Polizei sollte sich um einen Typen namens Echard kümmern«, riet Bones. »Er schleicht überall herum und hat versucht, uns zu bestehlen.«

»Echard?« Gomez senkte die Stimme. »Das könnte ein Problem geben. Jetzt sollten Sie am besten von hier verschwinden. Sie wurden offiziell befragt und haben ein Alibi nebst Zeugen.«

»Was für ein Problem meinen Sie?«, fragte Rae.

»Detective Lane ist ein Mitglied von Echards Pokerrunde und gerüchteweise hat er gerade eine Pechsträhne. Wenn Echard etwas damit zu tun hat, könnte er Druck auf Lane ausüben, um den Verdacht auf Sie zu lenken. Ich werde Ihre Alibis bestätigen, aber Ihre Anwesenheit hier Lane gegenüber verschweigen.« Er hielt kurz inne. »Damit gewähre ich Ihnen einen ziemlichen Vertrauensvorschuss.«

Maddock schüttelte ihm die Hand. »Vielen Dank.«

»Wollen Sie heute Abend immer noch auf ein Bier vorbeikommen?«, fragte Bones.

Gomez lachte. »Die Chance, mich mit einem anderen Kryptiden-Fan auszutauschen, werde ich mir um nichts in der Welt entgehen lassen.«

KAPITEL 21

Echard kochte vor Wut. Der sonst so leicht beeinflussbare Lane fing an, ein unkontrollierbares Eigenleben zu entwickeln. Er schloss die Lider und zählte stumm bis drei. »Lane, es ist absolut unumgänglich, dass du meinen Namen aus der Ermittlung raushältst.«

»Ich versuche es ja, aber es handelt sich um eine ernste Angelegenheit.«

»Weißt du, was wirklich eine ernste Angelegenheit ist? Ein Cop mit massiven Spielschulden. Hast du einen blassen Schimmer davon, wie weit du bei mir im Minus bist?«

»Ja.«

»Und kannst du mir das Geld zurückzahlen?«

Lane schwieg und Echard wartete genüsslich, ehe er sagte: »Hallo? Jemand zu Hause?«

»Ich habe das Geld nicht. Das weißt du ganz genau«, antwortete Lane mürrisch. »Deshalb bist du bisher mit allem davongekommen.«

»Ich habe keine Ahnung, wovon du sprichst.« Echard musste lächeln. Lane war ein Narr, allerdings ein ungemein nützlicher. »Also, wann wirst du Maddock und Bonebrake verhaften?«

»Das kann ich unmöglich machen. Beide haben für die Tatzeit ein hieb- und stichfestes Alibi.«

»Aber die Notiz mit ihren Namen …«

»… hat keine Beweiskraft, die sie in Zusammenhang mit dem Verbrechen bringt.«

»Und was ist mit dem gestohlenen Artefakt? Hast du es schon beschlagnahmt?«

»Das Artefakt, das du nicht richtig beschreiben kannst? Das Artefakt, von dem du deine Eigentumsrechte nicht nachweisen kannst? Damit sind mir die Hände gebunden.«

»Ich bin kurz davor, deine Hände und Füße an einem Betonblock festzubinden und dich im nächstbesten Blue Hole zu versenken.« Echard fletschte die Zähne. Er hatte zwar die CT-Scans, aber wenn er sie Lane zeigte, müsste er erklären, woher sie stammten. Und sollte sein Wort gegen das von Raeána stehen, würden alle der College-Dozentin glauben. »Es ist ein silbernes Amulett, umringt von einer Schlange, die sich in den eigenen Schwanz beißt.«

»Eine Seeschlange?«

Verdammt! Lane fing an, zwei und zwei zusammenzuzählen. »Nein, keine Seeschlange. Du wirst es erkennen, sobald du es siehst. Nimm es ihnen einfach ab.«

Lane seufzte. »Die Kerle sind hochdekorierte Veteranen. Und sie haben nicht bloß die Auszeichnungen, die jeder bekommt, der lange genug bei der Truppe ist. Allein Maddock würde wahrscheinlich unter dem Gewicht seiner Orden zusammenbrechen, wenn er alle auf einmal tragen würde.«

»Was hat das mit einer Ermittlung der Polizei auf den Bahamas zu tun?« Echard verlor allmählich die Geduld. Zuerst hatten seine Schläger versagt und jetzt war auch auf Lane kein Verlass mehr.

»Weniger als eine Stunde, nachdem ich einen Bericht über Maddock und Bonebrake angefordert hatte, rief mich ein

Commander Maxwell von der Navy an. Er sagte, alle künftigen Anfragen zu den beiden müssten ausschließlich über seinen Schreibtisch laufen. Dann ließ er einige Namen fallen, darunter den des Gouverneurs der Bahamas. Und jetzt rate mal, wer fünf Minuten nach seinem Gespräch mit Maxwell bei mir durchgeklingelt hat?«

Echard bekam Herzrasen. Seine Handflächen würden feucht. Diese Art von Aufmerksamkeit war das Letzte, was er gebrauchen konnte. »Also gut. Mach mit den beiden, was du für richtig hältst, aber halte mir die Ermittlung vom Leib, sonst bekommt der Gouverneur einen zweiten Anruf, der dich betrifft; und ein paar Reporter ebenso.«

»Das wird nicht nötig sein.«

»Oh, und beschaff mir das Artefakt.«

Jemand klopfte heftig gegen die Tür.

»Ich muss Schluss machen. Halte mich auf dem Laufenden.« Echard legte das Telefon auf.

Es klopfte erneut.

Echard spähte durch den Türspion. Die billige Linse verzerrte seinen Blick, dennoch konnte er erkennen, dass die Person vor der Tür ein Bär von einem Mann war. Er hatte helle Haut, einen kantigen Unterkiefer und dunkle, militärisch kurz geschnittene Haare. Seine Arme und Beine ähnelten gewaltigen Säulen.

»Womit kann ich Ihnen dienen?«

Der Mann starrte direkt in den Türspion, als könne er von seiner Seite aus ebenfalls hindurchsehen. »Sie haben uns um Hilfe gebeten. Ich bin gerade aus Utah hier eingetroffen.«

Echard schnappte nach Luft. Also hatte man ihn ernst genommen. »Großartig. Eine Sekunde.« Mit zitternden Fingern öffnete er die Schlösser.

Der Mann tippelte unterdessen ungeduldig von einem Fuß auf den anderen. Als die Tür aufging, wartete er nicht, bis er hereingebeten wurde. Echard musste zur Seite hüpfen, um nicht über den Haufen gerannt zu werden.

»Ich bin Echard.«

»Issachar.«

Was war das denn für ein Name? Allerdings hatten viele Dominion-Leute merkwürdige Namen.

In Ermangelung einer passenden Sitzgelegenheit stellte sich Issachar frontal vor Echard. Von Angesicht zu Angesicht war er noch imposanter als zuvor. Er sagte kein Wort.

»Wie war die Reise?«, fragte Echard, da er die Stille nicht ertragen konnte.

»Auf den Flug hätte ich gut und gern verzichten können. Zum Glück bringt mich dieser Auftrag von einer Ausgrabungsstätte in Utah auf die Bahamas. Das Wetter hier ist mehr nach meinem Geschmack.«

»Sie sehen nicht wie ein Archäologe aus.«

»Ich bin ein Berater. Normalerweise stehe ich Menschen in schwierigen Situationen bei. Gelegentlich greife ich auch persönlich ein.«

Echard hatte Schwierigkeiten, diese Information einzuordnen. Einerseits war es gut, wenn Issachar sich die Hände nicht selbst schmutzig machte. Andererseits hatte er dringend handfeste Unterstützung im Fall Maddock nötig. Er entschied, diese Sache erst bei passender Gelegenheit auf den Tisch zu bringen. »Sie werden die Inseln lieben. Wir haben den besten Rum auf der Welt.«

Issachar hob eine Augenbraue. »Sie trinken Alkohol?«

»Nein, nein«, log Echard, in der Hoffnung, nicht durchschaut zu werden. »War nur ein Witz.«

Echard lachte nicht. »Bitte teilen Sie mir alle Details mit.«

Das war der Moment der Wahrheit. Was, wenn ihm der Mann keinen Glauben schenkte? »Kürzlich wurde ein Artefakt geborgen. Wahrscheinlich handelt es sich um ein Objekt mit enormer Macht … einer Macht biblischen Ausmaßes, wenn man so will. Alles fing mit einer Geschichte an, die ich von einem alten Mann auf Cat Island aufgeschnappt habe.« Echard erteilte seinem Gast eine Zusammenfassung seiner Nachforschungen und der Ereignisse, die seine Aufmerksamkeit auf das Amulett gelenkt hatten. Als er fertig war, überreichte er Issachar die Gegenstände, die er in Alexeis Zimmer geklaut hatte, sowie einen Ordner mit Aufzeichnungen, die er selbst angefertigt hatte.

Issachar flog schnell, aber sorgfältig darüber hinweg. Er verschlang die Informationen wie ein hungriger Piranha, der über einen Kadaver herfällt. »Das ist das Artefakt?« Er tippte mit dem Finger auf einen der CT-Scans.

»Ganz genau.«

»Einzelheiten sind nicht zu erkennen. Es scheint eine Schlange zu sein, die sich in den eigenen Schwanz beißt. Es erinnerte mich an Jörmungandr, die Midgardschlange aus der Nordischen Mythologie.«

Echard hatte den Mann offensichtlich falsch eingeschätzt, als er glaubte, dieser sei zu nicht mehr zu gebrauchen, als ein paar Schädel zu zertrümmern. »Darüber hinaus gibt es im Talmund eine Referenz an Leviathan, der mit sich mit seinem Schwanz im Maul um den gesamten Globus windet.«

Issachar nickte. »Zohar und Baba Batra. Der Älteste war von Ihren Zitaten aus der Überlieferung und sonstigen historischen Quellen beeindruckt. Aus diesem Grund hat er mich hergeschickt. Normalerweise geht er kein Risiko wegen einer vagen Vermutung ein.«

»Mein Gesuch ist bis zum Ältesten vorgedrungen?«, fragte Echard erstaunt.

»Ja. Bilden Sie sich nicht zu viel darauf ein. Er ist ziemlich skeptisch. Die Überlieferung erwähnt eine Seeschlange, nicht jedoch ein Amulett.«

»Ich verfolge die Annahme, dass die Leviathan-Legende Überschneidungen mit den Seeschlangen anderer Mythen aufweist.«

»Soll das heißen, Sie betrachten die Überlieferung als einen Mythos oder eine Legende? Ich dachte, Sie wären einer von uns. Zumindest waren sie das einmal.« Issachar sprach den letzten Satz betont bedeutungsschwanger aus.

»Bitte verstehen Sie mich nicht falsch. Ich habe meine Forschungen seit Langem in der säkularen Welt betrieben. Deshalb hat die dort übliche Ausdrucksweise auf mich abgefärbt. Persönlich bin ich vom Wert der nicht kanonischen Bibelfragmente überzeugt. Selbst wenn sie nicht auf das Wort genau stimmen, enthalten sie trotzdem diverse Schätze an brauchbaren Informationen.«

»Ich wollte nur sichergehen.« Issachar schien beruhigt zu sein. »Tatsächlich ist auch in der Überlieferung nicht jede einzelne Silbe wörtlich zu nehmen. Manchmal liegt die Wahrheit in der Geschichte, die erzählt wird, um uns zu belehren.«

Echard nickte erleichtert.

»Dennoch sollten Sie darauf achten, dass die säkulare Welt nicht zu viel Einfluss auf Ihr Dasein ausübt.«

»Selbstverständlich.«

»Und jetzt zu dem Artefakt. Haben Sie es persönlich zu Gesicht bekommen?«

»Nicht aus der Nähe. Aber selbst aus größerer Entfernung konnte ich mir seiner Echtheit sicher sein.«

»Und weshalb sollte Dominion Ihrer Meinung nach an dem Amulett interessiert sein?«

Echards Puls raste. Was er nun aussprechen würde, hatte er bis zu dieser Sekunde lediglich gedanklich formuliert. »Ich glaube, es verleiht seinem Träger die Macht über den Leviathan.«

In Issachars Gesichtszügen ließ sich keine Reaktion auf diese Behauptung ablesen. »Und was würden Sie damit anstellen, wenn es Ihnen in die Hände fiele?«

»Ich? Nichts!«, schwindelte Echard. »Ich bin der festen Meinung, dass ein solches Objekt im Besitz von Dominion sein sollte. Stellen Sie sich vor, der Vatikan bekäme es … oder Trident.«

»Falls das Artefakt echt ist und über die von Ihnen vermutete Macht verfügt, hat es enormes Potenzial. Man könnte damit beispielsweise den Schiffsverkehr stören.«

»Den fremder Länder?«

»In gewissen Situationen«, antwortete Issachar achselzuckend, »Ich dachte dabei eher an unser eigenes Land. Die USA werden von den Konzernen gelenkt, die die meisten Kongressmitglieder in der Tasche haben.«

»Sie wollen sie dazu animieren, etwas mehr Einfluss in Ihrem Sinne geltend zu machen«, griff Echard den Faden auf. »Und falls einer der Konzerne sich weigert, verschwinden die Schiffe, die ihn beliefern mitten auf dem Ozean. Ups.«

»Korrekt. Sie glauben tatsächlich, dass man mit diesem Ding Kontrolle über den Leviathan hat?«

»Hängt davon ab, welche Version der Geschichte wahr ist. Laut der ersten kann man ihn damit nur heraufbeschwören. Laut der zweiten kann man ihm damit befehlen.«

»Manche Leute meinen, der Leviathan sei die Schlange aus der Offenbarung. Wenn dies zuträfe, würde sein Kommen das Ende der Welt einläuten.«

»Wäre … das … wünschenswert?«, stammelte Echard.

»Für jene, die daran glauben schon. Wie dem auch sein mag, langsam ist es an der Zeit für mich, mit meinem eigentlichen Job anzufangen. Wer weiß sonst noch von dem Amulett?«

»Detective Lane. Ich versuche aktuell, über ihn an das Amulett zu kommen. Ich habe ihm erzählt, das Ding sei eine gewöhnliche Schwarzmarkt-Antiquität. Er schöpft keinen Verdacht.«

»Trotzdem ist er ein Mitwisser. Noch jemand?«

»Lawson, der Kurator des Piratenmuseums.«

Issachar nickte.

»Und eine Dozentin vom College: Raeána Franklin. Sie weiß es von den Schatzjägern, die das Artefakt geborgen haben. Seitdem sind sie unzertrennlich.«

»Und wo finde ich sie?«

»Meistens auf ihrem Boot, der *Sea Foam*. Sie sind eine harte Nuss zu knacken.«

»Keine Sorge, ich habe genug Erfahrung mit solchen Sachen.« Issachar verzog die Lippen zu einem wölfischen Grinsen.

KAPITEL 22

Die *Sea Foam* lag in einem kleinen beschaulichen Hafen am Pier. Außer ihr beheimatete er nur ein paar Fischereischiffe und zwei Touristenboote. Ursprünglich wollte Maddock auf dem offenen Meer ankern, aber als er von der Attacke auf die *Sea Foam* gehört hatte, entschied er sich um. Zusammen mit Bones und Rae saß er auf dem Achterdeck und genoss die frische Brise, die von der mondbeschienenen See wehte. Der Rest der Crew war zusammen mit Kyle zum Abendessen und auf ein Bier ausgegangen. Nach ihrer knappen Flucht hatten sie vom Wasser – zumindest für eine Weile – die Schnauze gestrichen voll.

»Denkt ihr, es könnte der Lusca gewesen sein?«, fragte Bones.

»Natürlich nicht«, antwortete Maddock.

»Es könnte die gleiche Kreatur gewesen sein, wie beim Blue Descent«, mutmaßte Bones.

»Richtig. Das muss aber nicht bedeuten, dass es der Lusca war. Sag mal, gibt es irgendeinen Kryptiden, dessen Existenz du anzweifelst?«

»Ja, aber ich verrate dir nicht, um welchen es sich dabei handelt. Vielleicht kommst du ja allein darauf.«

Sie hörten die Geräusche eines ankommenden Motorbootes. Am Steuer saß Officer Gomez, der es jetzt neben der *Sea Foam* vertäute.

»Habe ich die Erlaubnis an Bord zu kommen?«

»Erteilt«, antwortete Bones. »Allerdings nur, wenn Sie Bier mitbringen.«

»Hatten Sie nicht versprochen, für das Bier zu sorgen? Aber ich habe Jack Daniels dabei.« Gomez hielt einen Rucksack in die Höhe.

»Außerdem habe ich mein Kompendium im Gepäck.«

»Guter Mann«, sagte Bones.

Sie saßen beisammen, tranken und führten Small Talk, ehe Maddock das Gespräch auf das Thema lenkte, das ihm momentan am stärksten auf dem Herzen lag: »Ich frage nur ungern, aber können Sie uns etwas zum Stand der Ermittlungen verraten?«

»Ich kann Ihnen zumindest sagen, dass Sie dank Ihrer Alibis aus der Schussbahn sind. Detective Lane hat einige Nachforschungen angestellt, deren Ergebnisse ihn zu befriedigen scheinen.«

Maddock hob sein Glas und prostete den anderen zu. Danach drehte sich die Konversation um die Geschöpfe, die Bones und der Officer so sehr liebten.

»Die Bahamas haben eine unglaublich reiche Folklore mit vielen faszinierenden Geschichten und Geschöpfen«, sagte Gomez.

»Welches davon mögen sie am liebsten?«, fragte Rae.

Gomez überlegte kurz. »Den Chickcharney. Das ist ein Kryptid, den es exklusiv nur auf Andros gibt. Er lebt in den Bäumen der Pinienwälder. Manche Exemplare haben Federn, andere einen Pelz. Er ähnelt einer übergroßen Eule.«

»Wie groß?«

»Einen Meter. Wenn ein Reisender einen Chickcharney trifft und ihm seinen Respekt erweist, darf er seinen Weg vorsetzen und ihm wird darüber hinaus Glück garantiert. Respektlose Reisende dagegen werden verflucht.«

»Wahnsinn!« Bones war begeistert. »Welche Art von Fluch?«

»Alle Arten von Pech, meist jedoch der finanzielle Ruin. Es wird gemunkelt, dass Neville Chamberlain die Chickcharneys beleidigt haben soll, weil er einen Wald roden ließ, in dem sie hausten, um eine Plantage zu errichten. Das Unternehmen ging krachend in die Hose.«

»Ein Kryptide, der einem das Bankkonto sperren lässt«, sagte Bones. »Klingt nicht besonders gefährlich.«

»Wenn du ihn auslachst, springt er dir auf die Schultern und dreht deinen Kopf einmal um dreihundertsechzig Grad.« Gomez vollführte mit den Fäusten eine Drehbewegung und imitierte mit dem Mund ein knackendes Geräusch.

»Das ist schon eher nach meinem Geschmack«, sagte der Cherokee.

»Ich war ein paarmal kurz davor, genau das mit Bones anzustellen«, scherzte Maddock.

»Du wolltest mir den Hals …«, setzte Bones mit gespieltem Ernst an.

»Sprich es bitte nicht aus«, warf Rae ein.

Gomez lachte und fuhr fort: »Die Insulaner hatten früher solche Angst vor dem Chickcharney, dass sie ihm bunte Blumen als Opfer und Zeichen ihres Respekts darboten.«

»Existiert ein spezifischer historischer Grund für die Entstehung dieser Legende?«, fragte Maddock.

»Wie kommen Sie darauf, dass es eine Legende ist?« Gomez lachte. »Im Ernst: Auf Andros lebte früher eine Eule mit dem Namen Tyto Pollens, auch bekannt als Andros-Schleiereule, die bis zu einem Meter groß wurde. Inzwischen gilt sie wegen der Vernichtung ihres natürlichen Lebensraums als ausgestorben. Ihre Erscheinung muss auf die frühen Siedler und ihre Sklaven furchterregend gewirkt haben. Vielleicht haben einige Exemplare überlebt. Das würde die Sichtungen des Chickcharney erklären.«

»Wir sollten versuchen, eine zu finden«, schlug Bones vor. »Maddock was meinst du?«

Der Angesprochene stöhnte theatralisch. »Hat nicht jemand noch eine andere Geschichte, um ihn von diesem Gedanken abzubringen?«

»Klar«, meinte Gomez. »Wir dürfen Anansi nicht vergessen, den Spinnengott und Trickbetrüger. Es heißt, er sei die Essenz aller Geschichten, die je erzählt wurden. Er soll von Afrika auf die Bahamas gekommen sein. Aus Ghana, um genau zu sein.«

»Können Sie uns etwas über den Lusca verraten?«, fragte Rae.

»Darüber weiß ich nur wenig. Aus irgendeinem Grund reden die alten Geschichtenerzähler nur ungern über ihn. Laut der gängigsten Version der Legende ist er ein riesiger Oktopus mit einem Haischädel. Darüber hinaus gibt es Varianten des Mythos, die von einer Seeschlange berichten, ohne sie näher zu beschreiben.«

»Gibt es Punkte, in denen sämtliche Legenden übereinstimmen?«, fragte Maddock.

»Alle stimmen darin überein, dass diese Kreatur in den Blue Holes lauert, ihre Opfer ertränkt und sie dann mit Haut und Haaren verschlingt. Deshalb wird nie eine Leiche angeschwemmt.«

»Könnte es sich dabei um normale Unglücksfälle handeln?«

»Wahrscheinlich. Allerdings gibt es zahlreiche Augenzeugen, die gesehen haben wollen, wie etwas einen Schwimmer brutal unter die Wasseroberfläche gezogen hat. Ein Überlebender beschrieb den Angriff folgendermaßen: Etwas hat ihn am Knöchel gepackt und zwanzig Meter in die Tiefe gezerrt. Plötzlich ließ es ihn frei. Er wäre dennoch fast ertrunken.«

»Der Lusca schwimmt also durch unterirdische Kanäle von Blue Hole zu Blue Hole«, konkretisierte Maddock.

»Exakt. Vor langer Zeit war der Wasserpegel viel niedriger. Andros und die übrigen Inseln lagen hoch über dem Meeresspiegel. Über Jahrtausende hinweg hat der saure Regen Löcher in das Felsgestein gebohrt. Als das Wasser stieg, wurden sie überflutet.«

»Sie haben Bones erzählt, die Tunnel, die mit dem Ozean verbunden sind, wären zu eng für Taucher. Aber wie sieht es mit einem Oktopus aus? Könnte er sie passieren?«

»Nicht wenn er so gigantisch wäre, wie die Legende es will.«

»Aber wenn es ein Lebewesen könnte, dann ein Oktopus«, insistierte Maddock. »Sie können sich durch kleinste Nadelöhre quetschen und sie sind tödliche Jäger und Meister der Tarnung.«

»Ist es vielleicht möglich, dass es eine neuere, bisher unbekannte Passage gibt, die durch seismische Aktivitäten entstanden ist?«, fragte Bones.

Maddock dachte unweigerlich an die Erschütterungen, die er gestern und heute gespürt hatte. »Ja, Officer. Halten Sie das für möglich?«

»Theoretisch schon. Gelegentlich kollabiert der Boden eines Blauen Lochs aus diesem Grund. Deshalb wird der Titel ›Tiefstes Blue Hole‹ immer wieder neu vergeben.«

»Da haben wir nun diesen gigantischen Oktopus, der in einem Blauen Loch lauert und gestern die dazu passenden seismischen Aktivitäten«, resümierte Bones. »Dann verschwinden Leute, es kommt zum Vorfall beim Blue Descent und unser Boot wird verfolgt. Das passt alles zusammen.«

»Wie lautet die offizielle Version der Geschehnisse, die zum Abbruch des Wettkampfs geführt haben?«, fragte Maddock.

»Es soll sich um einen Hai-Angriff gehandelt haben. Er soll sich innerhalb des Blue Holes verirrt haben und deshalb so aggressiv geworden sein.«

»Das war niemals ein Hai«, entgegnete Maddock.

»Vielleicht nicht. Aber es wird Ihnen schwerfallen, jemanden davon zu überzeugen, dass es der Lusca war – falls Sie daran glauben sollten. Natürlich können Sie es gern probieren.«

»Kennen Sie noch mehr Geschichten über lokale Kryptiden?«, drängte Bones. »Am liebsten über etwas Spezielles, das außerhalb der Bahamas unbekannt ist.«

»Es kursieren massenhaft Geschichten über Meerjungfrauen. Aber etwas Spezielles …?« Gomez kratzte sich am Kopf. »Einer Legende nach hat Christopher Kolumbus hier gegen eine Seeschlange gekämpft.«

»Klingt nicht besonders spektakulär«, wandte Rae ein.

»In diesem Fall ist keine gewöhnliche Seeschlange gemeint, sondern ein Ungeheuer oder ein Drache.«

»Vielleicht war es ein Krokodil oder ein Alligator«, vermutete Rae.

»Wohl kaum, denn die waren damals hier noch nicht heimisch. Was die Angelegenheit für mich hervorhebt, ist die Tatsache, dass Kolumbus den Kampf in seinen Aufzeichnungen erwähnt.«

»Hat er eine Beschreibung des Ungeheuers notiert?«, wollte Bones wissen. »Oder eine Skizze davon angefertigt?«

»Angeblich hatte er ein Journal, in dem er Angaben dieser Art sammelte. Leider ging es verloren.«

»Wie kam es zu dem Verlust«, hakte Maddock nach.

»Dazu habe ich keinen präzisen Hinweis entdeckt. Es soll jedoch in den Besitz von Juan Ponce de León gelangt sein.«

Maddock und Bones tauschten vielsagende Blicke. Juan Ponce de León wurde mit der Quelle der ewigen Jugend in Verbindung gebracht.

»Was hat de León damit angestellt?«, erkundigte sich Rae.

»Was könnte ein Entdecker mit den Aufzeichnungen eines anderen Entdeckers anfangen?«, antwortete Bones mit einer Gegenfrage.

»Zwing mich nicht dazu, dir meinen Drink über den Kopf zu gießen!«, schimpfte Rae. »Aber du hast recht: Meine Frage war ziemlich dämlich.«

»Ich halte das für eine interessante Frage«, sagte Maddock. »Die frühen Entdecker haben nicht nur nach Land gesucht. Sie waren auch Forschungsreisende, die danach strebten, Erwähnung in den Geschichtsbüchern zu finden. Sie glaubten an Dinge, die wir heute für Mythen halten. Und wenn es um Eldorado oder die Quelle der ewigen Jugend ging, hätte damals ein Drache, der einen Hort bewacht, als Hinweis darauf gelten können. Die späteren Kolonisten waren aus anderem Holz geschnitzt. Die Briefe über seltsame Vorkommnisse, die sie nach Hause schickten, dienten in erster Linie dazu, mehr Unterstützung aus der Heimat herauszuleiern.«

»Hat Kolumbus nach der Quelle geforscht?«, fragte Bones.

»Soweit ich weiß, nein«, erklärte Gomez. »Jedoch hat er damit angegeben, er hätte auf seiner dritten Reise den Garten Eden ausfindig gemacht. Die beiden werden oft in Verbindung erwähnt.«

»Halten Sie es für möglich, dass Kolumbus gegen den Lusca gekämpft hat?«

»Falls dem so war, konnte er sich glücklich schätzen, mit dem Leben davongekommen zu sein. Allerdings hat Kolumbus auch notiert, er hätte eine Schildkröte von der Größe eines Wals gesichtet. Von daher ist seine Glaubwürdigkeit eher als zweifelhaft zu betrachten.«

Maddock lachte. »Heute haben mir gegenüber zwei Leuten Cat Island erwähnt. Als ich näheres wissen wollte, wurden sie plötzlich ganz schmallippig, so als fürchteten sie sich vor der bloßen Nennung des Namens.«

Gomez nickte. »Wenn Sie die finsterste Ecke der Bahamas kennenlernen möchten, sollten Sie dieser Insel einen Besuch abstatten.«

»Können Sie uns mit einem Tipp weiterhelfen, wo wir mehr über den Lusca erfahren können?«, fragte Bones.

»Ich habe da eine Idee«, antwortete der Officer.

KAPITEL 23

Die Polizeiwache auf Andros hatte die schlechtesten Sicherheitsvorkehrungen, denen Issachar je begegnet war. Er schlüpfte durch ein Fenster im ersten Stock in ein Besprechungszimmer. Der Kaffeeduft war so penetrant, dass er die Nase rümpfte. Er hasste dieses Getränk.

Der Raum war dunkel, dennoch konnte er die schäbigen Plastikmöbel darin erkennen. Eine dicke Staubschicht bedeckte das Fensterbrett und in den Ecken hingen Spinnweben. Er lauschte einen Moment. Seine scharfen Ohren hörten eine einsame Stimme im Erdgeschoss. Der Cop an der Rezeption telefonierte vermutlich.

Issachar schlich auf den Flur. Von dort gingen drei Türen in Büros ab und eine in ein Aktenlager. Im unteren Türspalt des Büros von Detective Lane schimmerte schwaches Licht. Er grinste.

Perfekt!

Als er an die Tür klopfte, achtete er darauf, dies nicht zu fest zu tun, denn er wollte wie ein nervöser Untergebener wirken, dem es peinlich war, seinen Chef zu stören.

»Was gibt's?« Lane klang gereizt.

Issachar klopfte erneut und nuschelte etwas Unverständliches.

»Wie bitte? Warten Sie einen Augenblick.« Erst ertönten Schritte auf dem Fliesenboden, dann schwang die Tür auf.

Lane riss die Augen auf, als er den ungebetenen Besucher erblickte. Er versuchte, die Tür zu schließen, doch Issachar drängte mit roher Gewalt nach drinnen. Er packte den Detective mit einer Hand an der Kehle, mit der anderen hielt er die Spitze eines Springmessers einen Zentimeter vor dessen Auge. Lane wich zurück, bis er an den Schreibtisch stieß.

»Sie werden jede meiner Fragen beantworten. Wenn Sie auf die Idee kommen, sich zu wehren, werde ich Ihnen die Klinge durch das Auge ins Gehirn stechen. Kapiert?«

Lane musste mehrmals ansetzen, ehe er eine Antwort zuwege brachte. »Ja.«

»Exzellent.« Ohne sich umzudrehen, schob Issachar die Tür mit der Ferse zu. »Als Erstes erzählen Sie mir alles, was Sie über Stanley Echard wissen.«

»Er ist ein kleiner Gauner, der falsche Amulette verkauft und eine Pokerrunde betreibt. Das ist das Wesentliche.«

Issachar traute seinen Ohren kaum. Glücksspiel? »Was sonst?«

»Ich kann Ihnen die Bar verraten, die er regelmäßig frequentiert. Sonst weiß ich nichts über ihn. Ich helfe ihm manchmal, weil ich Spielschulden bei ihm habe.«

»Wirklich?«, wunderte sich Issachar. Er hatte Echard von Beginn an instinktiv als unseriös eingeschätzt und nun schien sich dieser Verdacht zu bestätigen. Natürlich bedeutete dies nicht, dass Echard bezüglich des Rings falschlag. Seit Issachar vor Jahren in den inneren Zirkel aufgenommen worden war, war er auf der Jagd nach Amuletten der Macht. Issachars ursprüngliche Skepsis hatte der Älteste damals beseitigt, indem er ihm Stellen in der Überlieferung präsentierte, die

die Existenz solcher Objekte bewiesen. Nachdem er überzeugt war, hatte ihm der Älteste zusätzlich offenbart: *Die Vorväter hatten ein Wissen, von dem wir nur träumen können. Es ist unsere Pflicht, es wiederzuerlangen, denn dies ist der Wille des Herrn.*

»Jetzt möchte ich etwas über das Amulett hören.«

»Bitte können Sie das Messer ein kleines Stück zurücknehmen? Ich bin unbewaffnet und ich mache keinen Ärger. Versprochen! Die Zusammenarbeit mit mir läuft reibungslos. Fragen Sie Echard.«

»Gut.« Issachar trat einen Schritt nach hinten und verstaute das Springmesser in der Hosentasche.

»Also, was genau wollen Sie von mir?«, fragte der Detective.

»Ich möchte sämtliche Informationen über das Amulett, das Echard als gestohlen gemeldet hat.«

»Er hat es als eine Schlange beschrieben, die sich in die eigene Schwanzspitze beißt. Und er hat mir die Namen der Schatzjäger gegeben, die es entwendet haben sollen.«

»Stimmt das?«

Lane zuckte mit der Schulter. »Wir reden über Echard. Die Wahrheit ist bei allem, was er sagt, relativ.«

In Issachars Magen formte sich ein Klumpen. Wehe, wenn Echard in umsonst angefordert hatte. »Hat er ausgeplaudert, weshalb er das Amulett haben will?«

»Das musste er nicht. Der Schwarzmarkthandel mit Antiquitäten blüht auf den Bahamas. So wie ich ihn kenne, hat er einem potenziellen Käufer gegenüber damit angegeben, dass er das Schmuckstück bereits besitzt. Und jetzt kriegt er Panik, weil er nicht liefern kann.«

Issachar kochte vor Wut. Wie konnte es möglich sein, dass Echard einst zu ihren Reihen zählte? »Wissen Sie, woher diese Antiquität ursprünglich stammt?«

Lane schüttelte den Kopf. »Diesbezüglich hat er sich mit keiner einzigen Silbe geäußert. Ich habe Ihnen alles gesagt, was ich weiß. Ich bin mir nicht einmal sicher, ob ich es erkennen würde, wenn ich es zu Gesicht bekäme. Deshalb kann ich auch keinen Durchsuchungsbescheid für Maddocks Boot erwirken. Und weil Echard seinen Namen aus den Ermittlungen heraushalten möchte.«

»Ich nehme an, Maddock ist einer der Schatzjäger. Was können Sie mir über ihn mitteilen?«

»Außer seinem Namen? Er hat blondes Haar. Sein Partner ist ein Indianer. Ihr Boot liegt in einem Privathafen in der Nähe von Staniard Creek.«

»Was sonst?«

»Nicht viel.« Lane rieb sich das Kinn.

»Haben Sie die beiden Männer befragt?«

»Sie wurden befragt.« Lane wich Issachars Blick aus.

In diesem Moment erhaschten Issachars Ohren nach oben kommende Schritte auf der Treppe.

Lane nutzte seine Unachtsamkeit und attackierte ihn. Reaktionsschnell rammte er dem Eindringling sein Knie in den Unterleib. Obwohl der Angegriffene sich zur Seite drehte, schmerzte der Treffer heftig. Dann verpasste ihm Lane einen wuchtigen Kinnhaken.

Issachar sah rot. Er legte seine gesamte Kraft in einen Hieb auf Lanes Adamsapfel. Lane wurde rückwärts gegen den Schreibtisch geschleudert. Mit aufgerissenen Augen und zitternden Lippen umfasste er mit beiden Händen seinen zerquetschten Kehlkopf. Er war bereits tot, er wusste es nur noch nicht.

Verdammt, ich habe schon wieder die Beherrschung verloren, dachte Issachar. Während die Schritte rasch näherkamen, löschte er das Licht und verriegelte die Tür.

Lane sank auf die Knie. Er leistete kaum Gegenwehr, als Issachar ihn seines Gürtels beraubte und ihm diesen um den Hals schlang.

Jemand klopfte sachte an die Tür. Da Lane gurgelnde Laute ausstieß, presste ihm Issachar die Hand auf den Mund.

»Detective?«, fragte jemand von draußen.

Lane zappelte und ehe der Mann vor der Tür wieder fortging, hing er schlaff in den Armen seines Mörders.

Fünf Minuten später verließ Issachar das Gebäude auf gleichem Weg, auf dem er gekommen war. Wahrscheinlich würde man die Leiche erst morgen entdecken. Es würde wie ein Selbstmord durch Erhängen aussehen. Auf dem Kalender auf Lanes Schreibtisch stand in Blockbuchstaben: ICH HABE ES GETAN. Was getan? Issachar hatte keine Ahnung, aber der Versuch, es herauszufinden, würde die Cops eine ganze Weile beschäftigen … lange genug, damit er sich in Ruhe den Schatzjägern widmen konnte.

KAPITEL 24

Gomez startete den Außenbordmotor und fuhr mit seinem Boot in die Bucht hinaus. Der kühle Wind klarte seinen benebelten Verstand auf. Er hatte einige Drinks zu viel intus und das spürte er. Er wusste, dass er eigentlich nicht betrunken mit dem Boot fahren sollte, aber hier auf den Inseln gehörte dies sozusagen zum guten Ton und galt bestenfalls als Kavaliersdelikt. Er winkte Bonebrake und den anderen zum Abschied zu. Der Rest der Mannschaft war während seines Besuchs auf der *Sea Foam* vom Ausflug in die Stadt zurückgekehrt und hatte sich als liebenswürdiger Haufen erwiesen. Gomez hoffte, Lane würde darauf verzichten, bei ihnen herumzuschnüffeln.

Während er Kurs nach Süden nahm, gähnte er vor Müdigkeit.

»Mach langsam und halte die Augen offen, dann schaffst du es«, sagte er laut zu sich selbst.

Der Mond strahlte hell und tauchte das Wasser in einen silbrigen Glanz. Es war eine perfekte Nacht. Das Einzige, was zu ihrer Krönung fehlte, war eine Frau, die er abschleppen konnte. Seine Gedanken wanderten zu Rae. Sie war so hübsch, so intelligent … leider hatte sie nur Augen für Maddock. Aber der Schatzsucher würde nicht ewig auf den Bahamas bleiben und Gomez verfügte über ausreichend Geduld.

Bald hatten ihn das Rauschen der Wellen und das gleichmäßige Dröhnen des Motors an den Rand des Einschlafens gebracht. Seine Lider flatterten und es wurde dunkel.

Das Boot stieß gegen ein festes Hindernis.

»Verdammt!«

Er setzte sich kerzengerade hin und sah sich um. Das Boot war ziemlich stark vom Kurs abgedriftet. In der Ferne leuchteten die Lichter von Andros Town. Zum Glück hatte er genug Treibstoff, um dorthin zu gelangen.

Eine Wolke bedeckte den Mond und das Meer versank in Dunkelheit. Aus Gewohnheit trug Gomez stets eine kleine Taschenlampe bei sich. Mit ihrer Hilfe inspizierte er sein Boot. Wogegen es auch immer geprallt war, es hatte dabei keinen Schaden genommen.

»Vielleicht war es bloß eine größere Welle«, redete er sich selbst ein, obwohl er tief in seinem Inneren daran zweifelte.

Er hatte die Kollision nicht nur gehört, sondern auch von der Sohle bis zum Scheitel gefühlt. Eine Welle erzeugte gewöhnlich keinen solchen Effekt.

»Vielleicht hat etwas das Boot gerammt?«, rätselte der Officer und erschauderte bei dem Gedanken. Plötzlich erschienen ihm alle Mythen und Legenden real. Er grübelte über die verschwundenen Personen nach und über die Augenzeugen-Berichte vom Blue Descent. Was konnte mit solcher Macht gegen die Plattform geknallt sein? Die Geschichten über den Lusca erschienen ihm nun nicht mehr als etwas, über das man Witze riss.

Sein Herz raste und er war in kalten Schweiß gebadet.

»Ich muss ganz schnell fort von hier«, murmelte er.

Gomez gab Gas und schwenkte das Boot hart nach Steuerbord, um die Küste möglichst rasch in einer geraden Linie zu erreichen. Von dort wollte er dann zu Fuß nach Hause laufen. Hauptsache er kam so rasch wie möglich vom Wasser runter.

In seinem Kopf spukten die Geschichten von vermissten Schwimmern, deren Leichen nie entdeckt wurden. Es waren so viele. Nicht umsonst hatte er Lane persönlich darauf hingewiesen, dass die Anzahl Ertrunkener und Vermisster auf Andros im Vergleich zu anderen Inseln lächerlich hoch war. Der Detective hatte lediglich amüsiert gegrinst. »Und wen soll ich deswegen verhaften, Gomez? Einen Tintenfisch? Oder soll ich bei Scotland Yard anrufen und nachfragen, ob das Ungeheuer von Loch Ness ausgebüxt ist?« Für Lane war das Ganze nur ein Scherz, über den Gomez – besonders in diesem Moment – nicht lachen konnte.

Neben seinem Boot schwamm knapp unter der Wasseroberfläche eine Schule Fische, als ginge es um ihr Leben. *Wahrscheinlich fliehen sie vor einem Räuber,* dachte der Officer beklommen.

Die Aussage einer jungen Frau, die er neulich vernommen hatte, drang ihm ungewollt ins Gedächtnis. Sie hatte einen klaren und vernünftigen Eindruck auf ihn gemacht, während sie Folgendes zu Protokoll gab: »Etwas hat mich gepackt und nach unten gezerrt. Ich habe keine Ahnung, warum es mich losgelassen hat, aber ich hätte es fast nicht mehr nach oben geschafft.« Dann hatte sie ihm die Abdrücke von Saugnäpfen an ihrer Wade gezeigt. Daraufhin versicherte er ihr, dass diese von einem Oktopus stammten und die Wahrscheinlichkeit, einen zweiten solchen Angriff zu erleben, ähnlich hoch sei, wie zweimal vom Blitz getroffen zu werden.

Die Silhouette der Insel wirkte noch genauso weit entfernt, wie vor einer Minute. Aus den Augenwinkeln erhaschte er etwas, das die Wasseroberfläche durchbrach. Vermutlich hatte er es sich nur eingebildet.

»Du bist todmüde und besoffen. Also ist es kein Wunder, wenn deine Wahrnehmung verrückt spielt«, beruhigte er sich. Doch das entsprach nicht der Wahrheit. Vor lauter Angst war er hellwach und der Einfluss des Alkohols machte sich kaum noch bemerkbar.

Vielleicht war gerade nur ein Fisch aus dem Wasser gehüpft. Warum fürchtete er sich also so?

Nach wie vor drangen Szenen aus Befragungen, die er in der Vergangenheit durchgeführt hatte, in sein Bewusstsein.

»Gerade war er noch da, dann war er plötzlich verschwunden.«

»Etwas hat sie blitzschnell in die Tiefe gezogen.«

»Er war ein geübter Schwimmer.«

»Niemand glaubt mir, aber es stimmt: Etwas hat sie in das Blue Hole gezerrt.«

Alle diese Geschichten … war es möglich, sie rational zu erklären? Wohl kaum. Und sie hatten alle etwas gemeinsam: Sie alle hatten sich in Blauen Löchern zugetragen, die hauptsächlich im Inselinneren lagen. Also musste der Lusca hauptsächlich dort auf die Jagd gehen. Vielleicht konnte er gar nicht ins offene Meer gelangen. Anderseits hatte Maddock vielleicht recht und es existierten Passagen, die das Meer mit den Blauen Löchern an Land verbanden.

Plötzlich blubberte das Wasser weiter vorn.

»Was zur Hölle?«

Etwas wühlte das Wasser von unten auf. Etwas Gewaltiges.

Ein zweites durchgängiges Motiv der Berichte über den Lusca kam Gomez in den Sinn: Jedes Mal hatte das Wasser geblubbert, ehe die Kreatur zuschlug.

Vor Schrecken fast übermannt, riss er das Boot scharf herum, um der Turbulenz im Wasser auszuweichen. Jetzt fuhr er wieder auf Andros Town zu. Die Lichter der Stadt kamen immer näher.

»Bitte, bitte, bitte …«, flehte er. Er war nicht religiös, aber wenn ihn Gott erhörte, sollte es ihm recht sein.

Etwas krachte auf der Steuerbordseite mit einem Scheppern gegen das Heck des Boots. Das Wasser spritze Gomez bis ins Gesicht und er schmeckte das Salz in seinem Mund.

Hastig änderte er die Fahrtrichtung erneut und steuerte wieder auf die Küste zu. Das Boot verfügte über einen geringen Tiefgang. Zur Not konnte er die letzten Meter an Land waten.

»Komm schon, komm schon, komm schon …«

Ein metallisches Geräusch fiel ihm ins Wort! Etwas hatte die Schraube des Außenbordmotors erwischt, der daraufhin zu stottern anfing, ehe er ganz versagte.

»Das darf nicht wahr sein!«

Der Motor widersetzte sich erfolgreich allen Versuchen eines Neustarts. Selbst ein Schlag mit dem Hammer gegen dessen Gehäuse erwies sich als nutzlos. Das Boot wurde langsamer, bis es antriebslos auf dem Meer dümpelte.

Gomez kroch auf Händen und Füssen in die Mitte des Boots. Wesentlich weiter war er durch diese Maßnahme zwar nicht vom Wasser entfernt, aber für ihn zählte jeder Zentimeter.

Alles blieb ruhig. Der Wind wehte über seine von Schweiß durchtränkte Kleidung. Die Wolke vor dem Mond verzog sich und die Sichtverhältnisse wurden wieder besser.

Das Herz des Officers trommelte.

Dann fing das Wasser erneut an zu blubbern – diesmal überall rings um das Boot. Unter der Oberfläche zeichnete sich ein riesiger Schatten ab.

Ein enormer Tentakel schlängelte sich über die Reling. Ihm folgte ein zweiter.

Im Bewusstsein, dass seine letzte Stunde geschlagen hatte, konnte Gomez nicht anders, als zu lachen.

»Ich hätte mir ein größeres Boot kaufen sollen.«

KAPITEL 25

Eine Stunde später ging Issachar am Strand entlang zu dem Hafen, in dem das Boot lag, nach dem er suchte. Er erkannte es mit Leichtigkeit, denn sein Name stand am Heck: *Sea Foam*.

Er verharrte zunächst in größerer Distanz in Deckung, da er es als unabdingbar erachtete, eine vernünftige Aufklärung zu betreiben, ehe er zur Tat schritt.

Auf dem Achterdeck saßen zwei Männer beim Trinken. Details waren nicht ersichtlich. Einer war dunkelhäutig, der andere hatte helle Haut. Auch ohne genauere Personenbeschreibung von Lanes Seite vermutete Issachar, seine beiden Zielpersonen vor Augen zu haben.

Im Großen und Ganzen war Lane ziemlich nutzlos gewesen, da er weder über brauchbare Erkenntnisse betreffs des Artefakts noch über seine angeblichen Diebe verfügt hatte. Issachar hasste es, ohne vernünftiges Vorwissen im Trüben zu fischen.

Die beiden Männer lachten und prosteten einander zu. Vielleicht hatten sie zu viel getrunken.

Issachar lächelte. Ein Haufen besoffener Schatzjäger sollte einfach zu erledigen sein. Nachdem er sie sich vom Hals geschafft hatte, würde er das Schiff durchstöbern. Um an sein Ziel zu gelangen, bedurfte es der geübten Handhabung seines Messers – eine stille, unauffällige und bewährte Methode.

Der Pier bot keine Möglichkeit für ein verdecktes Anschleichen, also glitt Issachar ins Wasser und schwamm heimlich auf die dem Meer zugewandte Seite der *Sea Foam* zu.

Issachar horchte auf, als einer der beiden sagte: »… drei SEALs auf einem Kahn.« SEALs auf den Bahamas?

»Und vergiss nicht den Ranger. Wir könnten eigentlich einen Veteranenclub aufmachen, da vier Fünftel gedient haben.«

Issachar war wie paralysiert. Echard und Lane hatten keinerlei Verkettungen der Schatzsucher zum Militär erwähnt. Sollten tatsächlich drei SEALs und ein Ranger an Bord sein, veränderte dies die Ausgangslage komplett. Er atmete tief durch, tauchte ab und schwamm bis unter den Pier. Von dort aus riskierte er einen ersten genaueren Blick auf die *Sea Foam*.

Einer der beiden Männer hatte rote Haare und eine blasse Haut. Nichts an ihm deutete darauf hin, dass er eine körperliche Bedrohung darstellen könnte. Aber der andere – ein hünenhafter Afroamerikaner mit einer Glatze und einer imposanten Statur –, der bewegte sich mit der Anmut eines hochkarätigen Athleten. Er würde wissen, wie er sich zu verteidigen hatte.

Eine dritte Person gesellte sich zu den beiden. Das Tattoo auf seiner linken Schulter – eine Sonne, ein Stern und ein Blitz auf einem blauen und grünen Schild – identifizierten ihn als den ehemaligen Ranger in der Besatzung. Also musste der Schwarze einer der drei SEALs sein. Issachar erwog die Situation. Seine 9-mm-Pistole steckte wasserdicht verpackt in einem Beutel. Wenn er schnell genug war und exakt zielte, konnte er damit zwei Zielpersonen ausschalten. Die Schüsse würden die restlichen Crewmitglieder bei dieser geringen

Entfernung unter Deck hören, insbesondere falls eines der Projektile den Schiffsrumpf traf. Also musste er mit ihrer Alarmbereitschaft rechnen. Das schmeckte ihm gar nicht. Er fluchte still. Es war arrogant von ihm gewesen, unbedacht von einem leichten Job auszugehen. Der verfluchte Echard hätte ihm diese Informationen vorab geben müssen.

»Zeit zu verschwinden«, verkündete der Ranger.

»Jetzt?«, fragte der Rothaarige.

»Es sind fast dreihundert Kilometer und Maddock möchte vor Tagesanbruch dort sein, um den Platz zu erkunden, den Gomez genannt hat. Außerdem möchte er lieber früher als später die Zelte auf Andros abbrechen. Wir können zurückkehren, wenn sich die dicke Luft ein wenig verflüchtigt hat.«

Als der Ranger an die Reling trat, bemerkte Issachar die automatische Pistole an seiner Hüfte. Er erweckte den Anschein, als sei er jederzeit bereit, sie einzusetzen.

»Die Insel, zu der wir fahren, gefällt mir ganz und gar nicht«, sagte der Ranger.

Welche Insel? *Bitte sag ihren Namen,* dachte Issachar.

»Da sind wir schon zwei«, antwortete der Schwarze. »Ich habe keine gesteigerte Lust darauf, mich mit Schwarzer Magie herumzuschlagen.«

»Maddock glaubt, dass wir dort Informationen über das Artefakt bekommen.« Der Rothaarige hielt inne. »Was ist mit der Kreatur? Meinst du, sie ist noch da draußen?«

»Falls ja, sind wir vorbereitet.« Der Afroamerikaner griff nach unten, brachte ein Gewehr zum Vorschein, nahm es in Anschlag und zielte damit auf das Wasser. »Sobald etwas seinen Kopf rausreckt, blase ich ihm das Gehirn weg.«

Damit war für Issachar der Kuchen gegessen. Sämtliche Überlegungen, trotz der unerwarteten Umstände tätig zu werden, waren damit wie Staub zwischen seinen Fingern zerronnen. Dank der Wehrhaftigkeit seiner Zielpersonen musste er einen Alternativplan aushecken. Doch wohin führte sie ihr Weg? Eine Entfernung von dreihundert Kilometern traf auf etliche Inseln zu, darunter selbst Kuba. Oder eine der Inseln vor Florida. Issachar überlegte einen Moment, sich zurückzuziehen. Mangels Deckung verzichtete er allerdings darauf.

»Also gut, nächster Halt: Cat Island«, sagte der Rothaarige und ging in die Kabine.

Issachar grinste. Cat Island! Eine große, dünn besiedelte Insel. Jetzt hieß es für ihn, rasch zu handeln. Mit Sicherheit würde er sie dort wieder aufspüren.

Es ärgerte ihn, dass sie ihm für den Augenblick durch die Lappen gingen, aber seine Zeit würde kommen. Die Schatzjäger würden in eine gut vorbereitete Falle tappen.

Das Telefon schrillte. Echard wälzte sich herum, knipste die Lampe an und griff nach dem Hörer. Dann zögerte er. Wer könnte ihn so spät anrufen? Ihm fiel bloß eine Person ein und falls sich sein Verdacht bewahrheitete, hatte er kaum eine andere Wahl, als abzuheben.

Es klingelte erneut. Er seufzte und nahm den Hörer. »Hallo?«

»Sie haben mir verheimlicht, dass die Schatzjäger ehemalige Soldaten sind.«

Echard hatte recht gehabt. Am anderen Ende der Leitung war Issachar. Und er klang verärgert.

»Das wusste ich nicht«, log Echard.

»Zur Mannschaft der *Sea Foam* gehören drei ehemalige Navy SEALs und ein ehemaliger Ranger.«

»Das ist nicht Ihr Ernst?« Echard legte alles an falscher Überraschung in die Stimme, was er aufbringen konnte.

»Hören Sie auf, mich für dumm zu verkaufen. Sie bewegen sich bereits auf ziemlich dünnem Eis.«

Echard hielt die Luft an. *Wenn du in eine Ecke gedrängt wirst, hast du keine andere Wahl, als dir den Weg freizukämpfen.* »Das ist nicht fair. Ich habe mich sofort gemeldet, nachdem ich von dem Amulett erfahren hatte. Und ich habe alle Informationen, die ich hatte, an Sie weitergeleitet.«

»Ich weiß von Ihrem laxen Umgang mit Alkohol und den Betrügereien, mit denen Sie Ihr Geld verdienen.«

Echard war wie betäubt. Der schlimmste anzunehmende Fall war eingetreten. »Wer verbreitet so einen Unfug über mich? Ich werde im ins Gesicht sagen, dass er lügt.«

»Das glaube ich gern.«

»Hören Sie, zugegebenermaßen gönne ich mir ab und zu einen Tropfen, aber ich bin keineswegs stolz darauf. Wer hat gesagt, ich sei ein Betrüger? Lane? Der Mann ist selbst ein übler Halunke.«

»Deshalb hat er wahrscheinlich auch bei Ihrer Pokerrunde mitgemischt.«

Echard schnellte in eine aufrechte Sitzhaltung. Sein Magen verkrampfte und ihm wurde abwechselnd heiß und kalt. Wenn er Issachar korrekt einschätzte, stand sein Leben auf dem Spiel, falls der Dominion-Mann ihn für unzuverlässig hielt. »Ich wollte doch nur der Organisation helfen. Wenn Sie kein Interesse mehr an dem Artefakt haben, ist das okay für mich.«

»Halten Sie den Mund und passen Sie ganz genau auf! Sie erhalten eine einzige Bewährungschance und Sie müssen sofort aktiv werden. Und ich warne Sie ausdrücklich vor den Folgen eines Versagens.«

Echard versuchte jedes Detail, der Instruktionen, die er nun bekam, im Gedächtnis zu behalten, denn sein Leben hing davon ab.

KAPITEL 26

CAT ISLAND AUF DEN BAHAMAS

Cat Island lag im Zentrum der Bahamas. Ursprünglich von Loyalisten besiedelt, die vor der Amerikanischen Revolution flohen, beherbergte die Insel über Jahrhunderte Baumwollplantagen, die inzwischen einer Brandrodungs-Agrikultur gewichen waren. Mit einer Anzahl von gut eintausendfünfhundert Einwohnern war die Landfläche nur spärlich besiedelt. Touristen verirrten sich selten hierher.

Bei der Ankunft auf der Insel beschlich Maddock das Gefühl, die zivilisierte Welt verlassen zu haben. Alles schien ruhig und leer. Das dortige Blue Hole erweckte den gleichen Eindruck, wie jedes beliebige Sinkloch auf der Welt. Am anderen Ufer stand ein Touristenpaar und fotografierte die Umgebung. Im Wasser schwamm niemand.

»Ich kann keine Spur von einem Seeungeheuer entdecken«, moserte Willis. Matt, Corey und Kyle waren an Bord geblieben, da Maddock das Schiff nicht ohne Aufsicht lassen wollte. In Matts Händen war die *Sea Foam* sicher und auch Kyle hatte geschworen, sie mit seinem Leben zu verteidigen.

»Sie suchen nach der Kreatur … stimmt's?«, fragte ein dunkelhäutiger Mann mit gelben Zähnen, während er zu ihnen kam.

»Ja. Wissen Sie etwas über das Monster?«, fragte Bones.

Der Alte lachte kehlig. »Allerdings. Ich kenne alle Geschichten und ich lebe seit neunzig Jahren auf dieser Insel.«

»Das ist ja unglaublich«, erwiderte Maddock ehrlich verblüfft. Der Fremde hatte schlohweißes Haar, doch sein Gesicht war fast frei von Falten, wie das eines wesentlich jüngeren Menschen. Er hätte ihn trotz seiner schlechten Zähne höchstens auf Ende sechzig geschätzt. »Was können Sie mir über das Boiling Hole erzählen?«

»Alles Mögliche. Vorher müssen Sie mir etwas abkaufen.« Der Insulaner öffnete seine Ledertasche, in der sich diverse handgefertigte Gegenstände befanden, die meisten davon Schnitzereien von Meeresbewohnern wie Delfinen oder Seeschildkröten sowie einige tropische Vögel.

»Ich nehme einen Delfin für meine Schwester«, sagte Bones. »Sie liebt solches Zeug.«

»Wirklich?«, staunte Maddock. »Selbst nach ihrem Berufswechsel steht sie noch auf solche Mädchensachen?«

Angelica Bonebrake – Spitzname Angel – war Bonebrakes jüngere Schwester. Umwerfend hübsch hatte sie den gleichen seltsamen Sinn für Humor wic ihr Bruder und sie teilte zudem seine Vorliebe für Raufereien. Nach einer Karriere im Model-Business arbeitete sie nun als Ringkämpferin.

»Du kennst meine Schwester. Sie ist ein einziger, wandelnder Widerspruch.«

»Ich kann mir nicht vorstellen, dass du eine Schwester hast«, meinte Rae stirnrunzelnd.

»Stell dir einfach mich in einem Kleid vor. Wir sehen fast identisch aus.«

»Hör nicht auf ihn«, sagte Maddock, zückte seine Geldbörse und zog ein Foto mit sich selbst, Bones und Angel heraus. »Das hier wurde im Cherokee Casino von Bones Onkel aufgenommen – Crazy Charlie.«

»Sie ist wirklich gutaussehend«, befand Rae. »Bones, bist du dir sicher, dass ihr die gleiche DNA teilt? Wahrscheinlich ist eines von euch beiden ein Kuckuckskind.«

»Falls das zutrifft, bin ich es hoffentlich. Mein Vater war ein Arsch.« Bones fuhr damit fort, die Schnitzereien zu begutachten.

»Interessant, dass du ein Foto der Schwester deines besten Freunds mit dir herumschleppst«, sagte Rae mit einer Spur Eifersucht zu Maddock.

»Bones Familie hat mich praktisch adoptiert, als meine Eltern starben. Die beiden sind für mich wie Bruder und Schwester.«

»Warum hast du dann gerade rote Ohren bekommen?«

»Vielleicht weil es heute so heiß ist?« In Wahrheit war die Erinnerung an jene Nacht im Casino etwas Besonderes für ihn, aber er hatte nie mit Bones darüber geredet und hatte es auch für die Zukunft nicht vor. Manche Dinge blieben besser privat.

»Hey, schaut euch das an.« Bones hielt ein Amulett an einer Lederkordel empor.

Obwohl es grob gearbeitet war, erkannte Maddock sofort, was es darstellte. Es zeigte das gleiche Symbol, wie das Amulett, das sie aus dem Wrack geborgen hatten. Es hatte sogar ungefähr die gleiche Größe und es handelte sich eindeutig um einen Oroboros, der sich in den Schwanz biss. »Ist das der Lusca?«

Der Alte lachte. »Es gefällt dir? Ich habe es erst letzte Woche gemacht. Es gibt nur zwei davon, und beide sind gerade im Angebot.«

»Wieso haben Sie dieses Motiv gewählt?«

»Ich habe es auf einer Wand in einer unterirdischen Passage gesehen.« Er zeigte mit dem Finger auf das Wasser. »Das ist lange her. In meiner Jugend war ich ein guter Schwimmer. Damals habe ich zahlreiche mit Geröll verschüttete Tunneleingänge dort unten freigelegt. In einem davon war nach wenigen Metern eine Abbildung des Lusca an der Wand.«

»Sind Sie weiter vorgedrungen?«, fragte Maddock aufgeregt.

»Ich habe keine Tauchausrüstung«, verneinte der Alte angesichts der Anzüge und Sauerstoffflaschen der drei. Er hob eine Augenbraue. »Sie möchten mehr über den Lusca erfahren?«

»Ja, bitte.«

Der Insulaner schwieg und wedelte stattdessen mit dem Verkaufsschmuck herum. Die Botschaft war klar: Um Informationen zu erhalten, mussten sie ihm etwas abkaufen.

»Wir nehmen zwei Delfine und die beiden Luscas«, sagte Maddock. Einen der Meeressäuger überreichte er Bones für Angel, den zweiten schenkte er Rae. Sie bedankte sich mit einem Kuss auf die Wange, woraufhin er sich wie ein Schuljunge fühlte.

Reiß dich zusammen, Maddock, du bist ein erwachsener Mann, dachte er.

»Deine Ohren sind schon wieder rot geworden«, stichelte Willis.

»Können Sie uns nun bitte etwas über das Boiling Hole und das Monster erzählen«, forderte Maddock mit betont fester Stimme den Alten auf.

Nachdem die finanzielle Transaktion abgewickelt war, zeigte sich der Mann, dessen Name Cyrus lautete, deutlich gesprächiger als bisher. Der Name Boiling Hole, erklärte er, stammte von wiederkehrenden Ereignissen, bei denen die Oberfläche dieses Blaue Lochs zu blubbern anfing, als würde das Wasser kochen. Dieses Phänomen rührte von den vielfältigen unterirdischen Verbindungen zwischen dem Boiling Hole und dem Ozean her. Die Wissenschaft deutete das Auftreten dieser Ereignisse als einen Gezeiteneffekt. Die abergläubischen Einheimischen dagegen schrieben sie dem Ungeheuer zu. »Es heißt, das Wasser sprudelt immer, kurz bevor der Lusca angreift.«

»Gibt es Berichte über Angriffe?«, fragte Bones.

»Oh ja. Seit Menschen auf Cat Island leben, kam es fortlaufend zu Attacken.«

»Und wie viele dieser Berichte sind glaubhaft?«, wollte Maddock wissen.

Cyrus schnitt eine Grimasse und wiegte den Kopf von einer Seite zur anderen. »Menschen sind verschwunden. Viele Menschen. Aber ist dafür das Ungeheuer verantwortlich oder waren diese Leute unvorsichtig beim Tauchen in gefährlichen Gewässern? Außerdem lauern hier Haie, die durch die Tunnel bis in das Hole gelangen. Einige der Vermissten gehen wahrscheinlich auf ihr Konto.«

Das hörte sich nicht besonders vielversprechend an. »Gibt es darüber hinaus andere Plätze auf der Insel, die mit Monstern in Zusammenhang gebracht werden?«, erkundigte sich Maddock.

»Da ist das Big Blue Hole, ein See bei Orange Creek. Der Legende nach wohnt dort eine Bestie, die Pferde verschlingt und manchmal auch Menschen. In den Höhlen zwischen dem See und dem Meer herrscht eine tödliche Strömung. Immer wieder werden Tiere und Menschen aus dem Big Blue Hole durch die Höhlen bis in den Ozean gespült. Wenn sie dort nicht auftauchen, hat sie das Monster gefressen. Die meisten Einwohner in der Gegend glauben, dass die Legende gestreut wurde, um Leute davon abzuhalten, im See zu baden, weil es so gefährlich ist. Aber wer kann das mit Gewissheit sagen?«

»Was ist mit anderen Mythen?«, erkundigte sich Bones.

»Wir haben unzählige Mythen und Sagen. Cat Island ist der Ursprung von Obeah.« Cyrus flüsterte das letzte Wort.

»Worum handelt es sich dabei?«, fragte Bones.

»Voodoo«, sagten Willis und Rae wie aus einem Mund.

»Das ist richtig«, pflichtete Cyrus ihnen bei. »Nun haben Sie also eine Vorstellung davon, wie tief verankert unsere Folklore mit all ihren Monstern, Hexen und Magie im Bewusstsein der Inselbewohner ist.«

»Gibt es Geschichten über Unsterblichkeit?«, fragt Bones zögerlich.

»Was meinen Sie damit?«

»Keine Ahnung. Auf Andros haben wir eine Geschichte über eine vermisste Frau gehört, die ungefähr alle zehn Jahre auftaucht. Dabei scheint sie um keinen Tag gealtert zu sein. Etwas in der Art meine ich.«

»Solche Geschichten wurden mir nie zugetragen. Wenn Sie daran interessiert sind, sollten Sie Ihr Glück beim Meerjungfrauenloch probieren.«

Der Cherokee kicherte. »Ich wusste nicht …«

»Lass es«, ermahnte ihn Maddock. »Zumindest ab und zu kannst du dir eine dämliche Bemerkung verkneifen.«

»Das ist nicht meine Art, Maddock. Das weißt du ganz genau.«

»Was also ist dieses Meerjungfrauenloch«, warf Willis ein.

»Ein kleiner See in der Nähe von Bain Town. Es gibt dort vier Höhlen, in denen angeblich eine Meerjungfrau lebt.«

»Und soll diese Meerjungfrau unsterblich sein?«, hakte Bones nach.

»Dort gibt es eine Geschichtenerzählerin, die Mama Yata heißt. Bei ihr erhalten Sie weitere Auskünfte.«

»Zurück zum Lusca«, sagte Maddock. »Was glauben Sie persönlich? Beinhalten die Geschichten ein Körnchen Wahrheit?«

»Ich halte es nicht für unmöglich«, äußerte Cyrus vage.

»Nehmen Sie an, es handelt sich um eine Tatsache«, schlug Bones vor. »Welche Fakten könnten sie stützen?«

Cyrus kratzte sich am Kinn. »Also gut. Ich bin der Meinung, die Kreatur lebte einst in den Weiten des Ozeans, ehe sie sich in der Nähe von Cat Island niedergelassen hat. Dann geschah etwas, vielleicht ein Erdbeben. Dabei wurde sie im Boiling Hole eingesperrt.«

»Sie meinen also, es geht nur um eine einzige Kreatur und nicht um eine Population?«

»Darauf gibt es keinen Hinweis. Wenn es mehrere dieser Geschöpfe gäbe, würde sich das in den Geschichten widerspiegeln.«

»Dann muss es ein übernatürliches Wesen sein«, konstatierte Bones.

»Übernatürlich oder ungewöhnlich langlebig.«

»Bisher haben wir recht wenig über den Lusca gelernt«, sagte Maddock. »Die Geschichten über ihn sind alle mehr oder minder gleich.« Er fasste zusammen, was sie bisher herausgefunden hatten. »Können Sie uns mit weiterreichenden Informationen versorgen? Mit Einzelheiten, die nicht allgemein bekannt sind?«

»Hm ... manche glauben, der Lusca stamme aus der Alten Welt. Schon zu Beginn der Geschichtsschreibung soll er legendär gewesen sein. Wie er in die Karibik kam, ist unbekannt. Angeblich dient er keinem Meister, der nicht den Schlüssel besitzt.«

»Welcher Art ist dieser Schlüssel?«

»Kann ich nicht sagen. Das Wissen darüber ging vor langer Zeit verloren.«

»Besteht eine Verknüpfung zwischen dem Lusca und der Quelle der ewigen Jugend?«, fragte Bones. »Oder gibt es Legenden um die Quelle, die mit Cat Island assoziiert werden? Oder mit einer anderen Insel in der direkten Umgebung?«

Cyrus Züge verfinsterten sich. »Die Quelle der ewigen Jugend ist Kolonisten-Blödsinn«, sagte er schmallippig.

»Hey, ich wollte Ihnen nicht zu nahe treten.« Bones hob beschwichtigend die Hände. »Ich war bloß neugierig.«

»Sie sollten hier keinen nach dem Wasser des Lebens fragen. Das ist keine Geschichte für Fremde.«

»Wir könnten den Hellhäutigen wegschicken«, bot Willis mit Blick auf Maddock an. »Und Bones auch.«

Cyrus lächelte gezwungen. »Ich muss gehen. Ich fürchte, Sie waren heute meine einzigen Kunden.«

Maddock bedanke sich bei Cyrus. Er haderte damit, dass sie den Mann verärgert hatten. Noch mehr haderte er jedoch damit, dass sie ihm keine weiteren Auskünfte entlocken konnten. »Wären Sie so nett und könnten uns, bevor Sie aufbrechen, noch die Stelle zeigen, an der Sie das Wandbild mit dem Lusca entdeckt haben?«

Cyrus kniff die Augen zusammen. »Tut mir leid. Es ist zu lange her.« Dann wünschte er ihnen einen guten Tag und marschierte auf und davon.

»Das ist seltsam«, meinte Willis. »Ich kann verstehen, dass er Fremden misstraut, aber wir haben uns nicht gerade nach seinen Bankdaten erkundigt. Die Quelle der ewigen Jugend ist genau wie der Lusca eine Legende. Oder etwa nicht?«

»Natürlich sind sie das«, bestätigte Maddock. »Aber vielleicht sind sie für ihn mehr als das.«

»Oder wir sind etwas auf der Spur«, sagte Bones.

»Und das wäre?«, fragte Maddock.

»Woher soll ich das wissen? Vielleicht war sein Ärger nur vorgetäuscht, weil er eine Sache verbergen möchte, vor der er sich fürchtet.«

Maddock zuckte mit der Schulter.

»Schätze alles ist möglich. Wie dem auch sein mag, ich hätte jetzt Lust, ein wenig zu schwimmen. Vielleicht stoßen wir dabei auf den erwähnten Tunnel. Wer von euch ist mit dabei?«

KAPITEL 27

Die vier legten schnell ihre Taucherausrüstung inklusive Schwimmflossen an und sprangen ins Wasser.

Sobald Maddock die Oberfläche berührte, durchfuhr ihn ein Schock. Zuerst dachte er, dieser sei durch die niedrige Temperatur verursacht worden, aber das Wasser war nicht besonders kalt. Dann bemerkte er eine merkwürdige Vibration. Er tauchte auf und auch seine Gefährten reckten nacheinander die Köpfe aus dem See.

»Habt ihr es auch gespürt?«, fragte Willis.

»Seismische Aktivität«, erläuterte Rae. »Scheint fast, als gäbe es täglich neue Beben.«

»Wann hat das in dieser Häufigkeit angefangen?«, fragte Maddock, den ein unheimlicher Verdacht beschlich.

»Darüber habe ich nichts in den Nachrichten mitbekommen. Das erste Beben traf auf, als wir vor Echards Schlägern geflohen sind. Das zweite beim Blue Descent. Und jetzt wieder.«

»Wir sind ein gutes Stück von Andros entfernt«, meinte Bones. »Die tektonischen Platten, die sich verschieben, müssen ein großes Gebiet umspannen.«

Maddock dachte nach. Irgendwie fühlten sich die Erschütterungen anormal an. Ein besserer Ausdruck dafür fiel im nicht ein. Und besonders seltsam war, dass sie immer dann auftraten, wenn Rae ins Wasser ging. Sie trug noch immer das Amulett an einem Kettchen um den Hals. Konnte es einen Zusammenhang geben? Wie konnte das sein? »Wir machen weiter. Wir müssen fertig sein, ehe es erneut bebt.«

»Das ist der Maddock, den wir kennen und lieben«, scherzte Bones. »Immer ein Lichtblick.«

Sie teilten sich in zwei Teams auf: Maddock und Bones sowie Willis und Rae.

»Und denkt daran«, ermahnte sie Maddock. »Höhlentauchen ist riskant.«

»Sagt er zu zwei Navy SEALs und einem Inselmädchen«, murmelte Bones.

»Was genau erhoffst du dir zu finden?«, fragte Willis.

»Die Höhle, von der uns Cyrus berichtet hat.«

»Glaubst du, sie existiert wirklich?«, wollte Bones wissen.

»Sie muss echt sein. Er muss irgendwo ein Bild des Oroboros gesehen haben, sonst würde seine Version dem Amulett nicht so sehr ähneln. In Anbetracht der Legenden, die sich um diesen Ort hier ranken, liegt eine Verbindung nahe. Und vielleicht«, Maddock hielt kurz inne, »gibt es zudem eine Verbindung zu der Kreatur, die hinter der *Sea Foam* her war.«

»Wir suchen also nach Hinweisen auf ein großes, gemeines Seeungeheuer«, schlussfolgerte Willis.

Die Freunde stießen in enger werdenden Kreisbewegungen auf das Zentrum des Boiling Hole vor, dabei drangen sie aufgrund der topografischen Gegebenheiten automatisch tiefer in das Wasser ein. Unterwegs markierten sie die Zugänge zu Höhlen verschiedenster Größe. Der Lusca ließ sich nicht blicken. Maddock vermutete, dass er – falls er anwesend sein sollte – in einer der weiträumigeren Höhlen lauern würde.

Die Mitte des Boiling Holes war von Geröll und Abfall übersät. Wenn sie nicht gerade eine Recycling-Firma für alte Dosen und Flaschen eröffnen wollten, war hier nichts von Interesse für sie.

Dann führte sie Maddock zu der Höhle, die seiner Meinung nach am meisten versprach. Der – teilweise von einem Wurzelgeflecht verborgene – Eingang war gerade weit genug, dass ein Mann hineinschwimmen konnte. Er leuchtete mit seiner Handlampe in den Tunnel … und da war es: Ein perfektes Abbild des Artefakts, das Rae um den Hals trug. Als sie es zum Vergleich vorzeigte, hielt Maddock den Daumen hoch. Wie und weshalb dieses Bild angefertigt worden war, blieb vorerst ein Geheimnis, das sie hoffentlich bald lösen würden.

Die Höhle wurde zunehmend enger. Allmählich gerieten sie in Gefahr, sich zu verirren oder in einem Engpass festzustecken. Sosehr ihn seine Neugier auch anspornte, wollte Maddock dennoch nicht das Leben seines Teams riskieren. Sollte der Tunnel noch ein klein wenig schmaler werden, würden sie umkehren.

Er hatte diese Überlegung kaum getätigt, da erregte etwas weiter vorn seine Aufmerksamkeit. Er richtete den Strahl seiner Lampe darauf und erschauderte vor Aufregung, als dieser auf einen grinsenden, menschlichen Schädel traf. Selbst aus der Nähe waren weder sein Alter noch der Grund, weshalb er hier platziert worden war, zu erkennen. Wie konnte der Schädel ohne den Rest des Körpers hierher gelangt sein? Stammte er vielleicht von der Person, die den Lusca an die Wand gemalt hatte? Dafür fehlte ein Beweis, aber der Gedanke daran war verstörend.

Ein Stück weiter mündete die enge Höhle plötzlich in eine geräumige Kammer, in der sich Holzstücke, Plastikmüll und Knochen stapelten … eine Menge Knochen. Manche von

Kühen, andere von Ziegen, hauptsächlich jedoch von Menschen.

Maddock überlegte, wie sie hierhergekommen sein könnten? Waren es ertrunkene Taucher? Bei Scuba-Tauchern müssten Überbleibsel ihrer Ausrüstung in der Höhle sein, doch diesbezüglich herrschte Fehlanzeige. Vielleicht überdeckte sie der ganze Müll? Er malte sich aus, wie die Unglücklichen von einer starken Strömung in die Höhle geschwemmt worden waren, ehe sie hier in dieser makaberen Ansammlung ihre letzte Ruhe fanden.

Maddock hielt die offene Hand in die Strömung. Sie fühlte sich nicht besonders stark an. Da durchzuckte ihn ein Gedanke. Vielleicht folgte die Stärke der Strömung den Gezeiten und erwischte so unvorsichtige Taucher auf dem falschen Fuß. Wenn der Wasserfluss rapide genug zunahm, konnte er einen Taucher in eine Lücke ziehen, aus der er nicht mehr freikam. Oder er schmetterte ihn gegen eine der Felswände und verursachte so eine schlimme Verletzung. Und er hatte sein Team an diesen Ort gebracht, ohne vorher darüber nachzudenken …

Bones schwenkte seine Handlampe ungeduldig und schwamm weiter. Mit einem Fluch auf den Lippen folgte Maddock ihm in einen spiralförmig gewundenen Schacht, der gerade breit genug für eine Person war. Die Strömung hier war heftiger als zuvor in der Felsenkammer.

Etwas rumorte vor ihm – ein merkwürdig pulsierender Klumpen, dessen Bewegungsmuster befremdlich anmuteten.

Dann schoss ein dicker, fetter Tentakel auf ihn zu. Maddocks Hand glitt instinktiv zum Messerknauf.

Zu spät!

Die Kreatur schnellte wie ein grotesker Torpedo mit einem gesprenkelten Rumpf und Tentakeln auf ihn zu. Er hieb mit dem Messer danach, aber sie war schon an ihm vorbeigehuscht. Als er sich umdrehte, formte Willis mit der Hand das Okay-Zeichen. Maddock seufzte erleichtert. Zum Glück hatten sie nur einen gewöhnlichen Oktopus aufgescheucht und kein Geschöpf aus der Welt der Sagen und Mythen. Nachdem er die Uhrzeit und seinen Sauerstoffvorrat gecheckt hatte, signalisierte er Bones weiterzuschwimmen.

Bald kamen sie zu einer Gabelung, an der die Höhle in zwei verschiedene Richtungen abbog. Rechts ging es zu einem geräumigen Kanal, an dessen Wänden frühere Besucher Markierungen hinterlassen hatten. Vermutlich führte er bis ins Meer. Nach links führte eine schmale Öffnung, durch die sich breitschultrige Männer wie Bones oder Willis nur mit Mühe zwängen konnten. Dieser Weg erschien als eine schlechte Wahl, da sie dort eventuell festhängen würden.

Ehe Maddock seine Bedenken anmelden konnte, quetschte sich Bones in den engen Tunnel und Maddocks Bestreben, ihn an den Flossen festzuhalten, scheiterte kläglich. Was hatte sich der Cherokee bloß dabei gedacht? Maddock leuchtete in die Öffnung und glücklicherweise entpuppte sie sich als Zugang zu einer weitläufigen Kammer. Er schwamm Bones nach und signalisierte den anderen beiden, es ihnen gleichzutun.

Maddock musste eingestehen, dass sich die Ungeduld und die mangelnde Vorsicht seines Partners gelohnt hatten. Vermutlich waren sie die ersten Scuba-Taucher, die diese Kaverne begutachteten.

Sie erweckte den Eindruck eines gewaltigen Beinhauses. Unendlich viele menschliche Knochen überhäuften den gesamten Boden. Wäre dieser Platz früher entdeckt worden, wäre es mit Sicherheit weltweit in den Medien vermeldet worden. Was könnte hier passiert sein? Waren sie auf eine Opferstelle im Stil der alten Azteken gestoßen?

Auch die Goldmünzen zwischen den Knochen sprachen dafür, dass die Kammer bis heute unentdeckt geblieben war.

Maddock ergriff hastig seine Unterwasserkamera und filmte das Szenario, bevor sie damit anfingen, Veränderungen daran vorzunehmen. Als er fertig war, sammelten sie die Goldmünzen ein, die einen exzellenten Zustand aufwiesen. Einige davon kannte Maddock. Ihr Alter nährte den Verdacht, dass sie auf einen Piratenschatz gestoßen waren. Und tatsächlich lag zwischen den Gebeinen eine passende, zerbrochene Truhe. Wie konnte sie in die Höhle gekommen sein? Ein Pirat wäre niemals in der Lage gewesen, so tief zu tauchen, und ein Taucher der Neuzeit hätte niemals etwas so Wertvolles hier unten zurückgelassen.

Als Maddock nach oben sah, fand er die Antwort. Das Schimmern der Wasseroberfläche verriet ihm, dass darüber eine Luftblase lag, vielleicht sogar ein komplett wasserfreier Hohlraum. Er deutete nach oben und der Rest des Teams stimmte ihm mit einem Nicken zu. Dann schwammen sie aufwärts, um dort ihr Glück zu versuchen.

Sie kamen in einer Höhle heraus. Als Maddock den Lichtkegel seiner Handlampe wandern ließ, verstand er, wie die Truhe in die Tiefe gelangt war. Rund um eine alte Feuergrube waren vermoderte Fässer und Tonkrüge verstreut. »Hier hat früher jemand gelebt.«

»Schätze, dabei hat es sich um unseren Kumpel dort drüben gehandelt.« Bones leuchtete etwas an, das sein Partner ursprünglich für einen Müllhaufen gehalten hatte. Nun war es als das Skelett eines in Lumpen gehüllten Menschen zu erkennen. »Wahrscheinlich hat er den Schatz im Wasser versenkt und hat es später nicht mehr geschafft, ihn wieder nach oben zu bringen. Was für eine Niete.«

Sie zogen die Schwimmflossen aus, kletterten an Land und traten zu der Leiche, um sie genauer zu inspizieren. Von ihrem Schädel hingen lange Haarsträhnen im Kreis bis auf die Schultern. Die Lumpen entpuppten sich als eine vergammelte

Robe und mit seinen skelettierten Fingern umklammerte der Tote einen Rosenkranz.

»Wahrscheinlich haben wir es mit einem Mönch zu tun«, kommentierte Maddock.

»Und was hat dieser Mönch – oder was er sonst gewesen sein mag – hier unten zu tun gehabt? Und warum ist er hier gestorben?«, fragte Bones.

»Ein Höhleneinbruch«, schlug Maddock vor. »Bei all den Felsbrocken, die hier am Boden liegen, wäre das eine Erklärung.«

»Und was den Grund seines Hierseins angeht: Denkst du, er war so eine Art Inquisitor?«, hakte Bones nach und zeigte auf zwei Paar in der Wand verankerte Handschellen. Am Boden darunter lagen Eisenklammern, Messer und diverse Folterwerkzeuge.

»Sieht ganz danach aus«, bekräftigte Willis.

»Das erklärt auch die Leichen im Wasser«, ergänzte Maddock.

»Der Verlust deines Schatzes tut mir nicht sonderlich leid«, sagte Bones zu dem Skelett. »Ich hoffe, du wurdest hier unten eingesperrt und bist langsam verhungert.«

»Wir sollten nicht zu lange trödeln«, mahnte Maddock. »Wir sehen uns schnell um und nehmen alles Wertvolle mit, ehe wir einen Abgang machen.«

Abgesehen von dem Rosenkranz fanden sie nichts von Bedeutung. Doch plötzlich sah Maddock ein silbernes Funkeln. Das Skelett trug am Mittelfinger der linken Hand einen Ring … den seltsamsten Ring, über den er jemals gestolpert war. Er bestand aus einem verschlungenen Gewirr aus Tentakeln und als Siegel diente ein Haischädel mit zwei winzigen, blauen Edelsteinen als Augen.

»Oh mein Gott«, platzte es aus Rae heraus. »Ist das der …?«

»Es ist der Lusca«, bestätigte Maddock und streifte den Ring von der Hand des Toten. Er hielt ihn in die Höhe, damit jeder ihn betrachten konnte. Das Material, aus dem er geschmiedet war, war eindeutig das gleiche, wie das des Amuletts aus dem Wrack.

»Das kann kein Zufall sein«, sagte Willis. »Zwischen den beiden Artefakten muss ein Zusammenhang bestehen.«

»Dem stimme ich zu.« Maddock nickte. »Nur welcher?«

»Schaut mal da«, rief Rae, die ein vergilbtes, halb unter der Robe begrabenes Tagebuch aufgespürt hatte.

Maddock hob es auf und blätterte darin. »Es ist auf Spanisch verfasst. Wir haben jetzt keine Zeit, es zu lesen.« Er verstaute den Ring und das Buch in einem wasserdichten Beutel, dabei fragte er sich: Was hatte dieser Mann vor? Warum hat er so viele Menschen gefoltert und ermordet? Und was hat der Lusca damit zu tun?

KAPITEL 28

Das Meerjungfrauenloch enttäuschte Bones Erwartungen um Längen. Der kleine See voller trüben, grünlichen Wassers lag in der Mitte von nirgendwo und beschwor mit keinem Quäntchen Bilder mysteriöser Unterwasserschönheiten herauf. Auf dem Weg hierher hatten ihnen die Einwohner der nahegelegenen Ortschaft von einem nahegelegenen Kloster berichtet sowie Cyrus' Information über die Geschichtenerzählerin, die Obeah praktiziert, bestätigt. »Sie können sie unmöglich finden«, hatte ihnen ein Mann zugeflüstert. »Entweder kommt sie zu Ihnen oder sie lässt es bleiben.« Dann war der Mann hastig verschwunden.

Das Team teilte sich nun in zwei Gruppen auf. Bones und Willis sollten das Meerjungfrauenloch überprüfen, während Maddock und Rae unterdessen das Kloster besuchen würden.

Im Wasser planschten drei hübsche, junge Frauen. Eine davon, eine tief gebräunte Brünette in einem hellorangen Bikini, winkte Bones und Willis zu. »Hey Jungs, habt ihr Lust, uns Gesellschaft zu leisten?«

»Weißt du was?«, fragte Bones Willis. »Maddock ist nicht hier und kann uns deshalb auch keine Vorschriften aufbrummen, wie wir unseren Job erledigen sollen. Ich sehe keinen Hinderungsgrund, warum wir uns nicht ein kleines Badevergnügen gönnen sollten, ehe uns diese Voodoohexe über den Weg läuft.«

»Weißt du was?«, wiederholte Willis. »Du bist gar nicht so dumm, wie es immer heißt.«

»Wer sagt, ich wäre dumm?«

»Nicht jeder. Nur die Leute, die dich persönlich kennen. Sie schwören, du …«

»Das reicht jetzt. Die Ladys erwarten uns bereits sehnsüchtig.«

Als die beiden gerade ihre T-Shirts abstreiften, erklang von hinten eine Stimme, die ihnen das Blut in den Adern gefrieren ließ. »Suchen Sie vielleicht nach der Hexe?« Ausgesprochen wurde die Frage in einem tiefen Tonfall, der von einem hohen Lebensalter zeugte.

Bei der Fragestellerin handelte es sich um eine kleine Frau. Nein, klein war nicht der passende Ausdruck, um sie zu beschreiben – winzig traf wesentlich besser zu. Sie wog maximal vierzig Kilo, wenn überhaupt. Tiefe Furchen durchpflügten ihre rostbraune Haut. Unter ihrem roten Kopftuch quollen einzelne, schneeweiße Locken hervor. Die Intensität ihres Blicks brachte Bones dazu, sich klein zu fühlen.

»Wir hoffen, eine Geschichtenerzählerin zu treffen«, sagte er nervös und zog eilig sein T-Shirt wieder an. »Sie soll ein umfangreiches Wissen über Meerjungfrauen-Legenden haben.«

»So ist es, Ma'am«, pflichtete ihm Willis bei. Sein Gesichtsausdruck glich einem kleinen Jungen, den man mit der Hand in der Süßigkeitendose erwischt hatte.

»Hier gibt es keine Meerjungfrauen«, sagte die Alte, »egal, was der Name des Ortes auch verspricht. Wenn Sie allerdings etwas über Mama Wata erfahren wollen, kann ich Ihnen weiterhelfen.«

»Wer ist Mama Wata?«, fragte Willis.

Die Frau sog geräuschvoll Luft ein und kicherte anschließend. »Dummer Junge. Mama Wata ist der Geist, der diesen Platz beschützt.«

»Wovor beschützt?«, fragte Bones.

Die Alte hob eine Augenbraue. »Wollt ihr tatsächlich Ihre Zeit mit einer Plauderei mit einem alten Weib verschwenden oder möchten Sie nicht doch lieber baden gehen?«

Bones schüttelte lachend den Kopf.

Die Frau nickte, drehte sich um und ging weg. Die beiden interpretierten ihr Nicken als Einladung, ihr zu folgen.

Die alte Frau schien mit der Baumgrenze zu verschmelzen. Bones beherrschte die Kunst, sich lautlos in der Vegetation zu bewegen und er war bislang nur wenigen Menschen begegnet, die in dieser Disziplin halbwegs mit ihm mithalten konnten. Doch ihre Führerin stellte selbst seine Fähigkeit dazu in den Schatten. Sie glitt wie Dunst durch den Dschungel und es schien, als müsse sie nie ihre Route korrigieren, egal ob ein Hindernis den Weg verstellte oder nicht.

Sie gelangten in eine Gegend, in der kaum noch Licht durch das Laubdach drang. Plötzlich absorbierte das Zwielicht die Frau.

»Wo ist sie hin?«, fragte Willis.

»Ich bin hinter Ihnen.«

Bones fuhr vor Schreck fast aus der Haut. Wie in drei Teufels Namen hatte sie das gemacht?

Als er sich umwandte, saß sie auf dem niedrigen Ast einer Palme, der so perfekt zu ihrer Körperform passte, als sei er extra zu dem Zweck, ihr eine Sitzgelegenheit anzubieten, so gewachsen. Bones und Willis nahmen auf zwei Felsbrocken Platz, sodass sie schräg zu ihr aufblicken mussten.

Sie lachte erfreut darüber. »Jetzt wisst Ihr, Jungs, wie ich mich sonst fühle.«

»Damit haben Sie wahrscheinlich recht«, sagte der Cherokee.

»Nun dürft ihr eure Fragen stellen.«

Bones hatte Schwierigkeiten, dieser Bitte nachzukommen. Etwas an der Präsenz der Frau verunsicherte ihn. Deshalb erkundigte er sich zuerst unverfänglich nach ihrem Namen.

»Ihr seid nicht hergekommen, um nach meinem Namen zu fragen.«

»Also gut. Bitte erzählen Sie uns etwas über diese Mama Wata.«

»Sie ist ein Wassergeist. Sie kann Männer und Schlangen verzaubern. Was so ziemlich das Gleiche ist. Stimmt's?«

Bones und Willis kicherten.

»Sie gefallen mir«, sagte Willis.

»Nicht so sehr, wie dir Mama Wata gefallen würde. Alle Geschichten stimmen darin überein, dass sie eine unwiderstehliche Verführerin ist. Ihre Schönheit übersteigt das Fassungsvermögen des menschlichen Verstands. Sie gilt als Symbol für Fruchtbarkeit und Sex.«

»Bisher finde ich sie sehr sympathisch«, meinte Bones. »Lebt sie im See?«

»Nein, sie lebt tiefer unten, in dem Tunnelsystem, das alle Inseln miteinander verbindet.«

»Wie sieht sie aus?«

»Sie ist halb Mensch und halb eine Kreatur des Meeres. Für eine kurze Weile kann sie eine vollkommen menschliche Gestalt annehmen. Dennoch ist sie nie ein echter Mensch.«

»Also ist sie eine Meerjungfrau«, befand Bones. »Schätze, sie hat grüne Augen und rotes Haar.«

Die Alte lachte. »Mama Wata kam aus Afrika hierher. Ihre Haut und ihre Haare sind schwarz wie die Nacht. Ihre Augen strahlen golden wie die Sonne. Sie singt ein Lied, das älter als jede Sprache ist. Kein Mann kann ihrem Ruf widerstehen.«

»Sie haben gesagt, sie sei die Beschützerin dieses Orts. Was genau gibt es hier zu beschützen. Ich will Ihnen nicht zu nahe treten, aber der See wirkt absolut gewöhnlich.«

»Nicht nur diesen Ort. Sie beschützt alle tiefen Orte, alle Blue Holes und alle Unterwasserhöhlen, denn Wasser ist die Essenz des Lebens.«

»Werden die drei Mädchen, die gerade im See schwimmen, deshalb Ärger mit Mama Wata bekommen?«, fragte Willis scherzhaft.

»Nicht, wenn sie friedlich bleiben«, antwortete die alte Frau ernst.

»Und wie passt das Bezaubern von Schlangen zum Rest der Geschichte?«, fragte Bones.

»Es dreht sich dabei um Seeschlangen. Allerdings nicht die kleinen, die jeder kennt, sondern um Seeungeheuer.«

»Benutzt sie dazu ihr Aussehen oder ihren Gesang?«

»Nur Männer sind dumm genug, um sich von ihrer Schönheit hypnotisieren zu lassen. Ihr Gesang richtet sich ebenfalls nur an Menschen.« Die Miene der alten Frau verdüsterte sich. »In alten Zeiten, als sie noch über ihren Ring und ihr Amulett verfügte, konnte Mama Wata selbst den Leviathan kontrollieren.«

»Sie reden von der Kreatur aus der Bibel?«, fragte Willis.

»Leviathan, der Krake, nennt dieses Wesen, wie ihr wollt. Die Alten strebten nach Mama Watas Macht. Deshalb floh sie aus der Alten Welt. Sie haben ihr Männer nachgeschickt, die ihre Schätze stehlen sollten. Sie raubten ihr das Amulett, aber der Ring blieb in ihrer Obhut.«

»Wie gelang ihnen der Diebstahl?«

»Einer dieser Männer sah sehr gut aus. Mama Wata ist eine Verführerin, aber sie kann auch von dem richtigen Mann verführt werden. Das ist ihre große Schwäche.«

Bones hätte schwören können, dass ihm die Frau bei ihrem letzten Satz zugeblinzelt hatte. Ein Ring, ein Amulett und die Beschwörung von Seeungeheuern ... langsam wurde die Sache gruselig. Voller Unbehagen fragte er: »Was geschah mit dem Amulett?«

»Das kann niemand beantworten«, sagte sie verbittert.

»Sah es wie dieses hier aus?«, fragte Bones und fischte das Lusca-Amulett heraus, das er von Cyrus erworben hatte. Als sie Boiling Hole verlassen hatten, hatte Maddock darauf bestanden, dass Bones und Rae je eines davon trugen.

Die alte Frau zischte und bleckte die Zähne. Trotz ihres Alters waren diese perlweiß. Vermutlich handelte es sich um Zahnersatz. »Wo hast du das her?«

»Vom Boiling Hole. Ein Mann namens Cyrus hat es mir verkauft. Von ihm wurden wir auch hierher geschickt.«

»Cyrus.« Die Insulanerin kicherte. »Er kam vor langer, langer Zeit hierher und fragte mich nach Dingen aus, von denen er besser nichts wissen sollte. Er hätte dieses Amulett nicht anfertigen dürfen. Es ist falsch, von der Erinnerung an etwas Verlorengegangenem zu profitieren.«

Bones hielt seinen Fokus starr auf die Frau gerichtet. Er fürchtete, sie würde – sobald er und Willis Blicke tauschten – erahnen, in wessen Besitz der Ring gelangt war. Das galt es in jedem Fall zu vermeiden, denn alle seine Sinne rieten ihm, den Fund des Rings geheim zu halten. »Hatte Mama Wata keine Möglichkeit, das Amulett zurückzuholen, nachdem es geklaut wurde?«

»Was hätte sie tun können? Die Verbindung besteht zwischen dem Amulett und der Kreatur; nicht zwischen ihr und dem Amulett.«

»Was geschah später mit dem Ring?«

»Ohne das Amulett war der Ring nutzlos«, antwortete die Frau mit hängendem Haupt. »Vermutlich hat sie ihn ebenfalls verloren, weil ihn ein anderer Christ geraubt hat. Ein anderer Schönling mit schlechten Absichten.«

Bones Herz klopfte. Zwar sprachen sie gerade über eine Legende, aber es war offensichtlich, dass sie einen Gegenstand von enormem Wert aus dem Wrack geborgen hatten. »Woher stammen der Ring und das Amulett ursprünglich?«

»Der Ort, an dem sie geschmiedet wurden, existiert seit Ewigkeiten nicht mehr. Er versank in den Wellen. Die Kristalle kommen von noch weiter her.« Ihre Augen zuckten kurz himmelwärts.

Bones runzelte die Stirn. Meinte sie damit vielleicht aus dem Weltall?

»Und wie erging es Mama Wata?«, fragte Willis. »Hält sie sich bis heute in dieser Region auf?«

»Sie lebt. Die meisten Menschen haben sie vergessen. Nur hier auf Cat Island ist ihre Existenz in den Köpfen der Menschen bis in die Gegenwart präsent. Deshalb verfügt sie hier immer noch über ihre Kräfte, allerdings in wesentlich schwächerer Form als einst.«

»Was ist mit der Macht des Rings und des Amuletts?«, wollte Bones wissen. »Könnte jemand sie verwenden, um den Lusca heraufzubeschwören?«

»Auf dem Wasser ja. Auf dem Land sind sie lediglich hübsche Schmuckstücke.«

Bones wusste nicht so recht, was er von dieser Theorie halten sollte. Sie klang einfach zu bizarr. »Haben Sie diese Geschichte je einem Mann namens Echard erzählt? Einem Weißen, der immer so aussieht und riecht, als habe er gerade eine Dusche nötig.«

»Das ist nicht die Frage, die du mir stellen willst.«

Das stimmte. Es spielte keine Rolle, ob Echard die Legende um Mama Wata von dieser alten Frau hier oder sonst wo aufgeschnappt hatte. Was zählte, war seine Bereitschaft, Menschen zu töten, um das Amulett in die Finger zu bekommen.

Plötzlich fiel Bones das verschwundene Mädchen von Andros ein. »Die Frage mag seltsam klingen: Haben Sie vielleicht schon einmal einer der Geschichten über ein Mädchen gehört, das vermisst wird und alle zehn Jahre wieder auftaucht? Dabei ist sie jedes Mal so jung, wie bei ihrem Verschwinden.«

Den Kopf zur Seite gedreht, starrte ihn die Frau aus dem Augenwinkel an. »Was meinst du damit?«, fragte sie gedehnt.

Beim bloßen Gedanken an Thel verspürte Bones den verzweifelten Drang, der Alten sein Innerstes zu offenbaren. Während Willis amüsiert zuhörte, rekapitulierte der Indianer die Vorgänge von seinem ersten Treffen mit der geheimnisvollen und merkwürdigen Rothaarigen bis hin zu den Ereignissen, die ihn an diesen Ort hier gebracht hatten. »Sie sah exakt so aus, wie das Mädchen auf dem Zeitungsfoto. Und Maddock sagte, die Frau, der er unter Wasser begegnet sei, hätte auch genauso ausgesehen. Wahrscheinlich besteht da irgendeine Verbindung.« Überrascht darüber, wie lange er gesprochen hatte, schloss er die Lippen und faltete die Hände in Erwartung der Antwort.

»Du hast tatsächlich eine von ihnen getroffen«, wisperte die Insulanerin.

»Eine von wem oder was?«

»Vom Flossenvolk. Du musst dich künftig fern von ihnen halten. Sie sind gefährlicher, als du dir ausmalen kannst.«

»Gefährlich auf welche Art?«

»Sie sind Raubtiere. Und sie entführen Menschen. Mehr sage ich nicht.«

Doch Bones wollte mehr wissen – viel mehr. Er erinnerte sich an die Zeit mit Thel, an die Traurigkeit in ihren Augen und daran, wie sehr sie von Konflikten geplagt zu sein schien. Und an die Drogenwirkung des Wassers, das sie ihm gegeben hatte.

Sie hat mir eine Art K.o.-Tropfen verpasst, dachte er. *Sie wollte mich entführen, dann hat sie sich jedoch anders entschieden.*

»Dieses Flossenvolk ... ist das eine Art religiöser Kult, der Leute verschleppt, um sie mit Zwang zu seinem Glauben zu bekehren?«

»Nein«, erwiderte sie matt. »Ich werde dir nicht mehr über sie verraten. Solche Sachen auszusprechen, zieht ihre Aufmerksamkeit an und stärkt ihre Macht.«

In der Absicht, das Gespräch später wieder auf das Flossenvolk zu lenken, suchte Bones nach einer anderen Frage, die er stellen konnte. »Das Amulett und der Ring. Was passiert, wenn eines davon mit Wasser in Berührung gerät?«

Die Alte lächelte. »Vielleicht war es das, was ich gespürt habe. Wurde eines der beiden gefunden?«

»Was? Nein, ich habe nur spekuliert.«

»Falls du mich anlügst, ist unsere Konversation beendet.«

»Bitte nicht! Also gut, wir haben das Amulett in einem Schiffswrack entdeckt. Wir hatten keine Ahnung, was wir da vor uns hatten. Und seit diesem Zeitpunkt trachten uns alle möglichen Leute nach dem Leben. Ein Bekannter von uns wurde bereits ermordet.«

»Und außerdem«, ergänzte Willis, »wurde unser Boot von einer riesigen Kreatur gejagt. Und mehrere Menschen sind im Wasser verschwunden.«

»Haben Sie eine Ahnung, was dafür verantwortlich sein könnte?«, fragte Bones, ohne zu verstehen, weshalb er so großen Wert auf die Meinung dieser Frau legte. Zweifelsfrei würde sie ihm irgendeine lausige Story auftischen. Dennoch würde er ihr Glauben schenken. Für einen Moment fürchtete er, sie würde ihn nach dem Ring fragen und er wusste, er würde sie unmöglich anlügen können.

Stattdessen schloss sie die Augen und seufzte tief. Dabei schien sie kleiner zu werden. »Das Amulett hatte seit

Jahrhunderten keinen Kontakt zu Wasser. Als es schließlich dazu kam, rief es den Lusca mit gewaltiger Macht. So gewaltig, dass drei Erdbeben ausgelöst wurden.« Sie hielt drei gespreizte Finger in die Höhe.

»Das stimmt«, sagte Bones.

»Vermutlich hat eines dieser Beben den Lusca aus den Höhlen unter Andros, in denen er gefangen war, befreit.«

»Sie wissen schon, wie schwer es ist, das zu glauben?«, formulierte Willis seine Bedenken.

»Sagt der Mann, der zu einer Hexe kommt, um Antworten auf seine Fragen zu erhalten.«

»Eins zu null für Sie«, gab Willis klein bei.

»Nehmen wir einmal an, der Lusca existiert wirklich«, sagte Bones. »Und wir haben ihn unbeabsichtigt auf die Welt losgelassen. Wohin wird er gehen? Was wird er tun?«

»Er wird dem Ruf des Amuletts folgen, sobald es das Wasser berührt. Er kann ihm nicht widerstehen.«

Bones erschauderte. Sollte das wahr sein, war die Kreatur in diesem Moment auf dem Weg hierher. »Was ist, wenn sich das Amulett an Land befindet.«

»Dann kann er den Ruf nicht hören. Er wird dann tun, was jedes Raubtier an der Spitze einer Nahrungskette tut: Er wird dorthin gehen, wo es ihm gefällt, machen, was ihm gefällt und auffressen, wen oder was immer er möchte.«

Bones entschied sich, alles auf eine Karte zu setzen. »Besteht die Möglichkeit, dass er die Quelle der ewigen Jugend aufsucht?«

»Nicht die Quelle der ewigen Jugend, Junge. Das Wasser des Lebens.«

Ehe Bones die nächste Frage stellen konnte, legte die Frau ihren Zeigefinger an die Lippen.

»Jemand kommt.«

Normale Leute wären sitzen geblieben und hätten sich umgeschaut. Bones und Willis dagegen warfen sich aufgrund des alarmierten Tonfalls ihrer Stimme auf den Boden und lauschten intensiv. Bones bemerkte sofort, was fehlte. Die Geräusche der planschenden Frauen im See waren verstummt. Waren sie nach Hause gegangen oder hatten die Neuankömmlinge die plötzliche Stille verursacht?

Als Bones eine Bewegung zu seiner Linken wahrnahm, war es bereits zu spät.

Jemand sagte mit einer lauten, kalten Stimme: »Hände hinter die Köpfe. Langsam!«

Bones gehörte nicht zu der Sorte Menschen, die vor einem Kampf kniffen, egal wie hoch dessen Kosten sein mochten. Aber er hatte auch reichlich Erfahrung mit gewalttätigen Menschen und deshalb wusste er, der unsichtbare Sprecher hinter ihm würde keine Sekunde zögern, sie zu töten. Er konnte es an dessen Tonfall hören. Außerdem musste er äußerst fähig sein, sonst hätte er sie unmöglich unvorbereitet erwischen können. Die Felsen, auf denen er und Willis saßen, boten nur wenig Deckung und keiner von ihnen trug eine Waffe außer ihren Messern. Er nickte Willis zu. Dann taten sie wie ihnen geheißen.

»Du mit dem langen Haar«, sagte der Mann. »Hör mir gut zu.«

»Ich glaube, das bedeutet, er meint nicht dich, Skinhead«, sagte Bones zu Willis.

»Nenne nie einen Schwarzen einen Skinhead«, antwortete der mit gespielter Verärgerung.

Der Unbekannte schluckte den Köder nicht. »Du nimmst jetzt langsam das Amulett ab und hältst es so, dass ich es sehen kann.«

»Was? Dieses Ding. Das ist total wertlos.«

»Zwingen Sie mich nicht, ein zweites Mal fragen zu müssen.«

Ein Grinsen unterdrückend, kam Bones der Anweisung nach, streifte den billigen Touristenkrempel ab und hielt ihn hoch. »Hier ist es.« Er legte so viel künstlichen Zorn in seine Stimme, wie er nur aufbringen konnten.

»Gut. Jetzt werfen Sie es in Richtung meiner Stimme. Und zielen Sie gut. Wenn sie es in den Wald schmeißen, werde ich sie allein wegen dieser Unhöflichkeit töten. Wegen meines Jetlags bin ich ziemlich gereizt.«

»Sehen Sie, Mann«, sagte Willis. »Niemand hat vor, Dummheiten anzustellen. Wir haben dieses Ding aus einem Schiffswrack geborgen. Wir haben es gesäubert und bis jetzt haben wir keine Ahnung, was es ist. Jeder, den wir um Auskunft gebeten haben, hat beteuert, es sei wertlos. Wir hatten gehofft, es an die Voodoofrau verkaufen zu können, aber selbst sie meint, es sei Schrott.«

Bones warf das Amulett über seine Schulter nach hinten.

Der Unbekannte fing es mit einem leisen Klatschen auf. Nach einigen Sekunden der Stille fing er an, verächtlich zu lachen. »Echard. Was für ein Idiot.«

»Dem können wir nur zustimmen«, sagte Bones. »Er ist ein totaler Trottel.«

Der Mann lachte erneut kalt. »Ein Haufen Amateurschatzsucher findet ein Stück Ausschussware und dieser Schwachkopf tötet deshalb Leute. Und ich muss um die halbe Welt fliegen, nur um alles wieder in Ordnung zu bringen. Ich werde Sie nicht umbringen und ich werde Echard verschweigen, was ich herausgefunden habe. Soll er weiter probieren, Sie zu töten. Ihr Idioten habt euch gegenseitig verdient.«

Bones und Willis verharrten still. Bones presste in Erwartung des tödlichen Schusses und der Schmerzen des Einschlags der dazugehörigen Kugel die Zähne zusammen. Andererseits hoffte er, ungeschoren davonzukommen. Der Mann, mit dem sie es zu schaffen hatten, war ein Profi und Profis mordeten in der Regel nicht unnötig. Er zählte bis zehn, dann drehte er sich um. »Ich glaube, er ist weg.«

»Ich habe nicht gehört, wie er gekommen oder wie er gegangen ist«, sagte Willis. »Der Mann ist echt gut.«

»Wie bitte?«, entrüstete sich Bones, während er aufstand und sich den Schmutz von der Kleidung klopfte. »Gut? Der Kerl wurde gerade von Dane Maddock ausgetrickst.«

KAPITEL 29

Die Einsiedlerklause war auf dem Gipfel des Mount Alverna beheimatet, dem geografisch höchsten Punkt der Bahamas. Aus luftiger Höhe überblickte das verlassene Kloster Cat Island und die im Sonnenlicht funkelnden Gewässer der Karibik.

Während Rae und Maddock den Pfad hinauf zu der Klause erklommen, setzte sie ihn über den historischen Hintergrund dieses Fleckchens Erde ins Bild. Monsignore John Hawes, bei den Einheimischen als Pater Jerome bekannt, hatte das Kloster in den Dreißigerjahren des letzten Jahrhunderts erbaut. Von seinem früheren, weltlichen Beruf her ein Architekt und Bildhauer, hatte der Pater die Klause im mittelalterlichen Stil unter der Verwendung lokalen Gesteins erbaut. Sie sollte ihm als persönlicher Rückzugsort dienen. Außerdem zeichnete er für die Errichtung zahlreicher anderer Kirchen und Klöster auf den Bahamas verantwortlich.

»Dieser Berg hier hieß ursprünglich Como Hill«, erklärte Rae. »Hawes hat ihn in Mount Alverina umgetauft, weil er ihn an La Verna erinnerte, einen Hügel in der Toskana, auf dem der Heilige Franz von Assisi die Stigmata Gottes empfangen hat.«

»Glaubst du an solches Zeug wie Stigmata?«

»Ich bin mir nicht sicher. Als Wissenschaftlerin bin ich naturgemäß skeptisch, aber wer hat schon Gewissheit, was möglich und was unmöglich ist? Und wie steht's mit dir?«

»Bei uns ist Bones derjenige, der für Übernatürliches und Religion zuständig ist. Mein Bauchgefühl sagt mir, dass es für die seltsamsten Dinge eine wissenschaftliche Erklärung gibt.«

»So sehe ich es größtenteils auch. Trotzdem existiert vielleicht ein kleines Stückchen unseres Universums, das wir niemals erfassen werden. Das ist eines der Dinge, bei denen ich auf Kyle eifersüchtig bin. Er sieht in ganz gewöhnlichen Sachen etwas Erstaunliches. Ich finde, diese Fähigkeit hat etwas ungemein Erfrischendes.«

Maddock hielt diese Fähigkeit schlicht für einen Mangel an Informationen, aber er verkniff sich eine diesbezügliche Bemerkung. Raes Bindung zu ihrem Pflegebruder war stärker als alle Bande zwischen Blutsverwandten, die er je erlebt hatte. Ihre Einstellung ihm gegenüber würde Bestand haben, egal, was geschah.

Zu ihrer Linken verkündete ein Warnschild, dass sie nun das Privatgelände des römisch-katholischen Erzbischofs von Nassau betraten und die Kirche für keinerlei Verletzungen und Personenschäden haftbar zu machen sei, die Besucher erlitten. Das Betreten erfolge auf eigene Gefahr. Dahinter erstreckte sich ein gepflasterter Weg im Schatten eines mannshohen Kreuzes.

»Ist der Weg tatsächlich gefährlich?«, fragte Maddock.

Rae verneinte. »Wahrscheinlich hat die Versicherung das Aufstellen eines Warnschilds verlangt.«

»Warum brauchen sie eine Versicherung, wenn sie Gebete haben«, spöttelte Maddock.

Während sie den steilen, gewundenen Pfad erklommen, passierten sie die Reliefs eines Kreuzwegs.

Laut Rae handelte es sich dabei um Arbeiten von Pater Jerome.

Bei ihrer Ankunft auf dem Gipfel war Maddock überrascht darüber, wie klein das Bauwerk, das von unten so imposant gewirkt hatte, in der Realität war. Dennoch versprühte die Einsiedlerklause mit ihrem Rundumblick auf eine fast unberührte Natur einen angenehmen Charme.

»Inseln wie Cat Island wurden bislang vom Tourismus verschont«, erläuterte Rae und zeigte auf einzelne verstreute Gebäude auf der Insel, die seit Langem unbewohnt waren. Die Armbrister-Plantage lag links von ihnen und grenzte an das Boiling Hole an. Die Gegend im Südwesten wurde von den Einheimischen Old Bight genannt.

»Ich habe keinen blassen Schimmer, woher diese Bezeichnung kommt«, meinte Rae.

Die Klause bestand aus einem Glockenturm, einem Wohnhaus, einer Kapelle und einer Abtei.

»Wie lautet unser Plan, jetzt, wo wir hier sind?«, fragte Rae.

»Um ehrlich zu sein: Ich habe keinen. Ich frage mich, ob es einen Tunnel vom Boiling Hole hierher gibt und ob die Höhle mit dem toten Geistlichen einen Zugang dazu hat?«

»Scheint mir unwahrscheinlich, da das Kloster erst 1939 erbaut wurde.«

»Vielleicht war hier vorher etwas anderes. Oder Hawes hat diesen Platz aus einem speziellen Grund ausgewählt.«

»Komm schon, Pater Jerome war ein Humanist. Glaubst du ernsthaft, er hatte etwas mit einer schätzungsweise vierhundert Jahre alten Folterkammer zu tun?«

»Wenn ich nur einen Cent für jeden guten Menschen bekäme, der sich in eine Bestie verwandelt hat, dann ...«

»Damit hast du natürlich recht und ich mache mir keine Illusionen darüber, dass Priester bessere Menschen wären als alle anderen. Aber ich habe in meinem Leben gelernt, dass es wesentlich mehr gute Leute gibt als schlechte. Und ich habe nie etwas Schlechtes über Pater Jerome gehört. Er genoss stets den höchsten Respekt auf den Bahamas.«

»Du hast mich missverstanden. Ich habe nicht gesagt, er hätte direkt etwas mit der Folterkammer und den Geschehnissen am Hut. Aber was, wenn er sie entdeckt hat. Oder irgendwer hat sie entdeckt und ihm von dem Fund berichtet. Um das Ansehen der Kirche zu wahren, hat er dann alles verschwiegen. Und möglicherweise hat er dort ein Artefakt aufgespürt.«

»Wir reden über Pater Jerome und nicht über Indiana Jones.«

Maddock lachte. »So verrückt es auch klingen mag – ich weiß aus erster Hand von der Wahrheit ähnlicher Geschichten. Die Kirche ist eine mächtige Organisation mit zahllosen düsteren Geheimnissen, die sie vor der Öffentlichkeit verbirgt.«

»Also gut, Doktor Jones, Sie haben ja recht.«

KAPITEL 30

Echard hockte zusammengekauert im Kloster und belauschte Maddock und Raeána. Er fragte sich, was sie denken würden, wenn sie wüssten, wie dicht an die Wahrheit Maddock bereits gekommen war. Ihm selbst war es erst gelungen, das Puzzle zusammenzusetzen, nachdem er von Alexei die handschriftlichen Aufzeichnungen von Pater Jerome gestohlen hatte. Mit ihrer Hilfe war endlich alles klar gewesen: *Man benötigt nur das Amulett, um den Leviathan zu beherrschen.*

Dieser Satz hatte sich in seinen Verstand eingebrannt. Auf der fotokopierten Seite, auf der er stand, befand sich zudem eine rohe Skizze des Oroboros, die dem Lusca exakt glich. Er hatte seit Langem vermutet, dass der Lusca und das riesige Ungeheuer aus der Bibel identisch waren. Und er musste lediglich an das Amulett kommen, um sein Herr und Meister zu werden.

Er hatte Jahre darauf verwendet, jedes einzelne Fragment zu sammeln, das ihn diesem Ziel näher brachte. Lange Zeit hatte er nichts außer diese Bruchstücke von Legenden gehabt, die zumindest genug Inhalt aufwiesen, um ihn davon abzuhalten, aufzugeben. Eine dieser Mythen berichtete von einem antiken griechischen Helden, der auf die Bahamas kam und dort auf ein Seeungeheuer traf. Obwohl die Details spärlich waren, bestand kein Zweifel daran, dass der Held den Kampf mit dem Monster überlebte, indem er dem Herren des Luscas etwas stahl und diesen Gegenstand anschließend mit Erde ummantelte, damit weder die Kreatur noch ihr Meister Zugriff darauf hatten. Dann sank das Schiff in einem Sturm und nahm das Amulett mit auf den Meeresgrund. Darüber, wie das Artefakt genau verwendet wurde, um den Leviathan zu kontrollieren, hatte Echard leider keinen Hinweis aufgabeln können.

Und dann hatte Kyle ihm von dem seltsamen Artefakt berichtet, das Dane Maddock und seine Mannschaft aus einem Schiffswrack geborgen hatten. So wie Kyle das Tonei beschrieben und auf die Herkunft des Schiffs aus der Alten Welt hingewiesen hatte, wusste Echard, dass er endlich vor dem lang ersehnten Durchbruch stand. Das Tonei war fraglos das Gefäß aus Erde, in dem der Held das Amulett deponiert hatte. Und nun würde Echard es bald in seinem Besitz haben.

Doch dazu musste er ein Risiko eingehen.

Er legte die Hand auf den Knauf der Pistole, die in seinem Gürtel steckte. Hoffentlich konnte er auf ihren Gebrauch verzichten.

Issachar hat recht gehabt, als er prophezeite, Maddock würde sich entweder am Meerjungfrauenloch oder an der Einsiedlerklause zeigen. Und gerade in diesem Moment rückte Echards Verstärkung an. Die Typen, die er rekrutiert hatte, waren nicht besonders zuverlässig, aber für Geld würden sie zu jeder Schandtat bereit sein.

Wie gebannt starrte Echard auf das Amulett, das an Raeánas Hals baumelte. Vorher hatte er es nie aus der Nähe gesehen. Es ähnelte stark der Skizze aus Alexeis Unterlagen und dem CT-Scan.

Plötzlich trennte sich das Paar. Maddock stieg den Berg hinab, während Raeána auf die Klause zusteuerte. Echard kicherte stumm in sich hinein. Besser hätte es gar nicht laufen können. Wenn Maddock lange genug fortblieb, musste er lediglich das Amulett einsacken und dann schleunigst abhauen.

Raeána verharrte kurz, um den Glockenturm zu bewundern, dann betrat sie das Kloster.

Echards Aufregung wuchs. Das Ziel seiner Träume war fast greifbar. Raeána zu erschießen, wäre die schnellste Methode, doch damit würde er Maddocks Aufmerksamkeit erregen. Mit dem Messer würde es deutlich leiser gehen. Echard bewunderte die Schönheit und Anmut seines Opfers. Als er ihr das erste Mal begegnete, war es von seiner Seite Liebe auf den ersten Blick gewesen. Ihre Begeisterung für ihn hielt sich seit jeher dagegen in Grenzen. Verdammt, er hatte sich sogar mit ihrem idiotischen Bruder angefreundet, nur um ihr gegenüber in einem besseren Licht zu erscheinen. So smart sie auch sonst sein mochte, in Bezug auf Kyle gebärdete sie sich ausgenommen dumm.

Raeána hielt kurz vor seinem Versteck an. Sie strich sich eine Haarlocke aus dem Gesicht und seufzte. Das Geräusch ließ Echard frösteln. Zweifel überkamen ihn, ob der dazu fähig sein würde, sie zu töten.

Aber er *musste* das Amulett haben!

Er zückte das Messer und wartete.

Endlich drehte sie ihm den Rücken zu und er trat in Aktion. Blitzschnell bedeckte er ihren Mund mit der freien Hand und presste ihr die Schneide des Messers an die Kehle. Zuerst spannte sie die Muskeln an, um zu kämpfen. Als sie den kalten Stahl spürte, hielt sie wie paralysiert inne. Echard konnte sich nicht dagegen wehren: Er schmiegte seinen Körper an den ihren, begrub sein Gesicht in ihren Haaren und inhalierte tief. Ihre Haut war so weich und sie roch so gut. Er hatte immer davon geträumt, ihr einmal so nahe zu sein. Was für eine Schande, dass er ein solch exquisites Exemplar einer Frau niedermetzeln musste.

»Ein Schrei und du stirbst. Kapiert?«

Sie nickte und er entfernte seine Hand von ihrem Mund.

»Mein Freund kann jede Sekunde zurück sein, du kranker Freak«, sagte sie mit fester Stimme, trotz der Todesgefahr.

»Alles, was ich will, ist das Amulett«, äußerte er so freundlich wie möglich. Selbst jetzt wollte er nicht, dass sie schlecht über ihn dachte. »Kooperiere und du wirst leben.«

Unterhalb einer kleinen Treppe lag – zu Maddocks Rechter – eine Nachbildung des Grabes Christi. Zu seiner Linken zeichnete sich eine Aushöhlung im Felsen ab, vermutlich eine Art Keller. Er inspizierte kurz den Alkoven, in den das Grab eingebettet war, dabei entdeckte er nichts Relevantes.

Dann widmete er sich dem Keller. Nach wenigen Metern stieß er auf eine Tür, deren Schloss er ohne Mühe aufhebelte. Dahinter erstreckte sich ein kleiner, leerer Raum mit nackten Felswänden. Es schien keine Falltüren oder lockere Ziegelsteine zu geben, die er hätte herausziehen können. Dennoch untersuchte er die Kammer akribisch.

Ich frage mich, ob Rae mehr Glück hat?, dachte er. Hoffentlich war ihr gemeinsamer Ausflug mehr als eine Zeitverschwendung.

Auf einmal beschattete etwas den Türrahmen. Instinktiv rollte sich Maddock nach links ab. Als er bäuchlings auf dem Boden lag, hatte er die Waffe schussbereit in der Hand, die er vor zwei Tagen einem von Echards Schlägern abgeknöpft hatte.

Das schrille Jaulen eines Querschlägers erfüllte die Luft. Zuvor hatte Maddock das knappe Vorbeipfeifen der Kugel an seinem Ohr eher gespürt als gehört.

Im Türrahmen grunzte ein fetter, schmieriger Typ mit Koteletten und einem rasierten Kopf verblüfft. Sein rechter Arm hing nach unten, mit der Hand umfasste er den Griff eines Revolvers. Er sah Maddock ungläubig an, dann wanderte sein Blick nach unten zu seiner Brust, in deren Mitte ein tiefes, aus einer Schusswunde sickerndes Rot sein T-Shirt tränkte. Mit der linken Hand versuchte er vergeblich, den Blutfluss zu stillen.

»Eines muss ich dir lassen – das ist die absurdeste Art von Selbstmord, die ich je gesehen habe«, spottete Maddock.

»Eigentlich hatte ich etwas anderes beabsichtigt«, antwortete der Mann gepresst, ehe er die Augen verdrehte und kollabierte.

Maddock verschwendete keine Zeit. Dieser Kerl hatte sicher für Echard gearbeitet und falls er nicht allein gewesen war, hatte der Schuss seinen Spießgesellen die Position des Schatzjägers offenbart. Hoffentlich wurden sie dadurch von Rae abgelenkt.

Er erleichterte den Toten von seinem Revolver, einem billigen, kleinkalibrigen Modell. Dann spähte er durch die Tür nach draußen.

Auf dem Abhang regte sich etwas. Ein Mann nahm hinter einer der Stationen des Kreuzwegs Deckung und feuerte eine ganze Salve ab.

Maddock sprang aus der Tür nach hinten, dabei prasselten Felssplitter vom Türrahmen aus auf ihn ein. Eine der Kugeln bahnte sich einen Weg in den kleinen Keller hinein und prallte mehrfach von den Wänden ab. Es hörte sich wie das Surren und Klatschen einer in einem umgestülpten Glas gefangenen Wespe an.

Ich muss hier raus, dachte Maddock.

Er berechnete im Geist den Standort des Schützen, machte sich bereit, rückte an die Tür heran und eröffnete das Feuer. Dann warf er sich nach draußen und rollte sich ab, bis er hinter einem Steinhaufen zum Halt kam.

Als er den Kopf hob, schoss der Angreifer erneut. Wie von Maddock einkalkuliert, war er hinter der Station des Kreuzwegs in Deckung geblieben. Wenn der Schatzjäger eine Position, die ihm einen besseren Schusswinkel bot, erreichen konnte, hatte er gute Chancen auf einen Treffer.

Maddock schoss wieder und rannte geduckt hangabwärts, während ihn zwei Projektile seines Gegners verfehlten, bevor er in ein Kiefergestrüpp hechtete. Als er sich auf ein Knie aufrichtete, hatte er eine deutlich verbesserte Sicht auf den Angreifer. Der Mann war immer noch an Ort und Stelle.

Plötzlich löste er sich aus seiner Deckung und glotzte nach oben zum Keller, wo er Maddock weiterhin vermutete. Von seinem Aussehen her könnte er fast der Bruder des Toten sein, allerdings war er noch stärker tätowiert. Offensichtlich hatte er keine Ahnung, dass die Karten neu gemischt worden waren.

Maddock robbte auf dem Boden auf seine Zielperson zu. Er verringerte die Distanz rasch bis auf zehn Meter Entfernung. Der Mann hatte immer noch keinen blassen Schimmer davon, wo sich Maddock inzwischen aufhielt. *Amateur,* dachte der Schatzjäger.

Für gewöhnlich hätte er den Kerl entwaffnet, um ihn lebend in die Finger zu bekommen und befragen zu können. Dafür fehlte jetzt die Zeit, da er nicht wusste, wo Rae war und ob sie in Gefahr schwebte.

Er visierte den Angreifer sorgfältig an.

In diesem Moment musste der Mann Maddock aus dem Augenwinkel bemerkt haben, denn er wirbelte herum und feuerte.

Maddock war darauf gefasst gewesen. Aus dieser Entfernung traf er praktisch immer. Eine Kugel in den Bauch und eine zweite in den Kopf brachten die Angelegenheit zu einem Ende.

Den Hügel nach oben sprintend, hoffte Maddock, dass ihm auf der Bergkuppe kein zusätzlicher Schütze auflauerte. Falls dem so sein sollte, würde er bei seinem Aufstieg ein leichtes Ziel abgeben.

Dankenswerterweise erreichte er den Gipfel unangefochten. Aber wo war Rae? Ohne Rücksicht auf die eigene Sicherheit hetzte er wie ein Irrer zum Kloster. Wie dumm er doch gewesen war, einer Aufteilung sein Okay zu erteilen. Und das bloß, weil er überzeugt gewesen war, sie seien allein hier.

Er stürmte durch den Eingang des Gebäudes. Hinter einer offenen Tür lag eine Gestalt seitlich am Boden. Rae! Gefesselt und geknebelt rührte sie sich nicht. Ein Rinnsal aus Blut tropfte von ihrem Nacken nach unten. Maddock eilte zu ihr.

»Rae! Sprich mit mir!«

Als sie die Lider aufschlug und gedämpft etwas nuschelte, durchströmte ihn eine unbändige Freude. Ohne Zögern befreite er sie von dem Knebel zwischen ihren Zähnen.

»Wie soll ich denn bitteschön mit Echards dreckigem Taschentuch im Mund mit dir reden?«

»Bist du in Ordnung?« Maddock berührte vorsichtig den Schnitt an ihrem Nacken, der glücklicherweise nicht tief ging.

»Mir geht's gut. Mach mir nur die Fesseln ab.«

Nachdem er ihren Wunsch erfüllt hatte, setzte sich Rae auf und rieb sich die Handgelenke.

»Was ist passiert?«, fragte er.

»Echard hat mich hier abgepasst. Er hat mich überfallen, gleich nachdem ich hier reinkam.«

»Und das Amulett?«

Rae lächelte. »Er ist darauf hereingefallen. Du hattest recht. Er hatte es bisher nie aus der Nähe betrachtet. Nun glaubt er, dass er das echte Artefakt hat.«

»Fantastisch. Mir tut nur leid, dass er deinen wunderschönen Nacken verunstaltet hat.«

»Du stehst auf Nacken? Das ist mir neu.«

»Erst seit heute.« Aus einem Impuls heraus küsste er sie an der Stelle, an der Echards Klinge ihre Haut geritzt hatte.

Sie nahm seinen Kopf in beide Hände und küsste ihn intensiv auf die Lippen. »Danke, dass du mir das Leben gerettet hast. Ich habe Schüsse gehört. Was war los?«

Nachdem er ihr das Geschehen geschildert hatte, fragte er: »Wohin ist Echard geflüchtet?«

»Keine Ahnung. Er ist durch ein Fenster an der Hinterseite verduftet.«

»Anscheinend ist er uns durch die Lappen gegangen.«

»Nicht schlimm. Dein Plan hat funktioniert und wir haben ihn vom Hals.«

KAPITEL 31

Maddock und Rae wussten, dass etwas falsch sein musste, sowie sie am Pier, an dem die *Sea Foam* lag, eintrudelten. Die versammelte Mannschaft erwartete sie auf dem Achterdeck. Bones lief wie ein eingesperrter Tiger im Kreis. Kyle glänzte durch Abwesenheit.

Bitte lass ihn unter Deck sein, dachte er.

»Kyle ist verschwunden«, verkündete Matt.

»Was soll das heißen?«, fauchte Rae. »Ihr solltet auf ihn aufpassen.«

»Das haben wir auch. Dann ist dieses Mädchen hier reingeschneit …«

Maddock und Rae tauschten fragende Blicke.

»Thel«, erklärte Bones. »Sie war hier.«

»Das Mädchen, mit dem du neulich ausgegangen bist?«

Bones hörte auf, herumzutigern, verschränkte die Arme vor der Brust und nickte.

»Kumpel, so wie du jetzt dastehst, könnte man dich glatt für eine dieser Indianerstatuen in einem Zigarrenladen halten«, meinte Willis.

»Jetzt ist nicht die Zeit für Scherze«, rügte ihn Maddock.

»Warum plaudert ihr nicht einfach aus, was geschehen ist?«

»Wir sind rumgehangen und haben geangelt«, erzählte Corey. »Dann erschien diese attraktive Rothaarige. Wir hatten sie nie zuvor gesehen, aber Kyle erkannte sie wieder. Sie haben sich auf das Dock gesetzt und eine Weile gequatscht.«

»Worüber?«, wollte Rae wissen.

»Das haben wir nicht gehört. Sie schien kein Interesse daran zu haben, mit uns zu reden. Als Nächstes waren beide wie vom Erdboden verschluckt.«

»Ihr habt nichts davon mitgekriegt?«, fragte Rae.

»Nein. Es war von einem Moment zum anderen.«

»Er hat einen Schluck aus ihrer Flasche getrunken«, sagte Bones.

»Und nun glaubt Bones, er sei in den Fängen des Flossenvolks«, fügte Willis hinzu.

Maddock blinzelte. »Das Flossenvolk? Diese Meeresgeschöpfe, die ihre Gestalt wandeln können?«

»Du weißt darüber Bescheid?«, staunte Bones.

»In der Mythologie der schottischen Orkney Inseln sind die Angehörigen des Flossenvolks amphibische Meeresgeschöpfe, die Menschen entführen, um sich mit ihnen zu paaren. Dazu nimmt die Flossenfrau die Gestalt einer wunderschönen menschlichen Frau an, um potenzielle Gatten zu verführen. Flossenmänner treten meist als gutaussehende Seeleute auf.«

»Damit wäre bewiesen, dass Maddock kein Flossenmann ist«, witzelte Willis.

»Können wir bitte eine Minute ernst bleiben«, rügte ihn Rae. »Mein Bruder wird vermisst.«

»Er hat ein Date mit einer attraktiven Frau«, konterte Willis. »Daran ist nichts Unheimliches. Ich glaube nicht an das Flossenvolk und mir ist das Geschwätz der alten Frau egal.«

»Alte Frau?«, fragte Maddock. »Wir müssen uns dringend über unsere heutigen Erlebnisse austauschen.«

Nachdem Willis die Ereignisse am Meerjungfrauenloch und Maddock jene an der Einsiedlerklause rekapituliert hatten, fragte Matt: »Und was wurde aus den Leichen?«

»Wir haben sie so gut es ging im Wald untergebracht«, sagte Maddock. »Sie dürften niemandem auffallen. Außerdem habe ich eine Pistole verwendet, die ich einem von Echards angeheuerten Ganoven abgeknöpft habe. Falls es eine ballistische Untersuchung durch die Polizei geben sollte, führt keine Spur zu uns.«

»Ich kann nicht verstehen, wie du darüber sprichst, so wie normale Leute darüber reden, den Müll rauszubringen«, rätselte Rae.

Maddock schwieg. Die Art, wie sie das Wort *normal* benutzt hatte, schmerzte ihn. Aber sie hatte recht. Von seiner Mannschaft war Corey der Einzige, auf den der Begriff normal zutraf, wenn es sich um Gewalt drehte. Der Rest von ihnen war seit langer Zeit diesbezüglich abgestumpft.

»Im übertragenen Sinn hat er tatsächlich nichts anderes getan, als den Müll rauszubringen«, antwortete Bones. »Das ist nie schön, aber manchmal ist es die einzige Option.«

»Was wollen wir wegen Kyle unternehmen?«, fragte Maddock in die Runde. Sosehr er Verständnis für Willis kurz vorher getroffene Aussage hegte, so wenig konnte er ihr zustimmen. So unglaublich es auch sein mochte, auf den Bahamas schien etwas Böses am Werk zu sein. Die Zusammenhänge waren zu deutlich, um anderer Meinung zu sein. Das Amulett, der Ring, der Lusca, das Wasser des Lebens und schließlich die mysteriöse Thel. Egal, wie sehr er sich anstrengte, er schaffte es nicht, die einzelnen Punkte zu einem stimmigen Bild zu verbinden.

»Wir müssen ihn finden«, mahnte Rae. »Diese Frau ist offensichtlich Mitglied in einem Kult, der Leute unter Drogen setzt und kidnappt. Sie muss ihm das gleiche Zeug wie vorher schon Bones verabreicht haben.«

»Nur was ist mit dem Lusca und dem Amulett …?«, sinnierte der Cherokee.

»Dieser Kult ist von Folklore fasziniert. Vielleicht bezeichnen sie sich sogar selbst als Flossenvolk.«

»Aber das Mädchen in der alten Zeitung glich Thel aufs Haar.«

»Wahrscheinlich war es ihre Mutter. Dieser Kult kann schon seit Generationen sein Unwesen treiben.«

»Das erklärt nicht die Kreatur, die unser Boot gejagt hat«, widersprach Bones. »Und was hat Val getötet?«

»Das wird sich irgendwann klären. Im Moment geht es darum, herauszufinden, wohin diese Frau Kyle verschleppt hat, damit wir ihn nach Hause zurückholen können.«

»Wie lange hätte ein Kult, der Menschen entführt, solange unter jedermanns Nase unentdeckt fortbestehen können?«, fragte Matt.

»Auf den Inseln verschwindet ständig jemand«, argumentierte Rae. »Die Leichen sind meistens verschollen. Manches davon wird Badeunfällen zugeschrieben, anderes Verbrechen. Oder es wird davon ausgegangen, dass Leute einfach genug von den Bahamas hatten und aufs Festland gezogen sind, ohne ihren Bekannten Bescheid zu sagen. Gerade auf Cat Island ist das gut vorstellbar.«

»Lasst uns annehmen, Kyle wurde tatsächlich gekidnappt«, sagte Maddock. »Wo sollten wir zuerst nach ihm fahnden?«

»Am Meerjungfrauenloch«, platzte es spontan aus Bones heraus. »Seit Jahrhunderten werden die Einheimischen vor den Höhlen unter dem See gewarnt. Ich wette, dort unten verbirgt sich etwas.«

»Vielleicht das Flossenvolk«, antwortete Willis. »Das ist doch verrückt.«

Ehe jemand etwas erwidern konnte, kam Corey – sichtlich verstört – aus der Kabine. »Ich habe gerade probiert, Gomez zu kontaktieren, um zu hören, was er von der Sache hält. Er ist heute nicht zur Arbeit erschienen. Sein Motorboot wurde unbemannt gefunden. Es ist stark beschädigt.«

»Wer hat das getan?«, flüsterte Rae.

»Das ist nicht kompliziert«, antwortete Bones. »Wir haben das Amulett gefunden und damit den Lusca heraufbeschworen.«

»Und noch etwas«, fuhr Corey fort. Er präsentierte den anderen Gomez' Kompendium, das dieser auf dem Schiff vergessen hatte, und las vor: »Ein Teil der ersten englischen Siedler im sechzehnten Jahrhundert wurde aus religiösen Motiven von der bereits etablierten Bevölkerung auf den Bahamas verfolgt und floh deshalb. Ein Sturm trieb ihr Schiff gegen die Klippen des Devils Backbone Riffs. Die Überlebenden des Unglücks gestalteten dort eine Höhle zu einem Platz religiöser Verehrung um. Danach siedelten sie rund um diese Höhle, die sie Preachers Cave nannten. Eine der Legenden, die sich um diesen Ort ranken, erzählt, die Kolonisten hätten eine Frau eingefangen, die von sich selbst behauptete, sie sei eine Meerjungfrau. Der Pfarrer der Gemeinde, ein Mann mit dem Namen Roman, war überzeugt, sie sei vom Teufel besessen und führte einen Exorzismus bei ihr durch. Dieser lief aus dem Ruder und die Frau starb dabei. Wenige Tage später wurde die Siedlung angeblich von Meermännern angegriffen, die einen Siedler töteten und zwei weitere verschleppten. Diese Geschichte fand ihren Weg bis nach Europa und die Katholische Kirche entsendete einen Inquisitor auf die Bahamas mit dem Auftrag, das hiesige Übel an der Wurzel auszurotten. Er verfolgte die Meermänner bis nach Cat Island und nahm einige von ihnen gefangen. Mithilfe der Folter entlockte er ihnen die Position ihrer Behausung. Es gelang ihm allerdings nie, hinter ihr Geheimnis zu kommen. Hinterher verschleierte die Kirche die ganze Angelegenheit. Danach folgte ein spanischer Text.«

Allmählich ergab alles für Maddock einen Sinn. »Bones, wie eingerostet ist dein Spanisch?«

»Nicht so eingerostet wie dein Französisch. Warum hast du dieses Fach überhaupt belegt?«

»Weil auf meiner Highschool die schönsten Mädchen Französisch gelernt haben.«

»Du meinst die prüdesten. Also warst du dort genau richtig.«

»Ich kann Spanisch lesen«, bot Rae an. »Ich spreche es nur mäßig, aber mit geschriebenen Texten habe ich keine Probleme.«

Corey händigte ihr den Aktenordner aus.

»Das muss eindeutig von diesem Inquisitor stammen«, sagte Rae. Jäh quollen ihr die Augen fast heraus. »Er hat seinen Gefangenen schreckliche Dinge zugefügt. Ich kann es gar nicht aussprechen. Später wollte er den Leviathan rufen. Und dann ist hier noch eine Landkarte, auf der der Unterschlupf der Meermenschen verzeichnet ist.«

»Also haben wir eine Karte, aber keinen Startpunkt«, sagte Bones.

»Corey hast du eine Idee?«, fragte Maddock.

»Hm. Es heißt manchmal, die einzige Chance etwas zu finden, was die Kirche unter den Teppich kehren möchte, ist unter den Teppich zu schauen.«

»Wie soll uns das weiterhelfen?«, moserte Rae.

»Ich glaube, ich weiß, wo wir ansetzen können«, verkündete Maddock.

KAPITEL 32

»Du meinst also, die Einsiedlerklause wurde erbaut, um zu verhindern, dass jemand die unterirdische Folterkammer entdeckt?«, bohrte Bones nach, nachdem er zusammen mit Maddock, Rae und Willis den Mount Alverna bestiegen hatte. Matt und Corey stellten unterdessen Ermittlungen in örtlichen Geschäften und bei der Bevölkerung an.

»So lautet meine Theorie. Es erscheint mir unwahrscheinlich, dass Pater Jerome, ein brillanter Architekt, jahrelange Arbeit in eine Einrichtung investiert hat, die ihm lediglich als persönlicher Rückzugsort dienen sollte. Warum sollte er auf der abgelegensten aller Bahama-Inseln ein Kloster errichten? Dazu den Kreuzweg und die Nachbildung des Heiligen Grabs. Wozu das alles?«

»Worauf willst du hinaus?«

»Das Kloster wirkt wie ein Wallfahrtsort, den normalerweise viele Pilger und Anwohner zum Gebet aufsuchen würden. Pater Jerome hat es allerdings auf der am dünnsten besiedelten Insel errichtet. Warum?«

»Weil er hier seinen Ruhestand genießen wollte?«, vermutete Rae. »Er wünschte sich eine kontemplative Umgebung in Ruhe und Frieden.«

»Er soll sich die ganze Arbeit nur zu seinem persönlichen Nutzen aufgehalst haben? Das passt nicht zu dem großzügigen, wundervollen Menschen, der er sonst war.«

»Ein grauenhaftes Verbrechen zu vertuschen, passt ebenfalls nicht zu einem wundervollen Menschen«, zweifelte Willis.

»Das stimmt. Nur geschahen diese Taten lange, bevor er das Kloster erbaut hat. Es scheint fast, als hätte er damit diesen Ort von dem Bösen reinigen wollen.«

»Wonach sollten wir also suchen?«, fragte Bones.

»Keine Ahnung. Welche Symbole sind gebräuchlich, um das Böse zu bannen?«

»Wir sollten am Altar beginnen«, schlug Rae vor. »Der Ort, an dem Taufen stattfinden.«

»Das klingt logisch«, pflichtete Maddock ihr bei. »Willis, du kümmerst dich darum. Rae, du zeigst Bones das Fenster, durch das Echard abgedampft ist.«

»Okay. Nur was soll uns das bringen?«

»Ich folge nur einer Intuition. Schließlich ist Echard fast blitzartig verschwunden.«

»Zeige nur mit dem Finger auf das Fenster und komme ihm nicht zu nahe«, ergänzte Bones, der sofort kapierte, worum es Maddock ging.

Während Maddock und Rae Abstand hielten, inspizierte Bones den Boden unterhalb des Fensters.

Er kniete sich hin und nach wenigen Sekunden grinste er. »Da haben wir es.« Er zeigte auf eine Stelle dicht bei der Wand. »Ziemlich steinig hier, aber er hat eine nette Spur hinterlassen. Kommt mit.«

Bones geleitete sie hangabwärts hinter das Kloster. Dort bog die Spur scharf nach links ab, umrundete die Bergkuppe und endete an einer Kiefer.

Bones hielt längere Zeit inne.

»Was siehst du?«, fragte Rae.

»Er hat sich hier hingekniet. Die Knieabdrücke sind ganz deutlich. Die übrigen Spuren sind ziemlich verwischt.«

»Ich wette, er hat hier darauf gewartet, dass wir wieder weggehen«, sagte Maddock.

»Zum Glück hat er uns nicht überfallen«, meinte Rae.

»Zum Glück für ihn«, sagte Maddock. »Wohin ist er von hier aus gelaufen?«

»Da lang.«

Der Cherokee gestikulierte hangaufwärts in Richtung des Klosters.

Als sie einen Teil der Strecke nach oben erklommen hatten, stießen sie auf eine Sonnenuhr auf einem Podest aus Stein.

»Hier hört die Spur auf«, sagte Bones.

»Das kann nicht sein«, widersprach Rae. »Er muss irgendwo hingegangen sein.«

»Wohin auch immer das gewesen sein mag, er hat dabei keine Spuren erzeugt. Der Untergrund ist zu felsig, um etwas zu erkennen. Maddock, hast du eine Idee?«

Maddock antwortete nicht. Seine gesamte Aufmerksamkeit galt der Sonnenuhr. Etwas an ihr war verkehrt.

Nur was?

Sonnenuhren wurden traditionell mit einem eingravierten Motto versehen. So auch diese. »Und siehe, es geschah ein großes Erdbeben. Denn der Engel des Herrn stieg herab vom Himmel«, las er laut vor.

»Zitierst du die Bibel?«, fragte Willis, der gerade von der leider erfolglosen Überprüfung des Altars zurückkehrte.

»Ich lese nur die Gravur vor. Normalerweise sind die Inschriften auf Sonnenuhren persönlicher Natur und spiegeln den Charakter des Besitzers wider. Hier dagegen haben wir einen Spruch über ein Erdbeben …«

»Der Vers ist nicht vollständig«, warf Bones ein.

»Woher weißt du das?«, fragte Maddock.

»Ich bin im Bibelgürtel aufgewachsen. Das Zeug wurde mir praktisch von Geburt an eingetrichtert. Manches davon ist bis heute hängengeblieben.«

»Und wie lautet der Rest?«

»Ich kann ihn nicht wörtlich wiedergeben, aber der Engel rollt anschließend einen schwarzen Stein zur Seite.«

Alle Augen richteten sich auf die Replik des Grabes Jesu, die sich ein kleines Stück unterhalb ihrer Position befand.

Dann realisierte Maddock, was nicht stimmte. »Das ist es! Die Sonnenuhr ist falsch ausgerichtet – nicht nach Norden wie üblich. Der Geografische Norden unterscheidet sich vom Magnetischen Norden. Auf dem Teil der Welt, auf dem wir jetzt sind, müsste der Schattenzeiger auf einige Grad jenseits des Magnetischen Nordens justiert sein. Das ist er bei dieser Uhr aber nicht. Als Architekt und Bildhauer wäre Pater Jerome niemals ein solcher Patzer unterlaufen. Diese Tätigkeiten verlangen Präzision.«

»Was für eine Analfixierung spricht«, spöttelte Bones, »genau wie bei Maddock.«

Der ignorierte die Stichelei lässig und ergänzte: »Bei dieser Uhr ist der Schattenzeiger auf das Grab ausgerichtet …«

»… das du bereits inspiziert hast«, ergänzte Rae.

»Vielleicht habe ich etwas übersehen. Vielleicht findet einer von euch, was ich nicht gefunden habe.«

Sie gingen zum Grab und durchkämmten es gemeinsam akribisch. Doch wie sehr sie sich auch anstrengten, sie entdeckten nichts.

»Vielleicht kann man den Verschlussstein bewegen?«, rätselte Maddock.

Zusammen mit Willis probierte er es mit aller Gewalt, doch das Ding rührte sich keinen Millimeter.

»Wo ist eigentlich Bones hin? Und wieso ist er weg?« Willis wischte sich den Schweiß von der Stirn.

»Wahrscheinlich will er sich wie immer vor der Schwerstarbeit drücken«, mutmaßte Maddock.

Wie zur Antwort fing der Verschlussstein an, sich abrupt zur Seite zu bewegen. Er rollte fast lautlos und offenbarte einen Tunnel, der sich weit in den Berg erstreckte.

»Hab ihr etwas gemacht?«, rief Bones von oben.

»Was hast du gerade gemacht?«, rief Maddock zurück.

»Wenn Echard die Geheimtür bereits kannte, ist er aus gutem Grund zuerst zu der Sonnenuhr marschiert«, erläuterte Bones lautstark. »Sonst wäre er direkt zum Grab gelaufen.«

Maddock schlug sich die flache Hand an die Stirn. »Bones, du bist ein Genie.«

»Kann ich das schriftlich haben?«

KAPITEL 33

Sie folgten dem gewundenen Tunnel abwärts in die Erde. Die Luft wurde kälter und der feuchte Boden war glitschig vor Matsch. Die Strahlen ihrer Taschenlampen zerschnitten die Dunkelheit.

Plötzlich tauchte eine Gestalt vor ihnen auf.

Maddock zog die Pistole und entspannte sich im selben Moment wieder. »Nur eine Statue.«

Das Standbild stellte einen bärtigen, langhaarigen Mann in einer Robe dar. Er hielt in beiden Händen eine Tafel mit einer Inschrift aus dem Buch Jesaja: *Zu der Zeit wird der Herr heimsuchen mit seinem harten, großen und starken Schwert beide den Leviathan, der eine schlechte Schlange, und den Leviathan, der eine gewundene Schlange ist, und wird die Drachen im Meer erwürgen.*

»Was zur Hölle hat das hier unten verloren?«, rätselte Bones.

»Schaut euch mal genauer an, wie er die Tafel hält«, meinte Maddock. »Das ist ein Schild.«

»Zum Schutz vor der großen Schlange«, interpretierte Rae.

»Also sind wir auf der richtigen Fährte«, freute sich Bones und trottete tiefer in den Schacht hinein.

Sie kamen bald zu einer Gablung. Der Weg nach links war frei, der nach rechts eingestürzt. Direkt über dem blockierten Tunnel prangte ein Emblem. Trotz seiner Verwitterung konnte man es als ein Kreuz, flankiert von einem Feigenbaum und einem Schwert, identifizieren. Kreisförmig um es herum standen lateinische Buchstaben.

»*Exurge Domine et judica causam tuam*«, las Maddock vor.

»Was heißt das auf Englisch?«, fragte Rae.

»*Steh auf, Herr, und urteile über deine Streitsache.* Das ist das Motto der Spanischen Inquisition. Schätze, wir haben die Folterkammer gefunden.«

»Und Echard hat den anderen Weg genommen«, meinte Bones.

»Gut«, sagte Rae. »Ich kann es kaum erwarten, ihn wiederzusehen.«

Echard war nie zuvor weiter in das Inneres des Bergs vorgestoßen. Eine Überquerung der Brücke hatte er stets gescheut, da sie schmal und glitschig war. Zudem reichte der Abgrund, den sie überspannte, tief genug, um bei einem Absturz keine Überlebenschance zu haben. Bisher wäre er bei dem Versuch, auf die gegenüberliegende Seite überzuwechseln, ein unnötiges Risiko eingegangen. Jetzt dagegen, nachdem er das Amulett in Besitz genommen hatte, würde er das Wagnis eingehen.

Er trug das Amulett unter seinem Hemd, da er es auf der Haut spüren wollte. Merkwürdigerweise fühlte es sich kalt und gewöhnlich an. Er hatte beim Anlegen des Amuletts damit gerechnet, einem Veränderungsprozess unterworfen zu werden, der jedoch ausgeblieben war. Zum wiederholten Male fischte er das Schmuckstück heraus, um es intensiv zu betrachten. Als der Blaue Kristall funkelte, machte sein Herz einen Sprung, doch leider handelte es sich bloß um eine Reflexion des Lichts seiner Taschenlampe.

»Wahrscheinlich wird der wahre Charakter des Amuletts erst deutlich, wenn ich der Kreatur leibhaftig begegne«, murmelte Echard vor sich hin. Bei diesem Gedanken durchflutete eine Adrenalinwelle seinen Körper; eine Mischung aus Furcht und Erregung schüttelte ihn durch und sein Magen verkrampfte. Doch bei aller Angst schwang auch Vorfreude auf das Kommende mit.

Und er würde seinen Weg allein beschreiten. Die angeheuerten Schläger waren tot und Issachar verschwunden. Wahrscheinlich lungerte er am Meerjungfrauenloch herum und wartete dort vergeblich auf Maddock. Issachar flößte ihm Respekt ein und die Aussicht, Dominion ins Gehege zu geraten, war schrecklich, aber welche Wahl hatte er sonst? Issachar hatte seine kleinen Deals spitzgekriegt und ihn dafür gerügt. Unter dieser Voraussetzung würde ihn Dominion nie wieder aufnehmen. Sobald er die Bestie beherrschte, konnte er getrost auf sie verzichten. Dann würde ihn nichts mehr aufhalten. Aber vorher musste er die Brücke überwinden.

Echard ließ den Leuchtkegel seiner Taschenlampe vorwärts und rückwärts über die schmale Brücke wandern, in die ein Muster in der Form von Schlangenschuppen eingemeißelt war. Von der Decke tropfte Wasser.

Er schöpfte einen kräftigen Atemzug und trat auf die Brücke. Wider Erwarten trug sie sein Gewicht. Allerdings glitt er mit einem Fuß aus. Nachdem er die Balance wiedererlangt hatte, zog er sich vorsichtig zurück.

»Ich sollte umkehren«, flüsterte er, »und mit einer Sicherheitsausrüstung wiederkommen.« Dann verwarf er diese Überlegung. Issachar würde nicht ewig am Meerjungfrauenloch ausharren und wenn er Echard aufspüren wollte, würde er zur Einsiedlerklause gehen. Seine einzige Chance lag darin, zu beenden, was er begonnen hatte.

Zitternd ging er auf Hände und Knie nieder und krabbelte los.

Maddock beschritt als Letzter die Brücke. Die Überquerung gestaltete sich leichter als befürchtet. Der Boden war rutschig, aber mithilfe eines Sicherheitsseils hatte die Gruppe rasch die andere Seite erreicht. Nachdem das Hindernis überwunden war, marschierten sie sofort weiter.

Bald kamen sie an eine zweite Gabelung. Nichts vor Ort erleichterte ihnen die Entscheidung darüber, welche Richtung sie einschlagen sollten. Der einzige Unterschied zwischen den beiden Tunneln bestand in der Deckenhöhe. In dem einen konnte ein Mensch aufrecht gehen, in dem anderen musste er sich gebückt vorwärtsbewegen.

»Teilen wir uns auf?«, fragte Bones.

Maddock schüttelte den Kopf. »Wir bleiben zusammen.«

»Also versuchen wir erst den einen Weg, und dann, falls nötig, den anderen«, führte Willis aus.

»Mir schmeckt es nicht, eine Zufallsentscheidung zu fällen«, meinte Maddock. »Könnt ihr irgendwas sehen?« Kaum, dass er es gesagt hatte, bemerkte er selbst eine auffällige Stelle zwischen den beiden Stollen, an der jemand Schlamm über etwas vom Umfang einer Hand geschmiert hatte. Maddock berührte den Schlamm – er war frisch! »Schätze, Echard wollte etwas verbergen.« Maddock zog sein Messer und kratzte damit den Dreck ab.

Als er so viel davon, wie auf diese Weise möglich, abgeschabt hatte, wusch Bones die Stelle mit Wasser aus seiner Trinkflasche ab. »Wow!«

In den Felsen geritzt sah ihn ein bizarres Geschöpf an, das einer Eule ähnelte. Seine Füße wurden von langen, gekrümmten Klauen gekrönt.

»Der Chickcharney«, rief Maddock aus.

»Was hat das zu bedeuten?«, wunderte sich Willis.

Maddock überlegte, was er über diese Kreatur wusste. Sie hatte einen ausgeprägten Stolz und fühlte sich schnell beleidigt. Und man musste ihr Respekt erweisen.

Instinktiv leuchtete er den Eingang des Tunnels mit der höheren Decke so gut wie möglich aus. Was er zuerst für einen Steinhaufen hielt, entpuppte sich als Knochen. An der Wand direkt darüber war eine Reihe von Löchern mit einem Durchmesser von ungefähr einem Zentimeter in die Wand eingelassen. »Schätze, dieser Weg ist mit Fallen abgesichert.«

»Als nehmen wir den niedrigen?«, erkundigte sich Bones.

»Der Chickcharney verlangt Respekt. Was ist respektvoller, als sich ihm auf Händen und Knien zu nähern?«

»Besser eine Theorie als keine«, spöttelte der Cherokee.

Wie aus heiterem Himmel ertönten aus dem niedrigen Stollen mehrere laute Knallgeräusche.

»Schüsse«, diagnostizierte Willis.

Bones zuckte mit der Schulter. »Es gibt nur einen Weg, um das herauszufinden.« Er kniete nieder und kroch in den Tunnel.

KAPITEL 34

Echard floh blindlings durch das Höhlensystem. Dabei nutzte er Felsen und Schutthaufen als Deckung. Was zur Hölle waren diese Kreaturen?

Als er hörte, wie seine Verfolger aufholten, schoss er über die Schulter nach hinten.

Rechts von sich erhaschte er den Hauch einer Bewegung. Sie legten es darauf an, ihn zu umzingeln! Oder spielte ihm seine eigene Paranoia einen Streich? Vielleicht waren sie nur neugierig und wollten ihm gar nicht an den Kragen.

Eventuell verhielten sie sich wie Hunde und er durfte keine Furcht zeigen.

Er drosselte sein Tempo, um wieder zu Atem zu gelangen.

Das war ein schlimmer Fehler.

Schmerzen durchbohrten seinen Rücken wie eine Lanze, als ihn etwas von hinten erwischte. Echard wirbelte herum und feuerte. Vergebens, denn die Kreatur war verschwunden. Ohne zu wissen wohin, rannte er erneut los.

Etwas packte seinen Fuß und er stürzte hart. Beim Aufprall auf den Boden bekam er Dreck in den Mund, schlug sich einen Zahn aus und seine Unterlippe platzte auf.

Verdammt, die Kreaturen rückten näher! Ihre Klauen erzeugten Schleifgeräusche auf dem Untergrund. Warum gaben sie keinerlei Laute von sich? Die Stille verstärkte das Grauenhafte der Situation. Er rappelte sich auf und setzte die Flucht fort.

Weiter vorn gab es eine schmale Felsspalte, die gerade breit genug für einen Menschen erschien, um sich hindurchzuquetschen.

In der Spalte angelangt, konnten ihn seine Verfolger nur einer nach dem anderen angreifen und er hatte eine Pistole.

Sollen sie doch kommen!

Eines der Wesen tauchte auf der Dunkelheit auf. Er zielte, schoss und traf die Kreatur direkt zwischen die Augen. Echard grinste befriedigt. Auf diese Weise würde er mit ihnen fertig werden.

Die nächste Kreatur stürmte auf ihn zu. Echard hob die Pistole und drückte ab.

Klick.

Das Magazin war leer. Verzweifelt warf er die Pistole nach dem Angreifer.

Plötzlich hielten die Kreaturen inne und legten die Köpfe schief, als würden sie nach etwas lauschen, das Echard nicht hören konnte. Sie drehten die Köpfe in die Richtung, aus der sie gekommen waren.

Echard konnte sein Glück kaum fassen, als sie geschlossen abzogen. Er hatte keine Ahnung, was ihre Aufmerksamkeit erregt hatte, aber das konnte ihm auch egal sein. Erleichtert setzte er seinen Weg fort.

»Was zum Teufel ist das für ein Ort?«, fragte Willis.

Die Gruppe hatte eine ausgedehnte Höhle erreicht, in der pflanzliches Leben wucherte – Kriechpflanzen, niedrige

Holzstauden, einige Krüppelkiefern und sogar Ranken, an denen purpurne Beeren wuchsen. Zahlreiche Erdlöcher voll mit Wasser sprenkelten den Boden. Von den mit Mulden durchzogenen Wänden triefte Vogelkot. Ein dichter Nebel, den einzelne Lichtstrahlen durchbrachen, sättigte rund zehn Meter über ihren Köpfen die Luft.

»Hier unten gibt es eine richtige Biosphäre«, staunte Rae. »Wie außergewöhnlich.«

Maddock erstarrte. »Nicht so außergewöhnlich wie das dort.«

Rings um sie standen Eulen, von denen manche eine Körpergröße von fast anderthalb Metern aufwiesen. Ihr Rumpf war braun, die Gesichter weiß und ihre Schnäbel überproportional lang und spitz. Obwohl ihnen die Arme des legendären Chickcharney fehlten, verfügten ihre Füße über lange, rasiermesserscharfe Klauen.

»Tyto Pollens«, stellte Maddock fest. »Andros war definitiv nicht die einzige Insel, auf der sie heimisch wurden.«

»Sind sie bissig?«, fragte Bones, als der Halbkreis aus Eulen dichter auf das Team vorrückte.

»Wir müssen hier raus«, riet Willis. »Hätten wir genug Feuerkraft, würde ich es auf einen Kampf ankommen lassen. Leider haben wir nur Messer und einen Revolver. Das ist zu riskant.«

»Ich gehe weiter«, widersprach Rae und zückte das Messer, das ihr Maddock gegeben hatte. »Solange die Chance besteht, dass Kyle hier unten ist, kann ich unmöglich klein beigeben.«

»Das habe ich auch nicht gemeint. Aber wir sollten einen anderen Weg suchen.«

»Welchen anderen Weg? Den mit den Fallen?«

Sie hatte recht. Es fehlte ihnen an einem alternativen Weg vorwärts.

Die Eulen schlichen geräuschlos auf das Team zu.

Plötzlich ging Maddock ein Licht auf. »Rae, zieh dein T-Shirt aus.«

»Dafür ist jetzt wirklich nicht die Zeit.«

»Gib es mir einfach. Wenn du willst, kriegst du meins.«

Rae schnitt eine Grimasse. »Nicht nötig. Ich habe darunter einen Sport-BH an.« Sie streifte das orangefarbene Tank-Top ab und händigte es Maddock aus.

Aufgrund des Ernstes der Lage verzichteten Bones und Willis darauf, sie allzu offensichtlich anzugaffen. Sobald sie das Top ausgezogen hatte, waren die Vögel stehen geblieben. Maddocks Plan schien zu funktionieren.

»Ihr sammelt Steine auf. Am besten welche von Baseball-Größe«, beauftragte Maddock die übrigen.

»Willst du das Top zu einer Art Steinschleuder umfunktionieren?«, fragte Bones.

Maddock verneinte. »Deckt mir den Rücken.«

Er drehte sich um, wandte den Vögeln seinen Rücken zu und riss das Top in lange Streifen, die er dann den anderen, die damit Schleifen um die Steine binden sollten, überreichte.

»Wirklich hübsch«, stichelte Willis, nachdem er Maddocks Vorschlag in die Tat umgesetzt hatte. »Aber was sollen wir damit anfangen?«

»Der Legende nach haben die Ureinwohner den Chickcharney mit bunten Stoffen besänftigt. In Anbetracht der Gravur am Höhleneingang, halte ich es für wahrscheinlich, dass diese Eulen hier hinter dem Ursprung des Mythos stecken.« Er hielt einen der Steine mit einer orangefarbenen Schleife hoch. »Bones, leuchte den hier bitte mal an.«

Als der Lichtstrahl seiner Lampe den Stoff touchierte, reagierten die Kreaturen sofort. Sie starrten die orangefarbene Schleife wie gebannt an.

»Hab ich's nicht gesagt?«

Maddock pfefferte den Stein möglichst weit in die Dunkelheit, während Bones sich bemühte, ihm mit dem Lichtstrahl zu folgen.

Die Eulen jagten dem Wurfgeschoss geschlossen nach.

»Auf geht's«, sagte Maddock. »Haltet eure Steine bereit, falls sie zurückkehren. Und passt auf die Wasserlöcher auf.«

Während sie durch die Höhle eilten, tauchten aus den Wandmulden die gespenstisch weißen Köpfe zahlreicher weiterer Eulen auf. Einige davon flatterten auf den Höhlenboden herab. Sie ließen sich jedoch mit Steinwürfen gut in eine andere Richtung umdirigieren. Am Ende der Höhle kam die Gruppe zu einem schmalen Spalt.

»Werden sie uns auch dorthin verfolgen?«, fragte Rae.

»Kann ich nur schlecht sagen«, meinte Maddock und leuchtete in die Felsspalte. »Dahinter ist noch eine Höhle. Ihr geht vor. Ich komme als Letzter und vorher benutze ich unseren letzten Stein, um sie abzulenken.« Er stellte sich mit dem Rücken zur Spalte in Position. »Gebt Bescheid, sobald ihr alle drüben seid.«

»Sei vorsichtig.«

Rae küsste ihn auf die Wange.

Während Maddock wartete, versammelten sich immer mehr Eulen vor ihm und schlichen bedächtig näher. »Wie lange braucht ihr noch?«

Keine Antwort.

Die Eulen waren fast da.

»Bones?«

Keine Antwort.

Maddock blickte über die Schulter nach hinten. Von seinen Gefährten fehlte jede Spur. »Hält sich denn heutzutage niemand mehr an Anweisungen?«, grummelte er.

Er schleuderte den Stein mit aller Kraft in die entgegengesetzte Richtung. Wie gewohnt hetzten die Eulen dem orangefarbenen Stoff nach. Maddock seufzte und zwängte sich durch die Felspassage.

Allmählich erschien ihm die Stille vor ihm verdächtig. »Alles in Ordnung bei euch?«, rief er.

Schweigen.

Als er in der zweiten Höhle ankam, fand er diese leer vor.

KAPITEL 35

Bones fädelte seinen Oberkörper durch den schmalen Felsspalt. Er war noch nicht komplett auf der anderen Seite, als etwas Kaltes und Spitzes an seine Kehle gepresst wurde. Zahlreiche Hände umfassten seine Arme und beraubten ihn seiner Taschenlampe, seiner Waffen und seines Rucksacks. Jemand stülpte ihm eine Hand über den Mund, ehe er in einen abzweigenden Tunnel gezerrt und geschoben wurde. Von hinten hörte er ein Grunzen und das Klatschen einer Faust auf Fleisch. Er wollte herumwirbeln und kämpfen, aber jemand presste ihm etwas genau oberhalb der Nieren gegen den Rücken, das sich wie eine Speerspitze anfühlte.

»Wenn ihr keinen Widerstand leistet, wird niemand verletzt«, zischte eine Frau leise.

Bones entspannte und ließ sich durch den Tunnel bis in eine Höhle treiben, die mit einer aus der Felswand herausgehauenen Zelle ausgestattet war. Zusammen mit seinen beiden Gefährten wurde er hineingeschubst. Dann wurde die Gittertür zugeschlagen und verriegelt.

Vor der Zelle entzündete jemand eine Fackel, deren goldener Lichtschein die Finsternis in ein flackerndes Licht tauchte.

Ein kleiner Teich voll mit kristallklarem Wasser bedeckte den größten Teil des Bodens der Felsenkammer. Als sich etwas unter der Oberfläche des Wassers regte, war Bones fast schon froh, hinter Gittern zu sein.

Über ein Dutzend ihrer Häscher standen vor ihnen und starrten sie an. Alle von ihnen – bis auf zwei – gehörten dem weiblichen Geschlecht an. Sie trugen knielange, um die Hüfte gegurtete Tuniken. Manche hatten darüber ein Lederwams angezogen. Sie alle waren mit Messern von der gleichen Machart wie jenes, das Thel gehabt hatte, bewaffnet. Manche verfügten zudem über Speere oder Pfeil und Bogen. Einer der Männer, ein dunkelhäutiger Kerl mit langen, zu Zöpfen geflochtenem Haar, warf die Waffen der Gefangenen einzeln in den Teich.

Angeführt wurde die seltsame Gruppe offensichtlich von einer hellhäutigen Frau mit blauen Augen. Sie lächelte Willis zu, bevor sie sich an Bones wandte: »So stark … so dunkelhäutig … Was bist du? Ein Mohr?« Sie sprach mit einem altertümlichen britischen Akzent.

»Hast du noch nie einen Indianer gesehen?«

»Du stammst aus Indien. Ich habe Geschichten über diesen wundersamen Ort gehört.«

»Ich bin ein indigener Amerikaner. Ein Cherokee, um genau zu sein.«

Die Frau schüttelte den Kopf. »Das spielt keine Rolle. Wir haben bisher niemanden wie dich hier. Du wirst unseren Bestand vorzüglich verbessern. Vielleicht produzierst du sogar einen Jungen.« Sie griff durch die Gitterstäbe und liebkoste seinen Nacken. »Ich bin Gwyneth. Wir beide werden perfekt miteinander harmonieren.«

Bones packte ihr Handgelenk und verdrehte ihr den Arm. »Ich bin nicht so einfach zu kriegen.«

»Falls du Wert darauf legst, deine Augen, Hände und Füße zu behalten, solltest du mich loslassen. Ob du sie behältst, ist mir reichlich egal. Du brauchst sie nicht, um deinen Zweck zu erfüllen.«

Bones ließ sie los und sie trat mehrere Schritte zurück. »Du bist sogar noch stärker, als ich dachte. Unser Kind wird der perfekte Krieger. Der hier wirkt ebenfalls vielversprechend.« Sie lächelte Willis zu.

»Ist mein Bruder hier?«, fragte Rae.

»Meinst du den gutaussehenden Jüngling, den Thelxiope eingefangen hat? Er ist ziemlich einfach gestrickt, aber wirklich süß. Er wird uns gut dienen.«

Rae fauchte, stürmte ans Gitter und wollte Gwyneth fassen. Willis zog sie zurück. »Beruhig dich. Wir kommen hier raus.«

»Hör auf den Neger«, empfahl ihr Gwyneth.

»Wie hast du mich genannt?«, brauste Willis auf.

Sie ignorierte ihn und sagte: »Ihr könnt alle ein Teil der Familie werden.« Mit zusammengekniffenen Augen sagte sie zu Rae: »Du siehst auch fast wie ein Mohr aus. Der Mann, von dem du angibst, er sei dein Bruder, hat dagegen das Aussehen eines Engländers und den Verstand eines Schotten. Wie kann das sein?«

»Wir sind nicht blutsverwandt«, erklärte Rae.

»Trotzdem liebst du ihn?«

»Für mich ist er der wichtigste Mensch auf der Welt. Er braucht mich.«

Gwyneth lächelte mitleidig. »Das war einmal. Er wird hier unten für viele, viele Jahre in Sicherheit sein.«

»Lasst ihn frei. Er ist unschuldig.« Tränen rannen über Raes Wangen.

»Du könnest bei ihm sein«, fuhr Gwyneth fort. »So wie du es dir wünschst: für immer.«

»So habe ich das nicht gemeint. Du bist krank.«

Gwyneth zuckte mit der Schulter. »Du wirst genug Muse haben, um darüber nachzudenken. Wir werden nichts mit dir tun, ehe der Captain seinen Spaß mit dir hatte.«

»Wer ist dieser Captain?«, verlangte Bones zu wissen.

»Niemand, den du kennst, aber du wirst ihn bald kennenlernen.«

»Was seid ihr überhaupt für eine Gruppierung?« Raes Stimme zitterte vor Wut.

»Wir sind das Flossenvolk. Nicht alle von uns sind blutsverwandt. Bei manchen ist es so wie bei dir mit deinem Bruder. Ich habe früher auch in der Außenwelt gelebt. Als ich hergebracht wurde, wollte ich anfangs, genau wie ihr, am liebsten wieder fort. Heute dagegen bin ich glücklich, dass ich hier sein darf.«

»Bist du freiwillig geblieben oder wurdest du festgehalten?«, fragte Bones.

Die Frage ignorierend, holte Gwyneth einen Tonflacon aus der Tasche an ihrem Gürtel und platzierte diesen in Armlänge von den Gitterstäben entfernt auf dem Fußboden. »Falls ihr Durst habt.«

»Wir werden definitiv nicht davon trinken«, erklärte Bones.

»Früher oder später werdet ihr«, sagte sie und verließ dann zusammen mit ihren Leuten die Höhle.

»Das ist Karma«, sagte Willis zu Bones, nachdem sie fort waren. »Die Art, wie du Frauen behandelst, fällt irgendwann auf dich zurück. Ich wette, du wünschst dir jetzt, in der Vergangenheit öfter wie ein Gentleman gehandelt zu haben.«

»Wenn du immer so ein Gentleman warst, was hast du dann jetzt hier bei mir verloren?«, konterte der Cherokee.

»Die ganze Mannschaft wird für die Sünden des Ersten Maats bestraft.«

»Was quatschst du bloß für einen Blödsinn? Ich bin nicht der Erste Maat. Maddock und ich sind Partner. Das macht mich zum stellvertretenden Captain.«

»Also gut, stellvertretender Captain, hast du einen brillanten Geistesblitz, wie wir unseren Hals aus der Schlinge ziehen? Oder möchtest du herausfinden, wie es sich anfühlt, lebenslänglich gefangen zu sein?«

Bones hatte aus dem Stegreif keine passende Antwort parat. Die Zelle war im Prinzip mittelalterlich und mit den richtigen Hilfsmitteln hätte er spielend ausbrechen können. Leider hatten ihre Häscher ihnen den gesamten Besitz geraubt. »Gib mir ein wenig Zeit. Ich werde schon irgendwas aushecken.«

KAPITEL 36

Vier Ausgänge zweigten aus dem Tunnel ab. Maddock tappte im Dunkeln darüber, in welcher Richtung seine Freunde stecken könnten. Seine einzige Gewissheit bestand darin, dass sie ihn niemals grundlos im Stich gelassen hätten. Entweder hatten sie fliehen müssen oder sie waren gefangen genommen worden. Er würde auf Letzteres wetten. Ein Kampf hatte nicht stattgefunden, sonst wäre ihr Verschwinden kaum dermaßen rasch vonstattengegangen.

Er spielte *Ene-Mene-Mu*, um zu ermitteln, mit welchem Tunnel er beginnen sollte.

Der, den er auf diese Weise ermittelte, mündete in einer Höhle mit einem weitläufigen See, den er weder überqueren noch umgehen konnte.

»Deshalb spiele ich so selten«, murmelte er und verfluchte sein Pech beim Rätselraten.

Der zweite Stollen stieg erst allmählich und dann steil bis zu einem Felssims an. Von hier aus bot sich ihm nach unten die Aussicht auf eine verwirrende Kulisse. In der Höhle unter ihm saß ein gutaussehender Mann mit dunklen Haaren und ganz in Schwarz gekleidet, auf einem von Schätzen umgebenen

Stuhl. Rings um ihn waren Gold, Juwelen, Edelsteine und Perlenketten bis in immense Höhen aufgehäuft. Dazwischen standen überall ungeöffnete Truhen. Maddock hatte das perfekte Klischeebild eines Piratenhorts vor sich. Zu Füßen des Manns rekelte sich eine junge Frau in einer Tunika, die ihn mit verklärtem Blick anhimmelte.

In der Mitte der Höhle befand sich eine Anhäufung korallenverkrusteter Felsbrocken. Von deren Spitze blubberte Wasser in Kaskaden nach unten und sammelte sich in einem kreisförmig angebrachten Auffangbecken. Darin badeten zwei nackte Frauen. Eine davon schöpfte Wasser mit einer Austernschale und goss es der anderen über das Haupt, die dabei mit geschlossenen Lidern lustvoll stöhnte.

Von Kyle oder seinen Freunden fehlte jeglicher Hinweis.

Der Felssims auf dem Maddock stand, umsäumte die gesamte Höhle. Auf der gegenüberliegenden Seite zeichnete sich ein Ausgang ab. Maddock legte sich hin und robbte den Sims bäuchlings entlang. Die Leute unten zollten ihm keine Aufmerksamkeit und er schaffte die Umrundung locker. Gerade als er den Ausgang erreichte, sah der Mann, der auf dem Stuhl saß, auf. Sein Blick schweifte rings um den Sims. Maddock verharrte reglos. Der Mann starrte eine gefühlte Ewigkeit auf die Stelle, an der Maddock flach auf dem Felsen lag. Dann endlich senkte er den Blick.

Maddock atmete durch und kroch in die Öffnung. Der Stollen führte wieder nach unten und endete an einem weiteren unterirdischen See. Wie schon bei jenem, auf den er zuvor getroffen war, führte kein Weg daran vorbei. Allerdings befand sich in diesem Fall auf der anderen Seite ein Ausgang.

Er könnte die Sache nun auf Bones' Art und Weise durchziehen und wild um sich schießend zurück in die Schatzkammer stürmen, um anschließend den Überlebenden die gewünschten Informationen abzupressen. Maddock verwarf diese Idee, da er knapp an Munition war und unmöglich prognostizieren konnte, mit wie vielen Feinden er dort konfrontiert werden würde.

»... er ist da lang«, echote eine Stimme aus dem Tunnel hinter ihm. Das Getrampel vieler Menschen kam auf ihn zu. Verdammt, der Mann auf dem Stuhl musste ihn entdeckt haben.

Jetzt war er gefangen!

Mangels Alternative sprang er in das eiskalte Wasser. Er fühlte, wie sein Körper bis in die Eingeweide erzitterte – mehr als er es wegen des Temperaturschocks eigentlich sollte. Das hatte er doch schon einmal erlebt.

Das Amulett! Er trug es in seiner Hosentasche und nun hatte es wieder Kontakt zu Wasser. Sollte der Leviathan oder der Lusca oder wie diese Kreatur auch immer heißen mochte, in der Nähe sein, wäre er erledigt. Er kraulte mit aller Kraft los. Seine Kleidung wurde schwer und zog ihn in die Tiefe, doch er schwamm weiter. Seine Verfolger schrien am Ufer des Sees, dann schlug etwas dicht bei seinem Kopf ein – ein Speer!

Maddock tauchte und änderte die Richtung, um die Angreifer zu verwirren. Sollte er es wagen, aus dem Wasser zu klettern? Dann stünde er für einen Moment wie auf dem Präsentierteller da. Etwas Lebendiges streifte seinen Fuß. Damit waren die Würfel gefallen. Er kraulte zum Ufer und kletterte aus dem See.

Ein Pfeil surrte knapp an ihm vorbei. Die Höhle bot kaum Deckung, außer ein paar verstreuten Felsklötzen. Maddock hetzte hinter den nächsten davon. Die meisten Speere und Pfeile der Verfolger gingen nun vor ihm zu Boden. Offenbar war er fast außer Reichweite. Sich seines schwindenden Munitionsvorrats bewusst, zog Maddock den Revolver und visierte den größten Gegner an – einen Krieger mit nacktem Oberkörper, der mit der Faust gegen seine eigene Brust trommelte und in der anderen Hand einen Speer schwang. Dann betätigte der Schatzjäger den Abzug.

Volltreffer! Das Kriegsgeschrei des Fremden verebbte sofort. Ungläubig starrte er auf die blutige Wunde an seinem Bauch und ließ den Speer fallen. Dann klatschte er wie ein gefällter Baum ins Wasser.

Die Oberfläche des Sees fing an zu brodeln. Ehe die übrigen Krieger die Flucht ergreifen konnten, schnellten Tentakel aus dem Gewässer. Der Lusca war da!

Die Mitglieder des Flossenvolks spurteten los. Der Lusca umfasste die Langsamste von ihnen mit zwei seiner gigantischen Gliedmaßen und hob sie in die Luft. Die Frau schrie und stach auf einen der Tentakel ein, ehe sie die Kreatur in einer einzigen, geschmeidigen Bewegung in zwei Hälften zerfetzte.

Ihre Mitstreiter entkamen unterdessen in den Tunnel zur Schatzkammer.

Maddock stieg die Galle hoch, während er zum Ausgang auf seiner Seite flitzte. Als er einen brennenden Schmerz an der Hüfte verspürte, wunderte er sich, ob er verletzt worden war und es aufgrund der Adrenalin-Ausschüttung bisher nicht gemerkt hatte? Seltsamerweise erstrahlte in seiner rechten Hosentasche, also an der schmerzenden Stelle, ein blaues Licht. Das Amulett! Es reagierte offensichtlich auf die Anwesenheit des Lusca. Glücklicherweise stellte ihm das Biest nicht nach. Das Wasser war nur noch geringfügig aufgewühlt und die Bestie war in die Tiefe abgetaucht.

Er erreichte den Tunnel und drang in die Finsternis vor. Beim Schwimmen war ihm die Taschenlampe abhandengekommen. Deshalb konnte er den Mann weiter vorn nicht ausmachen. Der stellte ihm ein Bein und Maddock stürzte der Länge nach hin.

Der Mann leuchtete ihm mit einer Taschenlampe ins Gesicht.

»Maddock, was für ein seltenes Vergnügen, dich hier zu treffen.«

Als sich der Angesprochene auf den Rücken wälzte, blickte ihm ein vertrautes Gesicht entgegen: Echard!

KAPITEL 37

»Hör endlich auf, herumzutigern«, forderte Rae, die mit verschränkten Armen in einer der Ecken der Zelle hockte. »Das treibt mich noch in den Wahnsinn.«

»Ich kann im Laufen besser nachdenken«, erwiderte Bones.

»Du rennst jetzt im Kreis herum, seit wir hier drin sind. Hast du inzwischen eine vernünftige Idee?«

»Nein. Falls du eine hast, dann fühle dich frei, sie zu äußern«, schlug Bones vor.

In Wahrheit war seine Unruhe den Folgewirkungen des Wassers geschuldet, das ihm Thel verabreicht hatte. Hier an diesem Ort, mit einer Flasche davon in seiner Reichweite, verzehrte er sich nach einem weiteren Schluck davon. Zudem spürte er instinktiv, dass die Quelle des Wassers in der unmittelbaren Umgebung sein musste.

»Ihr verursacht einen ziemlichen Lärm«, sagte eine sanfte Stimme.

Bones kannte ihre Besitzerin. »Thel!«

Bei ihr war …

»Kyle!« Rae schnellte in die Höhe und eilte zur Zellentür. »Alles in Ordnung mit dir?«

Dem jungen Mann schien es äußerlich gutzugehen, sein Blick war jedoch abwesend und glasig, seine Bewegungen roboterhaft. Hier war eindeutig irgendeine Droge im Spiel.

»Sprecht leiser«, warnte Thel. »Die anderen glauben, ich bringe euren Freund nur für einen Besuch her. Ich habe aber etwas anderes vor.« Sie kramte einen Stocher aus Metall hervor und bearbeitete damit das Schloss.

»Hast du keinen Schlüssel?«, flüsterte Bones.

»Offensichtlich nicht. Du hast keine Ahnung, wie viel ich riskiere, um euch zu helfen.«

»Wer zur Hölle bist du eigentlich? Warum hast du behauptet, du wärst eine Anwerberin? Und warum hast du mich unter Drogen gesetzt?«

»Ich bin tatsächlich eine Art Anwerberin. Ich rekrutiere Männer für die Zucht und verfrachte sie hierher.«

»Und ich habe die Anforderungen verfehlt?« Bones wusste nicht, ob er gekränkt sein sollte oder nicht.

»Das hatte ich vor. Dann habe ich es nicht übers Herz gebracht, dir das anzutun.« Sie griff durch das Gitter und streichelte seine Wange. »Du und ich … wir haben eine besondere Verbindung.«

Bones fehlten die Worte.

»Ihm was anzutun. Was genau?«, sprang Rae für ihn in die Bresche.

»Ihn auf Ewigkeit zu Sklaverei und Sucht zu verurteilen. Na ja, genaugenommen ist es keine Ewigkeit, sondern es sind bloß ein paar Jahrhunderte.«

»Könntest du bitte anfangen, etwas Sinnvolles von dir zu geben?«, beschwerte sich Rae. »Wer bist du in Wirklichkeit?«

Thel seufzte und ließ die Schultern hängen. »Ich war einmal eine Studentin. Ich verbrachte meinen Urlaub auf den Bahamas und begegnete dabei dem zauberhaftesten Mann, den ich mir ausmalen konnte.«

»Ehe du mich kennengelernt hast«, warf Bones ein.

Thel lächelte. »Richtig. Um eine lange Geschichte zu verkürzen: Irgendwann fand ich mich hier wieder und habe im Wasser des Lebens gebadet.«

»Du meinst die Quelle der ewigen Jugend?«, hakte Willis nach.

»Diese Bezeichnung findet beim Flossenvolk keine Verwendung. Seit meinem Bad im Wasser bin ich eine von ihnen. Jene von uns, die – wie sie es nennen – adoptiert wurden, werden ausgeschickt, um Männer anzulocken. Das Flossenvolk gebärt nur wenig Nachwuchs und männliche Nachkommen sind besonders selten. Früher war das Geschlechterverhältnis angeblich ausbalancierter. Da in der Anfangszeit viele Männer in Kämpfen starben, schwand ihr Anzahl beständig. Die ursprünglichen Mitglieder des Flossenvolks bleiben seit Langem dauerhaft unter der Erde und die Adoptierten kümmern sich um die Rekrutierung an der Oberfläche.«

»Wie habt ihr es hingekriegt, so lange unter dem Radar durchzuschlüpfen?«, fragte Willis.

»Auf den Inseln verschwinden ständig Leute. Niemand von uns geht häufiger als einmal pro Jahr nach draußen. Außerdem sind wir sehr vorsichtig, was die Auswahl der Männer betrifft, die wir hierher bringen.«

»Wie kannst du es dir selbst gegenüber verantworten, in einem Kult mitzumischen, der Leute entführt?« Rae schnaubte verächtlich. »Hast du keine Familie? Oder Menschen, die dir wichtig sind?«

»Die hatte ich«, antwortete Thel traurig. »Aber das ist Vergangenheit. Und ich kann unmöglich von hier fliehen. Wenn ich mich zu lange weit entfernt vom Wasser des Lebens aufhalte, sterbe ich.«

»Seit wann bist du hier?«, wollte Bones wissen. Obwohl er die Antwort bereits kannte, wollte er die Wahrheit einfach nicht wahrhaben.

»Seit den Siebzigerjahren.«

Mit einem katzengleichen Fauchen griff Rae durch die Gitterstangen und versuchte, Thel zu packen. Diese wich zurück, sodass Rae sie nur mit den Fingernägeln an der Wange erwischte, wobei sie dort blutige Kratzer hinterließ.

»Willst du hier raus oder nicht?«, fragte Thel Rae.

»Ja, ich will raus. Und dann werde ich dich für das töten, was du meinem Bruder angetan hast.«

»Mir gefällt es hier«, nuschelte Kyle verträumt. »Es geht mir besser als je zuvor. Schau nur, wie meine Haut leuchtet. Ich fühle mich wirklich stark.« Zur Demonstration des Gesagten spannte er den Bizeps an.

»Was geschieht mit ihm?«, fragte Rae.

»Das Wasser des Lebens regt die körpereigenen Selbstheilungskräfte an.« Sie nahm ihre Tonflasche und ließ einige Tropfen daraus über ihre verwundete Backe rinnen. Innerhalb von Sekunden verschwanden die Kratzer, als hätte es sie nie gegeben. »Aufgrund dessen, was ich gelesen habe, wann immer ich oben war, vermute ich, dass das Wasser die Telomere in unserem Körper beeinflusst.«

»Was sind Telomere?«, fragte Willis.

Rae antwortete: »Telomere sind Stränge aus DNA und Proteinen an den Enden von Chromosomen. Sie werden bei jeder Zellteilung kürzer. Sobald ein Telomer zu klein ist, kann sich die Zelle nicht mehr teilen und stirbt. Wenn das Schrumpfen der Telomere unterbunden wird, kann sich der Körper immer wieder selbst erneuern.«

Bones fröstelte. In einem Reservat aufgewachsen, stellte der Tod für ihn ein Mysterium des Geistes voller Wunder dar. Zu hören, wie der Tod auf eine fast schon mechanische Ebene reduziert wurde, beunruhigte ihn.

»Ich glaube, es stoppte den Schrumpfungsprozess nicht vollständig«, fuhr Thel fort. »Diejenigen, die am längsten hier sind, zeigen Zeichen von Alterung. Gwyneth hat letztes Jahr ein graues Haar bei sich gefunden. Sie hat deswegen tagelang geweint.«

»Wie alt ist sie?«, forschte Bones.

»Über dreihundert Jahre. Sie zählte zu den ersten Siedlern auf den Bahamas. Als das Flossenvolk sie verschleppt hat, war das für sie keine schlechte Angelegenheit. Frauen hatten in der damaligen Gesellschaft kaum Gelegenheit zur Selbstverwirklichung. Hier unten wurde sie zu einer Kriegerin und einem geachteten Mitglied der Gemeinschaft. Und sie erhielt ein enorm langes Leben als Geschenk. Natürlich müssen wir weiterhin noch essen. Wir ernähren uns von Fisch, Seegras und Euleneiern. Zusätzlichen organisieren wir uns auf der Oberfläche Vorräte.«

Bones wurde schwindelig. Er musste sich an den Gitterstäben festhalten. Falls das Wasser wirklich das Leben verlängerte und Wunden heilte, waren die Konsequenzen überwältigend. »Über welchen Zeitraum kann man dank des Wassers den Tod hinauszögern?«

»Einige Mitglieder des ursprünglichen Flossenvolks sind mehrere Jahrtausende alt. Sie kamen aus der Alten Welt auf die Bahamas. Normale, adoptierte Menschen leben weniger lange. Sie beteuern, ein Mann sei dennoch neunhundert Jahre alt geworden. Seit ich hier bin, ist niemand an Altersschwäche verstorben.«

»Hast du eine Ahnung, wie viele kranke und alte Menschen man mit diesem Zeug heilen könnte?«, fragte Willis fassungslos.

»Nein. Wie viele glaubst du?«

Willis blinzelte verstört. »Alle, schätze ich.«

»Exakt. Und jetzt nimm den aktuellen Zustand der Welt mit einer drohenden Überbevölkerung, schwindenden Ressourcen und steigender Umweltverschmutzung. Stell dir vor, keiner würde über Jahrhunderte sterben. Diese Leute zeugen dann ebenfalls extrem langlebige Kinder, die wieder extrem langlebige Kinder produzieren, und so weiter und so fort.«

Bones verstand sofort. Ohne natürliche Todesfälle wären die Kapazitätsgrenzen der Erde schnell erschöpft. Um die restlichen Rohstoffe würden Kriege entbrennen. Geburtenkontrolle würde notwendig, aber am Schluss würde nichts diese gewaltige Flut eindämmen.

»Dann ist da außerdem das Suchtproblem«, erläuterte Thel. »Das Wasser ist die am stärksten abhängig machende Substanz, die existiert. Bones hat nur daran genippt und er leidet bis heute darunter. Sobald jemand zu viel davon zu sich genommen hat, kommt er nie mehr frei davon. Wenn man es dann nicht regelmäßig konsumiert, stirbt man.«

»Und wie viel davon hat mein Bruder getrunken?«, fragte Rae.

»Nicht genug, dass es so weit kommt. Trotzdem werden die nächsten Tage hart für ihn. Es wird ihm wie einem Junkie bei einem kalten Entzug gehen, aber er wird es überstehen.«

»Warum hast du ihn hergelockt, nur um ihn jetzt wieder freizulassen?«

»Weil ich weiß, dass Bones nicht ohne ihn fliehen würde.«

»Ich möchte bleiben«, flüsterte Kyle emotionslos.

Bones hatte genug gehört. »Gib mir den Stocher.« Sobald er ihn hatte, fummelte er damit im Schloss herum, das nach ein paar Sekunden mit einem Klicken aufsprang.

»Du lässt sie in Frieden«, warnte Bones Rae. »Wir brauchen ihre Hilfe, um von hier zu fliehen.«

»Was ist mit Kyle? Er möchte nicht mitkommen.«

»Wenn es sein muss, werfe ich ihn mir über die Schulter und trage ihn.«

»Und Maddock?«

»Keine Sorge. Wir werden ihn aufspüren.«

Mangels einer richtigen Waffe schnappte sich Bones eine der Fackeln an der Wand. Zur Hölle mit dem Wasser des Lebens und dem übrigen Mist. Sobald sie Maddock aufgegabelt hatten, würden sie einen Abgang machen. Und wenn er unterwegs einige Mitglieder des Flossenvolks ins Jenseits befördern musste, dann sollte das eben so sein.

KAPITEL 38

»Gib mir deine Waffe«, befahl Echard und zielte mit seiner eigenen Pistole auf Maddock.

Da er keine andere Option hatte, schob Maddock – immer noch nach Atem ringend – den Revolver zu Echard, der in aufhob und in seine Hosentasche stopfte.

»Ich bin beeindruckt, wie weit du es geschafft hast«, sagte Echard. »Wie hast du rausgekriegt, dass Pater Jerome der Schlüssel ist?«

»Hauptsächlich intuitiv.« Als Maddock sich aufsetzte, fühlte er einen stechenden Schmerz in der Seite. Wahrscheinlich hatte er sich eine Rippe gebrochen. »Und wie bist du dahintergekommen?«, fragte Maddock. Er schnitt eine Grimasse und simulierte stärkere Schmerzen, als er in Wirklichkeit hatte. Am besten sollte Echard glauben, er sei außer Gefecht.

»Ich sammele alte Geschichten. Mythen über die immense Macht, über die unsere Vorväter einst verfügten. Macht, die jenseits unseres Begriffsvermögens liegt. Trotzdem ist sie real.«

»Du klingst wie einer dieser Moderatoren von Fernsehshows über unmögliche Erscheinungen, die davon faseln, die

Bewohner von Atlantis hätten fliegende Streitwagen besessen und Moses' Stab sei in der Lage gewesen, Elektroschocks auszustoßen. Oder die erzählen, Elvis wäre bis heute am Leben.«

»Ich würde alles dafür geben, Moses' Stab in die Hände zu bekommen. Ich bin von der Existenz antiker Supermächte überzeugt und damit bin ich nicht allein. Es gibt auf der ganzen Welt Leute, die nach den alten Artefakten fahnden.«

»Wie das Ahnenerbe? Himmler hat auch überall auf dem Globus nach solchen Gegenständen forschen lassen.«

»Das ist eine der Organisationen. Sie spielen heutzutage jedoch keine gewichtige Rolle mehr. Von ihren späteren Führern hatte niemand mehr Himmlers Charisma.«

Normale Menschen wären überrascht gewesen, dass das Ahnenerbe weiterhin im Verborgenen operierte. Maddock wunderte sich dagegen nicht. Er war oft genug Zeuge davon geworden, wie vergangen geglaubte Ideologien im Untergrund heimlich weiter florierten.

»Zum ersten Mal hörte ich von einem lokalen Geschichtenerzähler von dem Amulett. Nachdem ich mich intensiv damit beschäftigt hatte, wusste ich, der Lusca und der biblische Leviathan waren ein und dasselbe Wesen. Ich fand heraus, dass es früher ein Amulett gab, mit dem dieses Geschöpf kontrolliert werden konnte. Laut einer obskuren Legende luchste es ein griechischer Krieger seiner Herrin ab. Er wollte es nach Santorini bringen, um es dort zu zerstören. Unterwegs sank sein Schiff und das Amulett war verschollen. Zumindest bis ihr darüber gestolpert seid.«

»Was hat es mit der Folterkammer auf sich?« Maddock stöhnte, um eine schwerwiegende Verletzung vorzutäuschen.

»Anfangs war sie ein Versuch, dem Flossenvolk beizukommen. Man hielt es für einen lokalen Kult und die Kirche schickte einen Inquisitor namens Titus, um ihn auszurotten. Nachdem er mit normalen Befragungen der Bevölkerung nicht vorankam, ging er dazu über, Leute zu foltern. Schließlich geriet ihm ein Angehöriger des Flossenvolks in die Fänge. Von ihm erfuhr Titus von der Bestie und dem Amulett, mit dessen Hilfe sie kontrolliert werden kann.«

»Ist der Lusca ein Geschöpf des Flossenvolkes?«

Echard schüttelte den Kopf. »Der Lusca ist niemandes Geschöpf. Dennoch beugt er sich dem Willen des Amulett-Trägers.« Er griff unter sein Hemd und fischte das Souvenir heraus, das Maddock am Boiling Hole erworben hatte. »Soweit ich weiß, war der Lusca der Wärter dieses Ortes hier. Er verschwand vor langer Zeit. Wahrscheinlich, weil er in den Höhlen unterhalb von Andros gefangen war. Das Flossenvolk begehrt das Amulett wie alle anderen auch. Sollten sie mich finden, ehe ich den Lusca finde, wird die Sache echt hässlich.«

»Hast du Alexei ermordet?«

»Ich musste. Nachdem ich so viele Mühen investiert hatte, konnte ich es unmöglich erlauben, dass ein Englischlehrer aus Tampa mich um die Früchte meiner Arbeit betrügt. Bei seinen Recherchen war er auf Fragmente der Aufzeichnungen von Pater Jerome gestoßen. Damit hatte ich das letzte Teil des Puzzles. Außer dem Amulett natürlich, das du mir freundlicherweise ausgehändigt hast.«

»Kannte Pater Jerome den Wert des Artefakts?« Maddock wurde allmählich ungeduldig, da Echards Aufmerksamkeit nicht im Geringsten nachließ und er nach wie vor konzentriert mit der Waffe auf seinen Gefangenen zielte.

»Die Geschichten, die ihm darüber zugetragen wurden, versetzten ihn in Angst und Schrecken. Er bezweifelte die Existenz des Amuletts, aber er glaubte an den Leviathan. Er hielt das Flossenvolk für Dämonen und den Ort, an dem sie lebten, für ein Portal zur Hölle. Soweit mir bekannt ist, ist er nie tiefer in die Höhlen eingedrungen als bis zu den Eulen.«

»Warum hat er den Tunnel nicht dauerhaft versiegelt?«

»Ihm war wohl klar, wie wenig Sinn das gehabt hätte. Die ganze Insel ist von unterirdischen Gängen durchzogen. Es hätte immer irgendwo einen Ausgang gegeben. Außerdem leitete ihn sein tiefer Glaube und er war überzeugt davon, dass diese Bedrohung am effektivsten auf spirituellem Weg zu bekämpfen sei.«

»Aber du hast eins und eins zusammengezählt und bist wegen des Luscas hierhergekommen?«

»Exakt.« Hinter Echard rumorte es in der See plötzlich. »Die Show beginnt. Rühr dich nicht vom Fleck. Du kannst dich freuen, mein neues Haustier hat garantiert einen ordentlichen Appetit.« Er hielt das Amulett wie einen Talisman vor seine Brust und schritt auf das Ufer zu.

»Wo bist du? Komm zu mir.«

»Das Amulett muss im Wasser sein«, riet ihm Maddock. »Das hat uns die alte Frau erzählt.«

Echard überlegte. Dann sagte er: »Ein Versuch kann nicht schaden. Denk bloß nicht daran, abzuhauen. Ich bin ein ausgezeichneter Schütze.«

»Natürlich bist du das.« Maddock machte keine Anstalten zu fliehen. Er wollte das kommende Schauspiel unbedingt mitverfolgen.

Echard kniete am Rand des Wassers nieder und tunkte das Amulett in den See, dessen Oberfläche daraufhin zu brodeln anfing. »Das ist es! Komm zu Papa, mein Kind.«

Gemächlich tauchte die Kreatur auf. Ihre Schädelform glich dem eines Oktopus. Selbst in seinen wildesten Träumen hätte sich Maddock dessen gewaltige Größe nicht ausmalen können. Das Fleisch des Giganten wurde von grauer, weiß gesprenkelter Haut umschlossen. Sein Rumpf, also der Teil, der die lebenswichtigen Organe beherbergte, hatte fast ähnlich überdimensionierte Proportionen wie der Kopf. Unterhalb der Augen ragte eine Art Rüssel aus dem Gesicht der

Bestie, darunter prangte ein Maul, das vage dem eines Hais ähnelte.

Echard sprach das Geschöpf in einem Tonfall an, der an eine Litanei gemahnte: »Oh Leviathan, du große Bestie des Meeres. Bei der Macht unserer Vorfahren befehle ich dir!«

Einer nach dem anderen glitten die Tentakel der Kreatur aus dem Wasser. Der größte bislang der Wissenschaft bekannte Oktopus wies Gliedmaßen mit einem Umfang von gut neuen Metern auf – dieser hier dagegen erreichte mehr als das Dreifache davon. Und unter der Oberfläche mochten noch dickere Tentakel lauern.

»Mit deiner Kraft beherrschst du die Ozeane«, fuhr Echard mit seinem Singsang fort.

Die Bestie schwang ihre Tentakel mit dem Selbstverständnis des tödlichen Raubtiers, das sie war. Sollte diese Kreatur vom selben Schlag wie der Pazifische Oktopus sein, wäre sie sogar in der Lage, Gift zu verspritzen.

Echard brabbelte weiter vor sich hin und wedelte mit dem Amulett.

Maddock hatte keinen blassen Schimmer, was Echard erwartete, das als Nächstes geschehen würde. Allerdings war sich der Schatzsucher sicher, dass er selbst lieber weit weg davon sein wollte, sobald es geschah. Langsam schlich er aus der Grotte, in dem Bewusstsein, Echard würde den Lohn erhalten, den er als Mörder verdiente.

Der Leviathan wurde unruhig und peitschte mit den Tentakeln hektisch durch die Luft. Echard schien es gar nicht zu bemerken.

»Ich habe vergessen, dir etwas zu verraten«, rief Maddock. »Das ist nicht das echte Amulett.«

Echards Kopf schnellte nach hinten.

Maddock nahm das echte Amulett und hielt es hoch. Seine Kristallaugen funkelten in einem leuchtenden Blau.

»Was meinst du damit?«, keifte Echard, die Augen vor Furcht sperrangelweit aufgerissen. Dann umschlang ihn einer der Tentakel und katapultierte ihn vom Boden in die Höhe. »Nein«, schrie Echard. »Leviathan, ich befehle dir, mir zu gehorchen.« Er feuerte das ganze Magazin seiner Pistole auf die Kreatur ab, die sich daran so störte, wie ein Elefant an einem Mückenstich.

Der Leviathan weigerte sich, Echards Autorität anzuerkennen. Er schleuderte seine Opfer mehrfach von rechts nach links, bis dessen Körper erschlaffte. Dann umfasste er es an den Gelenken von Händen und Füßen und riss es in Stücke.

Maddock wurde übel. Er hatte viele Menschen sterben sehen, doch das hier war besonders grausam.

Nun war Maddock so weit, sich davonzustehlen.

KAPITEL 39

Thel geleitete sie durch eine Reihe von schmalen Tunneln, deren Begehung sich recht beschwerlich gestaltete. Anscheinend wollte sie die Gruppe in einer anderen Richtung nach oben bringen, als jene, aus der sie gekommen war.

»Wir sind auf einem anderen Weg nach unten abgestiegen«, sagte Rae.

»Aus genau diesem Grund nehmen wir diese Richtung«, antwortete Thel.

»Was werden sie dir antun, wenn sie spitzkriegen, dass du uns unter die Arme gegriffen hast?«, fragte Bones, der sich mit Thel trotz ihres Verhaltens ihm gegenüber verbunden fühlte.

»Ich habe nichts getan. Du hast das Schloss geknackt. Wer immer die Suche nach euch koordiniert hat, hat offensichtlich einen schlechten Job abgeliefert. Das ist nicht meine Schuld.«

»Dennoch gehst du ein erhebliches Risiko ein.«

»Einige von uns haben ihre Menschlichkeit eingebüßt. Ich nicht. In früheren Tagen hat das Flossenvolk Menschen ohne Zwang aufgenommen. Erst als ihre Population immer stärker ausdünnte, wendete es gravierendere Maßnahmen und Gewalt an.«

»Man kann es drehen und wenden, wie man will«, meinte Rae, »es ist und bleibt Kidnapping.«

Thel nickte. »Leider ja.«

»Warum hast du meinen Bruder verschleppt, obwohl du weißt, dass es verkehrt war?«, fragte Rae.

»Auch wenn du mir nicht glaubst, aber das habe ich nicht getan.«

»Du hast ihn von dem Wasser trinken lassen«, fauchte Thel hitzig.

»Sie hat es mir nicht gegeben«, protestierte Kyle nach einer langen Periode des Schweigens. »Ich habe mir die Flasche einfach geschnappt und daran genippt.«

»Warum das?«, fragte Rae entgeistert.

»Bones hat so viel darüber berichtet, wie gut es sei. Da musste ich einfach davon kosten.«

»So wie er sich danach aufgespielt hat, dachte ich, er habe den Punkt ohne Wiederkehr bereits überquert. Deshalb brachte ich ihn in der Hoffnung hierher, das Flossenvolk könnte ihn von der Sucht heilen.«

»Wieso sollten sie das tun?«, hakte Rae nach.

»Wegen seines Kristalls. Er ist etwas Besonderes.«

Kyle fuhr sich ruckartig mit der Hand an die Kehle. »Hey, wo ist mein Kristall?«

»Genau dort.« Thel deutete auf den Edelstein, den sie an einem Band um den Hals trug.

»Er leuchtet«, staunte Bones.

»Der Kristall ist ein Artefakt unserer Vorfahren«, erklärte Thel. »Als ich Kyle in unsere Welt holte, hoffte ich darauf, den Kristall gegen die Hilfe des Flossenvolks eintauschen zu können. Als wir eine Weile hier waren, wurde mir jedoch klar, dass sein seltsames Benehmen nicht vom Wasser des Lebens verursacht wurde. Es ist einfach Teil seiner Persönlichkeit.« Sie räusperte sich. »Deshalb habe ich ihn in meiner Unterkunft einquartiert. Sie glauben, dass ich mich mit ihm vergnüge, dabei hielt ich ihn vom Wasser des Lebens fern, bis sich eine Fluchtchance für ihn bot.«

Bones Miene hellte auf. Thel verfügte trotz allem über ein Gewissen.

»Ich weiß, wie ihr über mich denkt«, sagte sie. »Ich habe oft Falsches getan, aber ich musste es tun, um zu überleben. Bones, dir als Soldat sollte diese Situation vertraut sein. Manches, was du gemacht hast, hast du nur ausgeführt, weil es dir deine Vorgesetzten befohlen haben. Deshalb war es moralisch betrachtet längst nicht immer richtig.«

Bones nickte.

»Und was ist jetzt mit dem Kristall«, schwenkte Willis wieder auf das vorherige Thema um.

»Er enthält uralte, fast vergessene Kräfte. Jene die daran glauben, werden meist mit Hohn überschüttet.«

»Über welche Kräfte gebietet er genau?«

»Über Kräfte, die, wenn sie als Waffe genutzt würden, einen schrecklichen Effekt hätten.«

»Wirklich?«, zweifelte Rae. »Kyle hat immer geglaubt, der Kristall hätte Macht.«

»Alle Kristalle haben Macht«, insistierte ihr Bruder. »Während meiner Zeit in Kaliforniern habe ich Kurse in Edelsteintherapie besucht. Ich hätte sogar eine Lizenz als Heiler bekommen, aber der Typ wollte ein paar tausend Dollar als Gebühr.«

Thel schüttelte den Kopf, als sie registrierte, wie Bones zu einem Kommentar anhob. Die Dinge, von denen sie sprach, hatten nichts mit einem dieser New-Age-Schwindel gemein.

Stattdessen stellte der Cherokee eine Frage, die ihm schon lange auf der Seele brannte. »Sag, warst du die Frau, die Maddock im Blue Hole gesehen hat?«

»In welchem Blue Hole?«

»Vor ein paar Tagen hat Maddock beim Blue-Descent-Wettkampf in einem Blauen Loch eine Frau gesehen, die wie du aussah.«

»Genau wie du«, ergänzte Kyle.

»Das war ich nicht«, fauchte Thel verärgert.

»Doch, das musst du gewesen sein«, widersprach Kyle.

Thel hob eine Hand. »Still jetzt! Dort ist der Weg nach draußen. Immer wenn ihr zu einer Abzweigung kommt, nehmt ihr den Tunnel, der ansteigt. Am Ende ist ein kurzer Unterwasser-Kanal. Nachdem ihr durchgeschwommen seid, seid ihr draußen.«

»Willis kann Rae und Kyle allein in Sicherheit bringen. Ich bleibe und werde Maddock aus der Patsche hauen«, verkündete Bones.

»Nein, das Risiko ist zu groß«, antwortete Thel. »Ich werde ihn aufstöbern und ihm helfen, an die Oberfläche zu gelangen.«

Bones lächelte schief. »Du kennst Maddock schlecht. Er wird nicht auf dich hören. Dazu ist er viel zu stur.«

»Niemand geht irgendwo hin«, rief eine junge Frau in einer Tunika und einem Wams, während sie aus einer Felsenöffnung schritt. In der rechten Hand trug sie ein Schwert; in der Linken einen Degenbrecher. Ihr folgten ein halbes Dutzend mit Speeren bewaffnete Krieger auf dem Fuß.

Bones glaubte, er könne seinen Augen nicht trauen. Die Anführerin des Trupps sah exakt wie Thel aus – sie war lediglich einige Jahre jünger.

Als Bones ihr entgegentreten wollte, stellte sich Thel vor ihn.

»Tu das nicht, Aggie«, warnte Thel. »Lass sie laufen. Sie werden nicht zurückkehren.«

»Du kennst die Regel, Mutter. Niemand kommt hier raus – niemals!«

»Mutter?«, staunte Bones.

»Ja, das ist meine Tochter Aglaope. Sie wurde ein Jahr nach meiner Entführung geboren. Sie ist eine echte Angehörige des Flossenvolkes.« In Thels Stimme schwang eine Mischung aus Trauer und Stolz mit. »Sie hat aber anscheinend vergessen, dass sie ebenfalls ein Mensch ist.«

»Ein Mensch zu sein, ist kein Zeichen von Ehre.«

»Hört mal her«, sagte Bones. »Ich habe keine Lust, mich in einen Familienstreit einzumischen. Also verdufte ich jetzt einfach von hier.«

Er ging ein Stück nach vorn, so als beabsichtige er, einfach zwischen den Kriegern durchzulaufen. Als Aglaope seinen Vormarsch blockieren wollte, schmetterte er ihr die Fackel ins Gesicht und verpasste ihr einen Tritt gegen die Brust, der sie rückwärts in ihren Begleittrupp katapultierte.

Eine der Kriegerinnen warf den Speer nach Bones. Doch sie schleuderte ihn mit so geringer Kraft, dass der Cherokee in einfach aus der Luft pflücken, umdrehen und dem ihm am nächsten stehenden Gegner in die Magengrube rammen konnte.

Am Boden liegend hieb Aglaope mit dem Schwert nach Bones, der ihren Schlag mit dem Speerschaft abwehrte.

Plötzlich erklang das Getrampel unzähliger Füße. »Rennt!«, rief Bones, während er Willis einen Schubs verpasste.

Und sie rannten.

»Wo laufen wir hin?«, fragte Willis.

»Keine Ahnung, aber in keinem Fall zurück.«

KAPITEL 40

Den Lusca und Echards sterbliche Überreste zurücklassend, sprintete Maddock in den Tunnel, ohne zu wissen, ob ihn dieser zu seinen Freunden bringen würde. Zumindest gewann er so Distanz zu der Monstrosität im See.

Der Stollen beschrieb Bögen nach rechts und nach links. Irgendwann fürchtete Maddock, er sei im Kreis gelaufen. Vor ihm erleuchtete ein goldener Schein eine Höhle. Er drosselte sein Tempo und pirschte leise näher.

Die Höhle erwies sich als die Schatzkammer, die er vorhin von oben observiert hatte. Direkt hinter dem Eingang stapelten sich Reichtümer. Er duckte sich hinter einen der Haufen und hatte nun freie Sicht auf die Rückseite des Stuhls mitten in der Kammer, auf dem der schwarzgekleidete Mann gesessen hatte.

Dahinter befand sich die Quelle. Noch weiter hinten mündete die Kammer in eine blaue Grotte, die er von oben nicht hatte sehen können. Das azurfarbene Wasser darin glomm in einem gedämpften Licht.

Auf jeder Seite der Schatzkammer existierte ein Ausgang. Einer davon würde in die Freiheit führen. Links war beim letzten Mal eine ungute Wahl gewesen, also entschied er sich für den Weg nach rechts.

Er hatte kaum drei Schritte absolviert, da ertönte ein Räuspern.

»Es ist üblich, anzuklopfen.«

Der schwarzgekleidete Mann kam hinter einem Schatzhaufen hervor. Fast so hochgewachsen wie Bones, war er mit einem Zweispitz, Tulpenstiefeln und einem Säbel am Gürtel ausstaffiert.

»Wenn du den Schlimmsten aller Piraten mimen willst, fehlt dir noch eine Maske.«

»Blackbeard? Er war ein solider Captain. Aber der schlimmste? Wohl kaum!«

»Wie dem auch sein mag. Warum hast du dich so verkleidet?«

»Ich bevorzuge seit Jahrhunderten den gleichen Kleidungsstil.« Der Fremde fuhr sich mit der Hand durch das schulterlange Haar. »Ich weiß, es ist lange her, aber ist Riddick Blackwood inzwischen der Vergessenheit anheimgefallen?«

Maddocks Herz setzte für eine Sekunde aus. Sein Gegenüber entsprach den Beschreibungen Blackwoods. Aber er konnte es unmöglich sein. »Gehört das zu dem Theater, das euer Kult aufführt? Imitiert ihr historische Persönlichkeiten, um den Leuten eure angebliche Unsterblichkeit vorzugaukeln?«

»Ich habe Verständnis für deine Zweifel. Als ich diesen Ort fand, habe ich selbst die Wirklichkeit der Legenden infrage gestellt. Ich versichere dir jedoch, es ist die Wahrheit. Nach meinem hundertsten Geburtstag habe ich das Zählen eingestellt. Inzwischen habe ich mindestens drei Jahrhunderte auf dem Buckel.«

»Für dieses Alter siehst du gut aus. Schätze, das da hinten ist die Quelle der ewigen Jugend beziehungsweise das Wasser des Lebens …«

Blackwood nickte. »Ich habe bis heute nicht herausgefunden, wie es funktioniert. Das Wasser heilt Wunden, kuriert Krankheiten und verlangsamt den Alterungsprozess. Ich sehe nur geringfügig älter aus als bei meiner Ankunft. Also werde ich noch sehr, sehr lange weiterleben.«

»Angenommen, ich schenke dir Glauben. Was hat dich hierher gebracht?«

»Auf der Jagd nach der Quelle der ewigen Jugend stieß ich auf das Meerjungfrauenloch auf Cat Island. Dort sollte ein altes Weib hausen, von der ich mir erhoffte, mehr darüber zu erfahren. Sie hat sich mir nicht offenbart. Stattdessen traf ich ein Mädchen von makelloser Schönheit. Sie versprach mir, mir die Quelle zu zeigen. Und sie tat es.« Er lachte.

»Gehören die Schätze alle dir?«

Der Pirat nickte. »Anfangs habe ich meine Plünderungen fortgesetzt. Ich entfernte mich nie zu weit von der Quelle und hatte immer etwas von dem Wasser bei mir. Ich konnte bis zu fünf Tagen wegbleiben – länger als jeder andere.« Er blickte betrübt auf einen der Schatzhaufen. »Das erste Mal Beute zu machen, ist enorm aufregend. Du fühlst dich wie ein Gott. Beim zweiten Mal ist es auch fantastisch. Irgendwann kommt jedoch der Punkt, an dem du kapierst, dass du nur ständig größere Berge von dem gleichen Plunder anhäufst. Es bereitet kein Vergnügen mehr, trotzdem fährst du damit fort. Mittlerweile hasse ich meine Reichtümer, aber ich könnte es nicht ertragen, nur eine einzige Münze zu verlieren. Es ist wie mit dem Saufen und der Hurerei. Du kannst damit nicht mehr aufhören.«

»Habe ich das richtig verstanden: Du bemitleidest dich selbst, weil du dreihundert Jahre lang eine Party mit hübschen Frauen auf einem unermesslichen Schatz gefeiert hast?«

»Ich würde Selbstmord begehen, wenn ich es könnte. Ich habe es bereits versucht. Leider legen sie mich danach immer in die Quelle. Wenn mir jemand den Kopf abhacken würde, würde es funktionieren. Diesen Wunsch gewähren sie mir aber nicht. Mein Samen hat drei echte Angehörige des Flossenvolks produziert – mehr als der jedes anderen. Deshalb erhalten sie mich am Leben.«

»Was hat *echte Angehörige* des Flossenvolks zu bedeuten?«

»Alle, die man dazu zählt, haben Gaben, an denen es normalen Menschen gebricht. Die meisten Verpaarungen mit Menschen erzeugen menschlichen Nachwuchs. Die Säuglinge werden an die Oberfläche gebracht und vor Kirchtüren abgelegt. Das munkeln sie zumindest.«

»Hattet ihr das auch mit meinen Freunden vor? Sie als Zuchtvieh zu missbrauchen?«

»Das ist ihr Schicksal. Von der Rothaut sind sie regelrecht entzückt. Keiner von ihnen ist vorher einem Indianer begegnet.«

»Was ist mit Raeána?«

»Sie soll ein Geschenk an mich sein. Von Zeit zu Zeit geben sie mir eine Frau und es liegt dann an mir zu entscheiden, wie lange sie lebt.«

Als Maddock auf den Mann einstürmte, zückte dieser den Säbel mit einer eleganten Bewegung. Maddock blieb wie angewurzelt stehen.

»Am meisten vermisse ich am Piratenleben einen guten Kampf. Ein guter Kampf ist mehr wert als alle Frauen und aller Rum. Leider lassen sie mich nicht kämpfen, da ich zu wertvoll bin.«

»Dein Glück. Und jetzt rück damit raus, wo meine Freunde sind.«

Blackwood griff nach dem nächsten Schatzhaufen und angelte einen Säbel heraus. »Kämpfe gegen mich! Ich zeige dir sogar, wo deine Freunde gefangen sind. Du musst den Ausgang dort nehmen.« Er deutete nach links. »An der ersten

Abzweigung biegst du rechts ab und dann an der zweiten Abzweigung wieder.« Er warf Maddock den Säbel zu. »Um in den Tunnel zu gelangen, musst du mich besiegen.«

»Das scheint mir kein fairer Kampf zu sein.«

Blackwood zuckte mit der Achsel. »Was erwartest du? Ich bin ein Pirat.«

Maddock begutachtete den Säbel. Die Scheide war vom Zahn der Zeit gezeichnet. Als er die Klinge zog, präsentierte diese sich jedoch in einem perfekten Pflegezustand. Maddock hatte gelegentlich gefochten und einige Stunden Kendo ausprobiert. Würde das für ein Duell bis zum Tod genügen? »Warum das Ganze, wenn du eh nicht mehr leben willst?«

»Wenn ich kämpfen kann, fühle ich mich wieder gut. Wir sollten jetzt loslegen, bevor einer der männlichen Angehörigen sich über deine Freundin hermacht. Und lauf bloß nicht vor mir weg.« Blackwood grinste hämisch.

Hätte Maddock nach wie vor über seine Pistole verfügt, hätte er den Kerl einfach im Indiana-Jones-Stil niedergeschossen. Leider stand ihm diese Option nicht offen, also begab er sich in die *En-Garde*-Position.

Blackwood grinste wölfisch und rückte mit erhobener Klinge vor. »Exzellent!«

Die beiden umkreisten sich und Maddock führte einen Probestreich aus, den Blackwood lässig parierte. Blackwoods Grinsen wurde breiter.

Es folgte ein Schlagabtausch, bei dem Blackwoods Säbel seinem Ziel zusehends näher kam.

Dann täuschte Maddock eine Finte an und stach nach der Hüfte des Piraten, der es nur schaffte, knapp auszuweichen.

»Sehr gut«, lobte Blackwood. »Du hättest fast das erste Blut vergossen.« Anschließend attackierte er den Schatzjäger mit enormer Wucht – Hieb auf Finte, und dann ein Stoß –, ehe er einen bogenförmigen Schlag in Kopfhöhe platzierte.

Maddock fühlte einen brennenden Schmerz am Hinterkopf und wich zurück. Als er die betroffene Stelle mit den Fingern berührte, stellte er fest, dass er zum Glück nicht blutete.

»Wie hat dir dieser kleine Trick gefallen?«, fragte Blackwood. »Die flache Seite der Klinge lässt sich wie ein Knüppel verwenden. Und jetzt komm, weiter geht's.«

Blackwood tänzelte vorwärts und griff an.

Maddock scheiterte daran, den Hieb abzuwehren, und fing sich eine Schnittwunde an der Schulter ein. Blut tränke sein T-Shirt. Der Kampf lief nicht gerade optimal für ihn.

Maddock schnappte sich eine Handvoll Münzen und schleuderte sie seinem Gegner ins Gesicht, der daraufhin geduckt einige Schritte von den Schatzhaufen zurückwich.

»Das war eines Sportsmanns unwürdig.«

»Ich dachte, du bist ein Pirat.«

Die Zähne gefletscht ging Blackwood erneut in die Offensive. Und erneut fügte er Maddock eine leichte Verwundung zu. Trotzdem war seine Lage nicht hoffnungslos. Blackwood mochte zwar der bessere Fechter sein, aber er war in katastrophaler Form. Der Schweiß rann ihm in dicken Strömen von der Stirn. Seine Schultern hingen allmählich durch.

»Die ganze Zeit faul rumzusitzen und Rum zu saufen, ist verdammt gut für die Kondition«, stichelte Maddock.

»Früher habe ich regelmäßig geübt. Seit einigen Jahrzehnten habe ich die Lust daran verloren«, bekannte der Seeräuber freimütig. Und wieder griff er fulminant an, da er den Kampf zu einem Ende bringen musste, ehe ihn die Kräfte verließen.

Maddock tänzelte rückwärts und zwang Blackwood damit, ihn zu verfolgen. Immer wieder verfehlte die Klinge des Piraten seine Kehle nur um Zentimeter.

Die Attacken des Piraten wurden schließlich behäbiger und schwächer, weshalb Maddock seine Bewegungen einfacher antizipieren konnte.

»Hattest du schon immer so einen Speckbauch?«, höhnte der Schatzjäger.

Wie alle eitlen Menschen konnte Blackwood eine derartige Bemerkung nur ganz, ganz schlecht verdauen. Mit einem wilden Streich strebte er danach, Maddock zu enthaupten.

Maddock ahnte es vorher, duckte sich weg, sprang vor und rammte die Schulter in Blackwoods Magengrube. Dessen Klinge schepperte auf den Boden, als ihn Maddock mit einem Tritt an den Arm traktierte. Der Pirat wich unter Schlägen und Tritten bis ans Wasser zurück, wo er dann erschöpft umkippte. Maddock sprang auf ihn, wälzte ihn auf den Bauch, drehte ihm einen Arm auf den Rücken und umfasste mit dem Ellbogen seines eigenen freien Arms die Kehle des Gegners.

Blackwood weigerte sich, aufzugeben. Er trat und kratzte und wollte sogar Maddock mit dem Finger ein Auge ausstechen. Doch irgendwann ermattete der Pirat.

Maddock stand auf, holte seinen Säbel, kehrte zurück und starrte auf den Mann nieder, der ihn vor wenigen Momenten aus Spaß am Kämpfen hatte töten wollen. »Kannst du mir verraten, was zur Hölle ich mit dir anstellen soll?«, fragte er den Bewusstlosen. Er konnte dem Geschlagenen schließlich nicht in Jihadisten-Manier den Kopf abschneiden. Doch durfte er es sich leisten, ihn am Leben zu lassen?

Bevor er eine Entscheidung fällte, stürmten Bones, Willis, Rae und Kyle mit einer Horde des Flossenvolks im Schlepptau in die Schatzkammer,

»Maddock«, rief Bones, »du tauchst gerade zur richtigen Zeit auf.«

KAPITEL 41

Maddock hatte keine Zeit, um nachzudenken. Das Einzige, was zählte, war das nackte Überleben. Zusammen mit den anderen ging er hinter einem Haufen aus Gold in Deckung, während Pfeile durch die Luft sausten und von den Felswänden abprallten.

»Schöner Säbel«, meinte Bones.

»Danke. Das ist ein Geschenk von Riddick Blackwood persönlich. Und woher hast du den schicken Speer?«

»Den habe ich Thels Schwester geklaut. Aber das ist eine lange Geschichte.« Bons fuhr zusammen. »Thel! Wo ist sie überhaupt?«

»Wie wär's, wenn ihr zwei die Klappe halten und euch dem Kampf widmen würdet?«, mahnte Willis, während er Gegenstände aufsammelte, um damit die Angreifer zu bewerfen. Mit einem massiven Silberbecher traf er eine der Kriegerinnen direkt am Nasenrücken, die daraufhin schrie, ihren Bogen fallen ließ und die Hände ins Gesicht presste.

»Schätze, die haben seit Langem in keinem richtigen Gefecht mehr gekämpft«, diagnostizierte Bones. »Normalerweise müssten sie unsere Flanken einschließen. Stattdessen fallen sie zurück.«

Maddock kletterte auf den Schatzhaufen, um eine bessere Übersicht zu erhalten. Bones hatte recht, das Flossenvolk fiel zurück und zählte darauf, die Gefährten mit ihren Bogenschützen zu eliminieren. »Es wirkt, als würden sie auf etwas oder auf jemand warten.«

»Dann sollten wir vorher die Initiative ergreifen«, riet Bones.

Maddock kam eine Idee. Zugegebenermaßen eine dumme Idee, aber falls sie klappte …

»Bones, Willis, könnt ihr mir Deckung geben?«

»Für ein Trommelfeuer reicht es nicht«, erwiderte Bones und hob seinen Speer, »aber ein Punktbeschuss ist allemal drin.«

Maddock atmete tief durch. »Auf drei. Eins … zwei … drei!«

Bones stieß einen schrecklichen Kampfschrei aus und erklomm den Schatzhügel, von wo aus er den Speer auf das Flossenvolk schleuderte. Die anderen warfen alles, was ihnen in die Hände kam, nach ihren Feinden.

Während diese vom umherfliegenden Gold zeitweilig abgelenkt waren, raste Maddock wie ein Irrer durch die Schatzkammer, obwohl ihn der Kampf gegen Blackwood ausgelaugt und der Blutverlust durch die Verletzungen geschwächt hatte.

Eine blonde Kriegerin in Lederrüstung bemerkte ihn und rannte los, um ihm den Weg abzuschneiden.

In diesem Moment stürmte eine zweite Gruppe des Flossenvolks mit einer Rothaarigen an der Spitze in die Kammer. Da Maddock das alte Zeitungsbild aus den Siebzigern kannte, wusste er sofort, dass er es mit Thel zu tun hatte.

Thel drang direkt gegen die Blondine vor, die sie mit gefletschten Zähnen erwartete und ihr entgegenrief: »Verräterin! Du warst nie wirklich eine von uns.«

»Und du hast vergessen, was es heißt, ein Mensch zu sein, Gwyneth.«

»Du bist selbst keiner mehr. Kapier das doch.«

Bones und Willis bewaffneten sich mit Schwertern und Schildern und eilten Thels Trupp zu Hilfe.

Maddock hetzte weiter. Selbst mit Unterstützung von Thel und ihrem Kontingent waren sie immer noch deutlich in der Unterzahl. Deshalb musste sein Plan unbedingt funktionieren!

Thel und Gwyneth lieferten sich ein erbittertes Duell. Gwyneth schlug zu und Thel tänzelte zurück.

Plötzlich flog eine Wolke aus Pfeilen durch die Luft. Alles schien wie in Zeitlupe zu geschehen. Bones rammte sein Schild einem Gegner ins Gesicht. Kyle hüpfte einem der Krieger auf die Schultern und hämmerte mit einem Felsbrocken unermüdlich auf dessen Kopf ein.

Dann erreichte Maddock das Wasser. So tief unter der Erdoberfläche hatte er damit gerechnet, dass es eiskalt sei. Aber es hatte die angenehme Temperatur von Badewasser. Blaue Leuchterscheinungen umwirbelten ihn. Ein niedrigfrequentes Tosen erschallte und merkwürdige Gedanken machten sich in seinem Kopf breit. Er verspürte einen unstillbaren Hunger und eine siedend heiße Wut. Er schlug um sich und versuchte, an die Oberfläche zu gelangen. Was passierte da mit ihm?

Und dann tauchte der Lusca auf – ein monströser, finsterer Behemoth der alles Licht aufzusaugen schien. Maddocks Sicht begann zu flackern. Erst sah er den Lusca auf sich zuschwimmen. Dann sah er sich selbst, wie er durch das Wasser trudelte. Beide Perspektiven wechselten beständig.

Endlich realisierte er, was vorging. Er nahm die Umgebung abwechselnd aus seinen eigenen Augen und aus denen von Lusca wahr. Die Legende hatte recht! Maddock kontrollierte die Bestie!

Er fokussierte seine Gedanken auf die Kreatur und konzentrierte sich darauf, ausschließlich durch ihre Augen zu blicken. Und dann sah er nur noch durch die Augen des Lusca.

Zur Oberfläche, befahl er gedanklich.

Die Bestie rebellierte. Maddock drängte wieder und wieder darauf, sie unter seinen Willen zu zwingen, aber es war, als strebe er danach, einen Tornado zu umarmen. Seine Ohren klingelten und seine Augen brannten. Am liebsten hätte er die Verbindung gelöst, ehe sie ihn in den Wahnsinn trieb. Er presste die Hände an die Schläfen und schrie. Als ihm Wasser in den Mund strömte, fing er an zu würgen.

Erneut pendelte sein Bewusstsein zwischen dem Lusca und seinem eigenen Körper hin und her. Aus der Perspektive der Bestie konnte er beobachten, wie diese mit ihren Tentakeln unter dem Flossenvolk ein heilloses Chaos stiftete. Teile der Höhlendecke zerbarsten und prasselten auf beide Parteien, die an dem Kampf an Land beteiligt waren. Thel rang mit einer Frau, die wie ihre Doppelgängerin anmutete. War dies die Tochter, die Bones erwähnt hatte?

Dann blickte Maddock wieder aus seinen eigenen Augen. Er sank. Er sollte nach oben schwimmen. Das war ihm klar; leider fehlte ihm der Wille dazu.

Im Wasser zeichnete sich eine Gestalt ab – erst klein, dann zunehmend größer. Eine kleine Frau mit tiefbrauner Haut kam auf Maddock zu. Ihr langes, silbernes Haar breitete sich wie ein Heiligenschein rund um ihren Kopf aus. Ihre Schuppen schimmerten wie eine Perle. Schuppen?

Sie ergriff Maddocks T-Shirt, zog ihn zu sich und küsste ihn auf die Lippen.

Plötzlich konnte er wieder atmen.

Mit zusammengepressten Lippen schwammen sie an die Oberfläche.

»Dummer Junge«, rügte sie ihn. »Ein Mensch kann die Bestie niemals kontrollieren. Gib mir das Amulett.«

Ehe er ihren Wunsch erfüllen konnte, nahm sie das Artefakt an sich, hängte es sich um den Hals und schloss die Augen.

Sofort war ein Effekt auf den Lusca bemerkbar. Die wüsten Schläge mit den Tentakeln erstarben und er ließ Kyle los, den er Sekunden vorher gepackt hatte. Danach tauchte er ab.

Stille kehrte in der Felsenkammer ein. Die Überlebenden hatten das Kämpfen eingestellt. Zahlreiche Leichen übersäten den Boden.

Am Ufer angekommen, hielt Maddock Ausschau nach seinen Freunden. Bones und Willis traten aus den Schatten. Die beiden stattlichen Männer wirkten, als seien sie geradewegs einem Horrorfilm entsprungen, so blutbespritzt, wie sie waren. Von Rae fehlte jegliches Zeichen.

Plötzlich ertönte ein lauter Wutschrei, ausgestoßen von der blonden Kriegerin. Sie stand nackt im Becken der Quelle. Die zahlreichen Wunden und Schnitte auf ihrem Leib verwandelten sich in rote Narben, die rosa wurden und dann ganz verschwanden. Dann kletterte sie aus der Quelle, hob ein heruntergefallenes Schwert auf und marschierte auf Maddock zu. »Ich werde jeden Einzelnen von euch töten und …«

Sie kam nicht dazu, den Satz zu vollenden, denn wie bei jedem anderen Menschen auch, konnte ihr Mund keine Wörter mehr formen, nachdem der Kopf vom Rumpf abgetrennt war. Selbst ohne Kopf torkelte sie noch zwei Schritte weiter, ehe ihr Körper vor Maddocks Füßen zusammenbrach. Hinter ihr kam Riddick Blackwood zum Vorschein.

»Du hast mich besiegt. Doch nun schuldest du mir dein Leben. Also bin ich in Führung«, sagte der Pirat und zwinkerte dem Schatzsucher zu.

In diesem Moment verstand Maddock, weshalb die Legenden dem Seeräuber einen unwiderstehlichen Charme zuschrieben und weshalb ihn die Menschen trotz seiner Verbrechen geliebt hatten. »Ich hätte dich töten können, wenn ich gewollt hätte.«

»Na gut, einigen wir uns auf ein Unentschieden.« Blackwood reichte seinem Gegenüber die Hand.

Maddock schlug ein. »Eine weise Entscheidung.«

»Maddock?«

»Rae!« Maddock wirbelte auf dem Absatz herum. Mit einem Pfeil im Bauch stolperte Rae auf ihn zu. Er rannte zu ihr und fing sie auf, ehe sie hinfallen konnte.

»Mich hat's erwischt«, flüsterte sie mit schwacher Stimme.

»Alles wird gut«, antwortete er.

»Wir können sie in die Quelle legen«, bot Thel an.

»Ich helfe euch dabei«, meinte Kyle und stützte zusammen mit Maddock seine Schwester unter den Schultern.

»Was wird mit ihr dabei geschehen?«, fragte Maddock.

Thel biss sich auf die Lippe. »Das Wasser wird sie heilen, so wie es Gwyneth geheilt hat.« Sie verpasste dem Kopf der Blondine einen Tritt. »Aber sie muss dann für immer hier unten bleiben und kann nie länger als ein paar Tage weggehen.«

»Ich weiß nicht, ob ich das möchte«, flüsterte Rae.

»Ich werde dich nicht sterben lassen«, stellte ihr Bruder klar. »Du hast mir mehr als ein Dutzend Mal den Arsch gerettet und das ist meine erste Chance, dir den gleichen Gefallen zu erweisen.«

Tränen rannen über Raes Wangen. »Ich will nicht allein hier unten bleiben.«

»Das wirst du nicht«, versprach Kyle und stieg zu ihr in das Becken der Quelle, nachdem er und Maddock sie hineingelegt hatten.

Rae brüllte vor Schmerzen und ruderte wild mit den Armen. Als Maddock ihr zu Hilfe eilen wollte, hielt ihn Thel am T-Shirt fest. »Es wird ihr gut gehen. Ihr hättet zuerst den Pfeil entfernen sollen. Der Vorgang ist wesentlich schmerzhafter, wenn ihn ihr Körper selbst herauspresst.«

Schon bald hörte Rae auf zu schreien. Sie sprang auf und stemmte die Hände in die Hüften. »Was hast du bloß getan?«, fauchte sie ihren Bruder an. »Jetzt sind wir ewig hier unten gefangen.«

Kyle spritzte ihr Wasser ins Gesicht. »Ist das dein Ernst? Dieser Ort ist einfach unglaublich. Alles, was ich immer wollte, war abzuhängen und eine gute Zeit zu haben. Das hier ist besser als eine Karriere an der Wall Street. Und ich kann jederzeit hochgehen, wenn ich surfen will.«

»Zumindest ab und zu«, verbesserte ihn Thel. Dem verlorenen Häufchen, das von Gwyneths Truppe übrig war, erklärte sie: »Von Zeit zu Zeit ändern sich sogar in unserer Welt die Dinge. Es wird keine Entführungen mehr geben. Niemand von uns wird künftig wie ein Gefangener behandelt. Wer das nicht akzeptieren kann, soll jetzt das Wort erheben.«

Niemand hatte den Mut, und selbst Thels Tochter, die aus dem Duell mit ihrer Mutter ziemlich ramponiert hervorgegangen war, begab sich schweigend auf den Weg zur Quelle, um ihre Wunden zu heilen.

Thel bugsierte Bones für ein vertrauliches Gespräch zur Seite, danach verließ sie die Schatzkammer zusammen mit ihrem Nachwuchs.

»Diese Familie braucht dringend einen guten Therapeuten«, scherzte Willis.

»Warum bist du in den Teich gesprungen?«, fragte Bones Maddock. »Wir hätten dich dringend bei unserem Kampf benötigt. Du hast Glück, dass der Lusca dich nicht gefressen hat.«

»Ich hatte ein wenig Hilfe.« Maddock deutete an das Ufer, an dem eine winzige, seltsame Frau verweilte, die ihre blanken Brüste mit verschränkten Armen bedeckte. »Von hier aus kann man es schwer erkennen, aber sie hat geschuppte Beine.«

»Und Schwimmhäute zwischen den Zehen«, ergänzte sie.

Bones runzelte die Stirn. Dann wurde ihm klar, wen er vor sich hatte. »Du bist es. Aber jetzt bist du jung und hübsch.«

Die Frau lachte. »Ich habe euch doch gesagt, ihr würdet Mama Wata mögen. Nun ist es an der Zeit für euch Jungs, euch zu verabschieden. Das ist keine Umgebung für euch.«

Maddock nickte. Er setzte sich neben Rae, die mit den Fingern durch das Quellwasser strich.

»Es tut mir leid«, sagte sie.

»Das muss es nicht. Es ist meine Schuld. Ich habe dich hergebracht …«

»Das stimmt nicht. Ich bin gekommen, weil ich meinen Bruder befreien wollte.« Ehe er etwas erwidern konnte, drückte sie ihm einen Finger auf den Mund. »Lass los. Es ist vorbei.«

Er nickte. »Schade, dass wir uns nicht besser kennengelernt haben.«

»Lebewohl, Maddock.«

Sie küssten sich, dann rappelte er sich auf.

Sie umfasste seine Hand. »Weißt du, was Junkanoo ist?«

»Das Maskenfest an Weihnachten?«

»Ja, genau. Wenn du mich treffen willst, dann wirst du mich bei dem jährlichen Straßenumzug finden.«

Maddock lächelte. »Also haben wir eine Verabredung.« Ohne sich umzudrehen, gesellte er sich zu seinen Freunden, die mit Riddick Blackwood und Mama Wata sprachen.

»Maddock, dieser Kerl prahlt damit, er sei der echte Riddick Blackwood«, sagte Bones. »Aber er hat noch nie etwas von Jack Sparrow gehört.«

»Mach dir nichts draus.« Und zu dem Piraten sagte er: »Danke, dass du mir das Leben gerettet hast.«

»Ich habe zu danken. Durch dich wurde mir bewusst, dass ich eigentlich nicht sterben möchte. Alles, was mir fehlt, ist ein bisschen Abwechslung.« Er blickte nach oben. »Vielleicht sollte ich ab und zu einen bechern gehen. Leider habe ich keine Ahnung, in welcher Spelunke ich damit anfangen soll.«

»Komm einfach mit uns«, lud ihn Maddock ein. »Die erste Runde geht auf mich.«

Blackwood blickte an sich und seiner Kleidung herab. »Ich glaube nicht, dass ich für diese Gelegenheit passend ausstaffiert bin. Trotzdem werden sich unsere Pfade hoffentlich eines Tages wieder kreuzen. Heute war seit hundert Jahren der beste Tag für mich.«

»Kommt mal her, Jungs«, rief Mama Wata in einem scharfen Tonfall. »Kniet vor mir nieder.«

Sie taten wie ihnen geheißen.

»Schließt die Augen und ich werde euch segnen.«

Maddock spürte, wie sie mit der Fingerspitze ein Symbol auf seine Stirn zeichnete.

Dann wisperte sie ihm ins Ohr. »Vergiss.«

EPILOG

Die ersten Sonnenstrahlen lugten über den Horizont, als die drei Männer zur *Sea Foam* zurückkehrten.

Matt döste auf einer Liege auf dem Achterdeck. Als Maddock sich räusperte, schnellte er wie von der Tarantel gestochen hoch. »Wo zur Hölle habt ihr gesteckt? Wir konnten euch nirgendwo auftreiben. Macht das nicht noch mal.«

»Beruhig dich, Kumpel«, entgegnete Bones. »Wir haben uns in einem Höhlensystem verirrt. Es hat ein Weilchen gedauert, bis wir einen Ausgang gefunden haben.«

Maddocks Erinnerungen waren trübe. Was Bones sagte, schien jedoch der Wahrheit zu entsprechen.

»Wo ist Rae? Und habt ihr ihren Bruder aufgespürt?«

»Ja, er hatte sich in der gleichen Höhle verlaufen. Sie haben die Fähre nach Andros genommen. Wir haben uns zerstritten. Sie ist einfach zu besessen von ihrem dämlichen Bruder.«

»Sorry«, meinte Matt. »Das ist wirklich schade.«

Corey schälte sich aus der Kabinentür und rieb sich die müden Augen. »Habe ich richtig gehört? Ihr habt euch verirrt? Und ihr habt erst nach vierundzwanzig Stunden rausgefunden? Damit werden wir euch ein Leben lang hänseln.«

»Ach ja, Freundchen. Wer von uns hat sich denn schon in seiner eigenen Heimatstadt verlaufen?«, konterte Bones.

»Das zählt nicht, weil ich damals betrunken war. Wie dem auch sein mag. Wo ist das Amulett? Und gibt es den Lusca wirklich?«

Maddock runzelte die Stirn. »Das Ganze ist nur eine Legende. Rae wird sich darum kümmern, das Artefakt einem Museum zu übergeben.«

Ungläubig fragte Matt: »Und Echard?«

»War auch in der Höhle. Er ist schrecklich gestürzt. Kurz vor seinem Tod hat er zugegeben, dass er das Amulett auf dem Schwarzmarkt verhökern wollte.«

»Habe ich das richtig verstanden: Echard ist tot, Rae und Kyle sind in Sicherheit, es existiert kein Seeungeheuer und wir haben uns die ganze Arbeit umsonst gemacht?«

»Das würde ich nicht behaupten«, meinte Willis, leerte seine Taschen und verstreute mehrere Handvoll Goldmünzen auf dem Deck.

»Wo hast du die her?«, rätselte Maddock.

»Keine Ahnung. Ich habe sie unterwegs gefunden.«

»In diesem Fall war eure Expedition ein Erfolg«, resümierte Corey.

Maddock nickte. »Jetzt trinken wir darauf einen und dann fahren wir heim.«

Zwei Stunden später durchpflügte die *Sea Foam* den Ozean Richtung Key West. Maddock wog eine ungeöffnete Bierflasche in der Hand. Sein Schädel brummte und so sehr er sich auch anstrengte, keines der Ereignisse seit ihrem Aufbruch auf der Suche nach Kyle war ihm im Gedächtnis präsent.

Ein Schatten fiel auf ihn. Es war Bones, der neben ihm aufragte.

»Setz dich zu mir«, lud ihn Maddock ein.

»Ich habe einige Gedächtnislücken«, klagte der Cherokee.

»Ich auch. Und Willis?«

»Er schläft gerade. Irgendwie ergibt das Ganze keinen Sinn. Kyle ist mit Thel gegangen, aber sie war nicht da, als wir ihn fanden. Und er hat kein Wort über sie verloren. Oder doch?«

Maddock verneinte. »Warum haben wir ihn nicht nach ihr gefragt?«

»Keinen blassen Schimmer. Alles, was ich weiß, ist, dass wir in den Höhlen waren. Selbst wie wir dorthin gekommen sind, habe ich vergessen.«

»Also zunächst …« setzte Maddock an, bevor er realisierte, dass er es ebenfalls verdrängt hatte.

»Und woher wissen wir, dass der Lusca nur eine Legende ist? Und noch etwas.« Bones kramte eine goldene Statuette aus der Hosentasche, die ein geflügeltes Wesen mit einem Flammenschwert modellierte. »Zuerst dachte ich, es sei ein Engel. Aber schau dir das Gesicht an.«

Maddock erschauderte. »Das Ding hat das Haupt einer Schlange.«

»Hinten wächst ihm ein Schwanz. Und ich weiß nicht einmal, woher ich es habe.«

»Das wundert mich nicht«, scherzte Maddock. »Du klaust manchmal etwas, ohne darüber nachzudenken.«

»Hey, das habe ich lange nicht mehr getan. Außerdem war das nur Plunder, wie die Essstäbchen in einem japanischen Restaurant. Jetzt im Ernst, ich habe nie vorher etwas wie diese kleine Figur gesehen.«

»Ich auch nicht«, antwortete Maddock. Seltsamerweise schien ihn das nicht zu kümmern.

»Wenn ich sie anblicke, würde ich sie am liebsten im Meer versenken.«

»Dann gib sie lieber mir. Das ist zu viel Gold, um es wegzuwerfen.«

Bones wollte ihm das Artefakt aushändigen, aber dann verstaute er es wieder in seiner Tasche. »Früher oder später werde ich mich erinnern.«

»Bestimmt«, pflichtete ihm Maddock bei. »Eines Tages.«

–ENDE–

LUZIFER
VERLAG